ソロキャン！　3

秋川滝美

朝日文庫

本書は書き下ろしです。

3
Solo Camping!

CONTENTS

ソロキャン！　3

勢いよく燃えている火に薪《まき》をくべる。

実はこの薪は、少々湿り気を帯びている。ちゃんと室内に保管していたのだが、昼夜の温度差のせいか、覆ってあったビニール袋が結露して薪を湿らせてしまった。捨てるのはもったいないから、細く割って焚《た》き火の周りで乾かしていたのだ。

まだ乾ききっていないことはわかっている。それでもあえて投げ込んだのは、薪が持つ水分に期待してのことだ。

十分に熾《おこ》った火は、多少湿った薪、とりわけ細い薪などくべたところで消えたりしない。むしろ、その勢いで呑《の》み込むように燃やし尽くす。その過程で出てくる音がいい。

残っている水分が爆《は》ぜるパチパチという音が、まるで拍手のように聞こえる。

焚き火から数メートル離れれば、翳《かざ》した手の平すら見えないような闇の中、炙《あぶ》られた薪が起こす拍手を一身に浴びる。

どうやら人は『褒《ほ》められたい』という気持ちを捨てられないらしい。誰かに拍手されるなんて最高の経験だ。けれど、アスリートや芸能人ならまだしも、ごく普通の会社勤めの身では、めざましい業績を上げるか、朝礼や会議で挨拶をするような役職にでも就いていない限り、拍手をすることはあっても、自分が拍手を受ける機会には恵まれないのだ。

拍手を浴びたいなら自分で用意すればいい。くだらないと思いつつも疑似拍手製造機を稼働させるのは、そんな気持ちからだ。

大人たるもの自分の機嫌ぐらい自分で取れなくてどうする、という開き直りも加わって、乾ききらない薪を次々と火にくべていく。

パチ……パチ……と間が開いていた音が、パチパチパチパチという連続音になった。

これはもう立派な拍手だ、と頷《うなず》きつつ、さらに薪を足す。乾かすだけならここまで割る必要はないとわかっていても、細く割ってよかったとにんまり笑う。

焚き火の賞賛を浴びながらシェラカップを揺らすと、氷が触れ合う軽やかな音が拍手に加わる。

カップの中にあるのは日本酒だ。日本酒に氷を入れるなんて、と顔をしかめる人もいるだろう。目の前に火があるのだから燗《かん》をすればいいとか、常温で旨《うま》い日本酒はいくらでもあるとか諭す人もいるに違いない。

それでもなお、氷を入れる。深まる夜とともにどんどん下がっていく気温を煽《あお》るように……

それはきっと、自分自身が内に秘める熱を少し冷ましておきたい、こんな熱を抱えたまま走り続けたらいつか倒れてしまう、という思いからだ。

日々、懸命に生きている。もちろんそんな自覚はないし、そもそも『懸命』という言葉の本来の意味は、命を繋《つな》ぐことそのものではある。けれど、今の世の中はいろいろなことが起こりすぎる。ただ生きているだけ、今日という日を生き抜いただけで賞賛されていいほど、厳しい世の中のように思える。

不測の事態に備えるために、無意識のうちに熱を溜《た》め込む。その熱のせいで気持ちが昂《たか》ぶって安らげない。焚き火の拍手を浴びることで、少し休んでいいんだよ、と自分に言い聞かせ、熱を放散するためにここに来たのかもしれない。

焚き火の拍手と氷の崩れる音――コンサートは拍手から始まるものよ、などとしたり顔で呑むオンザロックの日本酒は、外道なんて言葉を大気圏の彼方《かなた》に放り投げる。どんな方法で呑もうが人の勝手だ、と開き直りつつ、シェラカップを脇に置き、耐火手袋をはめる。

火の中の太い金串にそろりと手を伸ばす。

串に刺さっているのは魚。しかも、自分で釣って捌《さば》いたニジマスだ。頭と尾が反り返り、ふんだんにまぶした塩が小麦色に焦げているからそろそろ食べ頃だろう。

耐火手袋は無骨すぎるとは思うけれど、これがなければ火傷《やけど》をしてしまう。見ている人などいないのをいいことに、大口でガブリ……

口の中に川魚特有の香りが広がる。鮎《あゆ》ほどではない。言われなければ気付かないほど微《かす》かな苔《こけ》の香りが、数時間前まで川で泳いでいたことを主張する。

金串を持ったまま、もう片方の手をシェラカップに伸ばす。魚の香りを酒で流すのは惜しいけれど、軽く焦げた塩は日本酒の旨みを倍増させる。

公共交通機関では到達できないほどの山奥で酒を呑んだら帰る術《すべ》がない。宿を取ればいいようなものだが、今時の旅館は健康志向で、素材の味を生かした薄味の料理を出すところが増えている。日本酒とありえないほどたっぷりの焦がし塩付きの焼き魚を楽しむには、釣り場の近くでキャンプをするのが手っ取り早い。

キャンプを『手っ取り早い』とするか否かは異論が多いところだろうけれど、渓流ではなく釣り堀近くのキャンプ場なら『手っ取り早い』と表現してもいいだろう。なにより、本人が『手っ取り早い』と思っているのだからなんの問題もない。

ふと気付くと、焚き火が静かになっている。にわかに寂しさを覚えて薪を一本、二本と足していくとまた小さな拍手が始まる。

酒と魚の旨みを嚙《か》みしめながら、更《ふ》けていく夜と焚き火がくれる賞賛を楽しむ。

3

Solo Camping!

第一話

二泊三日キャンプ

明日から三連休という八月のある夜、榊原千晶《さかきばらちあき》はスマホの着信ランプが点《とも》っていることに気付いた。

千晶は現在三十一歳、総合スーパー『ITSUKI』を軸とするグループ会社『五木ホールディングス』に勤めて七年目になる。

勤めてしばらくは、ただただ会社とひとり暮らしのアパートを行ったり来たりの生活を続けていたけれど、ひょんなことから学生時代に楽しんでいたキャンプを再開した。

しかも学生時代のようなグループキャンプではなくソロキャンプだ。思い立ったらすぐに出かけていけるし、他人の顔色など一切窺《うかが》う必要がないだけに、ストレス発散効果は絶大で、まるでリハビリに勤《いそ》しむ患者のようにキャンプを繰り返した。

プライベートで大きな楽しみを得たことで仕事もなんだかうまくいくようになり、関係が最悪だった上役とも和解、公私ともに充実した日々を送っていた。

とはいえ、次のキャンプの予定は立っていない。

キャンプに行きたいのはやまやまだが、前回のキャンプから帰ったあと、天気予報は嫌がらせのように週末毎《ごと》に傘マークが続いていた。わざわざ雨とわかっていてキャンプ場を予約するのも馬鹿馬鹿しい、と予約しなかったのだが、今週になって確かめた週末の天気予報には晴れマークが付いていた。こんなことなら予約すべきだった、雨なら雨で楽しみようがあったのに、と思っても後の祭りだ。

そのあと、どこかでキャンセルが出ていないかと調べてみたが、どこも予約でいっぱいだった。やっぱりこの三連休はキャンプに行けないらしいと諦めたものの、どうにも気分がくさくさする。ひとりでやさぐれているよりも、両親のもとでゆっくりしようと実家に来ていたのだ。

――ショートメッセージなんて珍しい。誰だろ……え、鳩山《はとやま》さん？

メッセージを送ってきたのは、千晶が何度か行ったことがあるキャンプ場の管理人だった。しかもその管理人は、父の友だちの息子でもあるので、千晶がソロキャンプに出かけるたびに難しい顔をする母が、唯一『ここなら』と安心してくれるキャンプ場だった。

初めてそのキャンプ場に行ったときに、川原で怪我《けが》をした彼の姪《めい》――美来《みく》を助けたことをきっかけに、隣同士のテントサイトでキャンプをすることになった。初めてのソロキャンプを中止させるのは忍びない一心で手伝いを言い出したのだが、実際はすでに設営済みだったテントにペグを打ったのと、夕食のお裾《すそ》分けをしたぐらいで『手伝いました』なんて言えるほどではなかった。

だが、美来は千晶の必要最低限の助太刀《すけだち》方法を大いに気に入ったらしい。さらに、焚き火を前にあれこれ語り合った時間も楽しかったようで、次にそのキャンプ場で再会したときも大喜び、お茶や食事を一緒にすることになった。

管理人はしきりに、せっかくのソロキャンプを邪魔して申し訳ないと言っていたけれど、千晶自身が美来と過ごすのは楽しかったし、たくさんの悩みを抱える美来が、自分と話すことで少しでも楽になるなら言うことはない。なにより、かつてカウンセラーを目指したのに叶《かな》わなかった千晶としても、学生時代の勉強を活《い》かすいい機会だと思っていた。

怪我をしている美来のために、緊急用にと連絡先を交換したものの、キャンプ中もその後も美来がそれを使うことはなかった。彼女の叔父《おじ》からも電話もメッセージも来たことがなかっただけに、美来になにかあったのだろうかと心配になる。

ところが、大急ぎで開いてみたメッセージは、なんとも気楽かつ千晶にとって嬉《うれ》しすぎる内容だった。

『ご無沙汰しております。実は、この三連休にソロキャンプエリアにキャンセルが出ました。もし予定が決まっていないようでしたら、いらっしゃいませんか？　二泊三日でゆっくり楽しんでいただけると思います』

「うわあ、空いたんだ！」

思わず声が出た。

三連休のキャンプは諦めるしかない、と思っていたところにこの連絡。しかも、二泊三日のキャンプが可能と言われたら、喜ぶなというほうが無理だ。あのキャンプ場にはゴールデンウィークに行ったばかりだけれど、何度でも行きたくなるほどの素晴らしさだからなんの問題もない。

早速返信を……と思ったところで、また着信音がした。すぐに開けて見ると、差出人はまたもや鳩山。そして、メッセージを読んだ千晶が感じたのは、喜びよりも不安だった。

『今のところ、雨の予報はありませんが、万が一雨になるようでしたらキャンセルしていただいても大丈夫です』

——ちょっと親切すぎない？　もしかしたら美来さんになにかあったんじゃ……

出会ったときから美来は不登校で、叔父のキャンプ場に滞在していた。その後、いったんは登校したらしいが、やはり無理だったようで、叔父のキャンプ場に戻ってきたところで千晶と再会したという経緯がある。

無事に進級はでき、美来は高校三年生になっている。それでも、卒業できるかどうか、できたとしてその先をどうするのか、悩みは尽きないだろう。

難しい顔で考え込む美来が目に浮かぶ。姪が悩む姿を見かねた鳩山は、千晶と会うことで少しは元気になるのではないか、と考えたのかもしれない。

出かけるたびにソロキャンプとはほど遠い状況になる。それでも千晶は美来が好きだったし、彼女が楽になるならなんでもしてあげたい。たとえ美来と話したとしても、二泊三日であればひとりを楽しむ時間はたっぷり残る。それを見越しての提案だとしたら、あの管理人はなかなかの策士だった。

――あの子が悩んでいるなら、話だけでも聞いてあげたい。なにもないならそれはそれで素晴らしい。とにかく行ってみよう！

せっかくのお誘いだし、あのキャンプ場は大人気でなかなか週末の予約が取れない。ましてや三連休、二泊三日でソロキャンプエリアを確保できることなんて珍しいのだから、断るという選択肢はなかった。

サクサクと返信を打っていると、母が風呂から上がってきた。予定が変わったことを伝えなければ、と声をかける。

「お母さん、ちょっと謝らなきゃならないことがあるんだけど」

「謝るってなにを？」

「実は、急に帰らなきゃならなくなって」

「え、なにかトラブルでもあったの？」

「じゃなくて、キャンプ場の予約が取れて……」

「よかったじゃない！」

キャンプに行くと言ってこんな反応をされたことはない。鳩山のキャンプ場だけは例外だが、まだそれを告げたわけでもないのに……と思っていると、母は嬉しそうに言った。

「私たちも出かけるのよ。お父さんの会社の人が保養所を予約してたんだけど、急に行けなくなっちゃったから代わりにどう？　って声をかけてくださったそうなの。草津《くさつ》のとっても素敵な保養所らしいわ」

「草津なら温泉もあるよね。いいじゃん」

「でしょ？　でも、ツインのお部屋だそうだから、千晶まで一緒には行けないし、断るには惜しいし、どうしようかなーって」

もともと一緒に住んでいるわけではない。たとえ、一緒に住んでいたとしてもとっくに成人している娘を旅行に連れて行かなければならない義務はない。帰ってきていたところで、留守番しててね、で済むのに、わざわざ気にかけてくれるところが母らしいし、ありがたくもあった。

「私もキャンプだし、お母さんたちは草津の保養所。お互いに楽しみましょう、ってことで。あ、念のために言っとくけど、鳩山さんのところのキャンプ場だから」

「よかった、なおさら安心だわ」

そう言うと母はリビングを出て行った。おそらく二階に上がって、髪でも乾かすのだろう。代わりに降りてきたのは父だった。

「今、お母さんに聞いたけど、来月また鳩山のところに行くんだって？」

「うん。どうして？」

「この間、鳩山から連絡をもらったんだ。あ、親父《おやじ》さんのほうな」

「え、それって、私がキャンプ場にお邪魔してるから？」

「いや、まったくの偶然。でも、お宅の娘さんはどうしてる、って訊《き》かれたから、キャンプばっかりしてるよって話したんだ。そしたらうちの息子がキャンプ場をやってるから、機会があったら行ってやってくれよ、なんて言われた」

「機会があったらもなにも、もうとっくに行ってるんだけどね」

「まあな。でも、あえて言うことはないかな、と。親父同士が友だちだからって、変に気を遣われても困るだろ？」

「確かに。それで？」

「で、そのときに聞いたんだけど、お孫さんが進路のことで悩んでるらしい」

「え……お父さん、なにか相談されたの？」

「いやいや、ただの愚痴かな。お孫さん本人はもちろん、詳しい事情も知らない相手だから、かえって言いやすいってことがあるだろ?」

「なるほど……そうか……やっぱり悩んでるんだ」

「って言うところを見ると、その子を知ってるんだな?」

「うん。可愛《かわい》い子だよ。叔父さんもすごく親身に面倒を見てるし。ただ、ちょっと集団生活に向かないところがあるかもしれない。自分の考えをしっかり持ってて、さらに周りに気を遣いすぎるから、無理やりすり合わせようとしてヘトヘトになってる感じ」

「あー……やっぱり優しい子なんだな。お父さんの友だちの鳩山さんも、ものすごく周りに気を遣う人だから、似ちゃったのかな」

「遺伝的に似たのか、後天的に気の遣い方を覚えちゃったのかはわからないけど、もしかしたら両方なのかも……」

「そうかもしれない。どっちにしても、来月行ったときは、しっかり話を聞いてやってくれないか。なり損ねとはいえ、カウンセラーの勉強はしたんだから、素人よりはマシだろ」

「あはは、なり損ねか。でも本人にそれを言うってひどくない?」

「そうやって笑っていられるから言うんだよ。今の千晶は『五木ホールディングス』でバリバリ働いてる。カウンセラーにはなれなかったけど、それはそれでいい人生だと思うよ」

「私もそう思ってる」

「だろ？　鳩山さんのお孫さんにもそうなってほしい。だから……」

「了解。ちゃんと話を聞いてくるよ。たぶん『聞くだけ星人』にしかなれないけど」

「十分だよ。あ、もちろん、キャンプも楽しんで」

「はーい！」

そして父は壁際にあったガイドブックを手に二階に戻っていく。これから母とふたりで旅行の計画を立てるのだろう。千晶は、両親の楽しそうな姿にほっとするとともに、仲のいい両親の元に生まれた幸運を嚙みしめていた。


──どうしよう、これひとりで下ろせないかも……

千晶の視線の先にあるのは、巨大なクーラーボックスだ。

二泊しようが三泊しようが、テントや寝袋といった、ギアと呼ばれるキャンプ道具類の必要数が増えるわけではない。変わるのは食料や燃料といった消耗品なのだが、もしかしたら美来も一緒に食事をするかもしれないと考えたら、つい買い込みすぎてしまった。

いや、美来のせいにしてはいけない。問題は、実家から借りたクーラーボックスにある。キャンプを再開した当初は、自分のクーラーバッグを使っていたが、何度か繰り返すうちにこれでは小さすぎると実感し、実家からクーラーボックスを借りて使うようになった。それでも、キャンプのたびに実家に借りに行くのは面倒だし、なによりひとりでキャンプに行くことをあまりよく思っていない母にあれこれ言われるのがいやで、自分のクーラーボックスを購入した。

にもかかわらず、また実家から借りたのは、先月、母がとうとう冷蔵機能付きのクーラーボックスを買ったからだ。

「そんなに遠くないから保冷剤だけで大丈夫だと思ってたんだけど、この間、予想外の寄り道をしたら、冷凍食品が溶けちゃったのよ」

母は、家から十五分ぐらいのところにある会員制のスーパーの会員になっている。大容量が売りの店なので、千晶が実家に住んでいたころはまだしも父とふたりきりになったいまは、使い切るのが大変ではないかと思うのだが、母に言わせるとまとめ買いをすることで買い物に行く回数自体を減らしたいとのこと。時間とお金をまとめて節約できると本人は自慢げだが、節約よりもレジャーランド的な楽しみを追求しているのだろう。

ともあれ、その会員制スーパーで買い物をした帰りに、急用で寄り道した結果、冷凍食品が溶けてしまった。大袋だけに始末が大変だったらしい。もっと保冷剤を入れておけばよかったのだが、保冷剤ばかり詰め込んだら買ったものが入らなくなる。そもそも夏の盛りに保冷剤だけで冷凍食品を安全に持ち帰ることは難しそうだ……

どうしようかと悩んだ母が父に相談したところ、クーラーボックスタイプかつふたつに区切られていてそれぞれを違う温度に設定できる車載型冷蔵庫があると言い出した。ちょうどセールで安くなっているから、いっそそれを買ってしまおうということになったという。

千晶も最初に聞いたときは、さすがに車載型の冷蔵庫は大がかりすぎだろう、と思ったのだが、件《くだん》の冷蔵庫が届いて一週間もしないうちに実家の冷蔵庫が壊れてしまった。冷凍庫が全然冷えなくなってしまったそうだ。

十年以上使っていた冷蔵庫だから寿命だろうと諦めて、新しい冷蔵庫を買ったものの、配達は最短でも二日後だと言われた。どうしよう、と青ざめたところで車載型の冷蔵庫のことを思い出し、大急ぎで稼働させアイスクリームや冷凍食品たちは事なきを得た。

両親は、冷蔵庫が壊れるなんて滅多にないことだけど、この冷蔵庫はポータブル電源で動かすことができるから停電しても大丈夫、災害対策用品としても優秀だと悦に入った。

そんなことがあったあと、両親は小型のポータブル電源まで買い込み、長期保存できる水や缶詰といった備蓄食料とともに保管している。そして、今からアパートに帰って二泊三日のキャンプの準備をするという千晶に、車載型冷蔵庫とポータブル電源をセットで貸してくれたのである。

クーラーボックスがあるから大丈夫だと断る千晶に、母は恐《こわ》い顔で言った。

「一泊なら保冷剤でなんとかなるけど、二泊は厳しいわ。夏の盛りだし、食品が傷《いた》んでお腹《なか》でも壊したら目も当てられない。いいから持って行きなさい」

かくして冷蔵庫を借り受けた千晶は、これで安心とばかりに深夜まで営業しているスーパーで大量の食品を買い込んで帰宅したというわけである。

食料はたっぷりあるし、残ったところで持って帰ればいい。これはかなりの贅沢《ぜいたく》キャンプになるかもしれないと大喜びだったが、冷蔵庫の重さは盲点だった。

朝は、あらかじめ車に冷蔵庫を積み込んで冷やしてから食品を入れたからそれほど気にならなかったが、キャンプ場についていざ下ろそうとしたらとんでもない重さ、落として冷蔵庫を壊すか、自分の腰が壊れるかのいずれかだ、と途方に暮れてしまった。

——欲張りすぎた……仕方がない、いったん中身を出して冷蔵庫だけ下ろすか……

なにをやってるんだか、と自分で自分に呆《あき》れつつ、冷蔵庫を開けたとき、後ろから声をかけられた。

「榊原さん、こんにちは。ようこそ」

しばらく来なかった間に、管理人は髭《ひげ》を蓄えていた。もともと身体《からだ》が大きくて筋骨隆々だったのに、これではますますクマみたいだ……と思ったが、さすがにそんな失礼なことは言えない。当たり障りのない挨拶を返す。

「こんにちは。お世話になります。あ、わざわざご連絡ありがとうございました」

「いえいえ、直前で申し訳ありませんでした。ほかのキャンプ場を予約されてなくてよかったです」

「三連休なんてどこもいっぱいでした。お声がけいただかなければ、ランタンでも磨いてるしかなくなるところでした」

「ランタンの手入れは大切ですけどね。でも、今日はお天気もいいし絶好のキャンプ日和《びより》になりました。きっと榊原さんの日頃の心がけですね」

「うーん、どうでしょう？　だったら土砂降りでもおかしくないかも……」

「またまた。それはそうと、それ下ろすんですよね？」

ずいぶん重そうですから、お手伝いしましょう、という管理人の申し出に、千晶は一も二もなく頷いた。

「すみません、助かります！」

「これ、地べたに置いちゃって大丈夫ですか？」

「もちろん。取っ手が付いてますから、下ろしてさえいただければあとは引っ張っていけます」

「すみません。テントサイトまで車で行っていただけるといいんですけど……」

確かに、車を乗り入れられれば苦労はない。いっそ冷蔵庫を車の中に置いたままで、必要なものだけを取り出すことだって可能だ。けれど、このキャンプ場の場合、車は受付近くの駐車場に停《と》めることになっている。車を停めればその分テントサイトが狭くなってしまう。それよりも、利用者だけがのびのびと過ごしてほしい——管理人や美来に確かめたことはないけれど、おそらくそんな理由ではないか、と千晶は考えていた。

「大丈夫ですって。駐車場とテントサイトが離れてることは承知で来てるんですから」

「助かります。じゃ、ちょっと、後ろに下がっていただけますか？」

「え、ひとりで大丈夫ですか？」

「ふたりで持つほうが大変ですよ」

それはもうお手伝いではなく、代行では……と言う間もなく、管理人は冷蔵庫をぐいっと持ち上げて車から出す。そっと地面に下ろしたあと、感心したように言う。

「けっこう詰め込みましたね。また美味《おい》しいものをたくさん作られるんですね？」

「そんなに美味しいってことは……適当に作ってるだけですから」

「いやいや、美来がいつも言うんです。榊原さんはすごく簡単そうに作ってるから、自分にもできるだろうと思ってやってみてもぜんぜん同じようにならないって」

「なにか作ってみたんですか？」

「アースオーブンに挑戦して、惨敗しました」

「惨敗？」

地面に埋めて上で火を焚くだけの料理なのに、どうやったら失敗できるんだ、と首を傾《かし》げていると、管理棟から当の本人が出てきた。

「榊原さーん！」

前回、千晶がこのキャンプ場に来たとき、美来はずいぶん元気のない様子だった。それでも、千晶の姿を見つけるなり大喜びで駆け寄ってきてくれた。

ところが今回は、最初から元気いっぱい、周囲に響き渡るほどの声で千晶を呼ぶ。

父が電話で聞いた、祖父が心配するほど進路に悩む孫とはほど遠い姿に、千晶はほっとすると同時に、なんだか拍子抜けしてしまった。

「なんだ、元気そうじゃない。心配することなかったな……」

ぽつりと呟《つぶや》いた言葉に、管理人が反射的に千晶を見た。

「もしかして、美来が連絡しましたか……？」

「いいえ、美来さんからはなにも」

「美来から『は』なにも……ですか。じゃあ誰から？」

相変わらずよく気がつく人だ、と感心してしまう。

おそらく鳩山一家はそろって優しくて気配りに富むのだろう。だからこそこのキャンプ場は快適に保たれているし、美来は悩む。なにごともほどほどに、と望んだところで世の中、そううまくはいかないのだろう。

いずれにしても、叔父が姪を気遣うのと同様、祖父が孫を心配するのも当たり前だ。なんら悪いことではないのだから、と千晶は、美来の祖父と自分の父が友だち同士だと告げることにした。

「実は、私の父と美来さんのお祖父様《じいさま》がお友だちらしいです」

「美来のお祖父様ってことは、俺の親父じゃないですか」

「そうとも言いますね」

「そうともって……って。あ、もしかして親父から聞いて、うちのキャンプ場に来てくださったんですか？」

「とんでもない。まったくの偶然……うわあ！」

ちょうどそのとき、美来がふたりのところに到着した。走ってきた勢いのまま、千晶に抱きついてくる。

「こら、美来！　いきなり飛びつくやつがあるか！」

「だって嬉しいんだもん！　榊原さん、今回は二泊三日ですよね！」

「うん。三連休にここに来られるなんてすごくラッキー」

「お声がけして、ご迷惑じゃなかったですか？」

「あ、それも知ってるのね」

「もちろん。だって、昨日キャンセルが出るなり予約を押さえたのは私ですもん」

「美来さんが予約をしてくれたの？」

「はい。でも、それって叔父さんの指示です」

千晶は思わず、美来と管理人の顔を見比べる。美来が満面の笑みを浮かべる一方、管理人はちょっと気まずそうな表情だった。

美来は得意満面で続ける。

「最初は、叔父さんがチェックしてたんですけど、ほかの仕事もあるし、ずっとパソコンに張り付いてるわけにはいかないからって私の役目になりました。時々ホームページを見に行って、キャンセルが出たら予約を入れろって」

「大変だったでしょうに……」

「大丈夫です。ここにいる間は、予約の管理は私の仕事ですから。で、朝、昼、晩ってホームページをチェックして、日曜日にキャンセルが入ったから予約しました。そしたらすぐに土曜日にもキャンセルが入って、めでたく二泊三日を確保できたんです」

どっちもソロエリアでよかった、と美来は笑う。気になるのは美来にそんな指示を出した管理人の意図だが、そんなものは訊くまでもない。

祖父が心配しているぐらいなら、身近にいる叔父はもっと心配している。どうした加減かはわからないが、美来は千晶を滅法気に入ってくれていて、千晶に会うだけで元気が出るらしい。悩める姪を少しでも励ましたくて、千晶を召喚《しょうかん》したに違いない。

美来が千晶を気に入ってくれている理由は謎だが、実際に元気になってくれるなら、そんなことはどうでもいいといったところだろう。

「そういえば、アースオーブンを試してみたんだって？」

話題を、美来が管理棟から出てくる直前のものに戻す。

管理人の意図よりも、アースオーブンの失敗理由のほうが気になる。『ＩＴＳＵＫＩ』の『アウトドア食材コーナー』でアースオーブン料理を紹介する可能性はかなり低いけれど、レシピ紹介に携わる身として、料理における失敗例を知ることは必要だった。

「叔父さん、言っちゃったの？　こっそり練習して榊原さんを驚かせたかったのに」

美来は、管理人を一睨《にら》みしたあと、千晶に訊《たず》ねた。

「二回やってみたんですけど、二回とも失敗しました。一回目は生焼け、二回目は黒焦げ……榊原さんはどうしてあんなに絶妙のタイミングで掘り出せるんですか？」

「レシピに忠実にやってるから」

「レシピ？　アースオーブン料理にレシピってあんまり関係ないんじゃ……」

肉に下味を付けて野菜と一緒にアルミホイルで包んで焼く——それがすべてではないか、と美来は言う。

千晶に言わせれば、まさしく『失敗あるある』だった。

「レシピは見てみたの？」

「一応は……でも、問題なのは味じゃなくて焼き加減なんです。味そのものは濃すぎたらどうしようもないけど、薄味にしておけば、あとから塩とかお醬油《しょうゆ》を足せますよね。ちゃんと焼けてさえいれば、ですけど」

そろそろいいだろうと思って土の中からアルミホイル包みを掘り出す。アルミホイルを開けて見て生焼けだったとしても、加熱し直すのは大変すぎる。なにせ、もう一度包み直して土に埋め、その上で火を焚かなければならないのだから……

一度だけでも大変な作業を二度やる気になれず、結局美来は、肉のかたまりを管理棟に持って帰ってレンジにかけてしまったそうだ。

「まあ、それもひとつの手だよね。文明万歳」

便利なものがあるなら使わない手はない。千晶も家で料理をしたときに、生焼けのハンバーグやポークソテーをレンジに突っ込んだ経験が幾度となくあった。

「文明は素晴らしいですけど、やっぱりアースオーブンでしっかり焼いたのと、途中でレンジを使うのとでは、全然味が違います。なんていうか……カスカスになっちゃう」

「それは言えてる」

「だから、次はレンジのお世話にならずに済むように、時間をかけて焼いたんです。そしたら黒焦げ。中のほうはなんとか食べられましたけど、外側の一番美味しいところが台無しでした。ジューシーな鶏皮《とりかわ》が食べたかったのに」

鶏肉で一番美味しいのは皮だという人がいる。かく言う千晶もそのひとりで、カロリーを気にして鶏皮を外す料理番組を見るたびに、それぐらいなら鶏なんて食べないほうがマシだ、と思う。だから、美来の無念さは痛いほどわかった。

「榊原さんはすごく簡単そうにやってらっしゃるのに、自分でやってみるとすごく難しかったんです。やっぱり経験の差ですねえ……」

「経験は関係ないと思うよ。私だって昔からアースオーブン料理を作ってたわけじゃないもの。ただ、さっきも言ったとおり、大事なのはレシピ。調味料まであわせて分量はすごく重要なの」

「分量……」

「そう。端的に言えば、お肉の大きさかな。火の通り具合を一番左右するのは大きさだから、レシピと違えばかかる時間も違うよ」

「あ、そっか……言われて見れば……」

こんなことはわざわざ告げるまでもない。料理に慣れた人間にとっては当たり前のことだが、それが頭に入っていないところを見ると、美来は家であまり台所に立っていないのかもしれない。

「そこまで含めて経験の差と言われればそのとおりかもね。でもまあ、次は黒焦げにだけはしないように」

「生焼けはいいんですか？　管理棟にはレンジがありますけど、よそでキャンプをした
ときは生焼けのほうが困りそうな気が……」

「生焼けだったら焼き直せばいいだけじゃない」

「また包んで埋めて、上で火を焚くんですか？」

美来の顔に『面倒くさい』という字が浮かんで見える。同時に、あまりにも融通が利かない美来の性格が窺えた。

「地面の上に火を熾し直す必要はないよ。そもそもお肉の包みを掘り起こす前に除《よ》けた火はどこにやったの？」

「どこにって……火消し壺《つぼ》に……お肉が焼けたらあとはいらないし」

「普通のキャンプでそんなことする？」

肉が焼けたとしても、ほかにも作りたい料理があるかもしれないし、食後のお茶のために湯を沸かすかもしれない。なにより、キャンプの最大の楽しみは焚き火を眺めることと断言する千晶にとって寝る寸前まで、あるいは起きてすぐのときから、火はそこにあってほしい。あっさり消すなんて考えられなかった。

「アースオーブンに使った薪とか炭は、焚き火台か焚き火グリルに移すといいよ。で、生焼けだったらもう一回、土の上にぶちまける。埋め戻すだけなら、それほど面倒じゃないでしょ。ただ、アルミホイルだけは乱暴に扱っちゃ駄目。包み直せるようにそーっ

と剝《は》がすのが鉄則」

「そーっとやろうとしても、すぐに破れちゃうんです。熱くてトングを使ってるからかもしれませんけど」

「トングでアルミホイルを剝がそうとしたらそうなるか……」

千晶はそこで小さくため息を漏らし、管理人に訊ねた。

「耐熱グローブってありますよね？」

「もちろんあります」

「次から貸してあげてください。薄手のものがあればそのほうがいいです」

いくら焼き立てとはいっても直火《じかび》にかけていたわけではない。火が消えていない炭や薪とは熱さが段違いだから、そこまで厚くなくていい。むしろ細かい作業ができるようになるべく薄手のグローブが望ましかった。

管理人はきょとんとして美来に訊ねた。

「おい、美来。おまえ、耐熱グローブを使ってなかったのか？　炭を火消し壺に移すときとかどうしてたんだ？」

「もちろん、トングだよ。管理棟にある長いやつ。あ、軍手はちゃんとはめてるよ。受付の後ろの棚に入ってる大袋のやつ」

「受付の後ろの棚の大袋……」

なにを思いだしたのか、そこで管理人はいきなり大声を出した。

「あれを使ったのか！」

「え、駄目だった？」

「屋内作業用ならいいけど、火を使うときはあれじゃ駄目だ。混紡《こんぼう》だから、火の粉が飛んだら溶けかねない」

「そうなの？」

美来はきょとんとしているが、キャンプの場合、衣料から身の回り品まで布製は綿百パーセントが基本だ。おろしたてのときは扱いづらいこともあるが、とにかく燃えにくいことが大事だから、見栄えはもちろん着心地も二の次、三の次となる。

バーベキューなどの火を使うアウトドアイベントのときに、お洒落《しゃれ》なフリルたっぷりの服で現れた女性が顰蹙《ひんしゅく》を買うのも、ヒラヒラしていればしているほど引火しやすいし、そうしたデザイン性を重視した服は化繊が多い。引火したら一気に燃え上がって大火傷を負いかねないからなのだ。

美来がしょんぼりと呟いた。

「そうなんだ……軍手ならどれでも同じだと思ってた……」

「教えておかなかった俺が悪かった。軍手にもいろいろあるんだ。事務所に置いてあるのはただの作業用。綿百の軍手は薪小屋に置いてある」

「炭捨て場に出られる扉の横？」

「そう。滅多にあることじゃないけど、消えきっていない炭を捨てていくキャンパーがいるから、炭捨て場の掃除をするときも綿百を使ったほうがいいんだ」

「そうだったんだ……じゃあ、次はそっちを使うことにする」

「それでもいいけど、やっぱり耐熱グローブのほうがいい。掴《つか》みやすい薄手のものがあるから、次は貸してやるよ」

「うん」

かくして叔父と姪の軍手、耐熱グローブ談義は終了した。

「じゃ、次からはお肉の大きさはレシピに合わせて、耐熱グローブを使う。アルミホイルをそっと剝がしてみて、生焼けだったら包み直して、火も戻す。何度かやれば、レシピどおりの分量じゃなくても、いい感じに焼けるようになるよ」

「本当ですかあ？」

「ほんとほんと」

千晶の言葉に、美来は疑わしそうな眼差《まなざ》しを向ける。

実は、何度も挑戦しているうちに生焼けを防げるようになるかどうかは、定かではない。世の中には学習能力も調理センスもまったくないという人もいる。それでも、対処方法がわかっていれば生焼けなんて恐くない。美味しいお肉が食べたければ、ひたすら頑張るしかないのだ。

「ってことで、今日のテントサイトを教えてもらっていいですか？」

「すみません！　こんなところで話し込んでる場合じゃなかったですね」

まず受付を済ませなくては、と管理人は大慌てで管理棟に戻りかけた。

千晶が、重すぎる車載型冷蔵庫を引っ張って彼に続こうとしたところで、美来がバインダーを差し出した。

「大丈夫です。受付票を持ってきましたから、ここで書いてください」

「うわー、助かる。ありがとう！」

「なんだか、すごく荷物が多そうでしたから。あと、荷物を運ぶのも手伝います」

「気が利くじゃないか、美来」

「お料理はまだまだだけど、これぐらいは」

「あ、でも、この前いただいたコーヒーゼリーはすごく美味しかったわよ？」

前回のキャンプで一緒に食事をしたとき、美来がコーヒーゼリーを持ってきてくれた。舌触りがつるつるして、ほろ苦くてとても美味しいデザートだった。急に誘ったのによく用意できたなと感心した覚えがある。

ついさっき、料理はそれほどしていないんだな、と思ったけれど、少なくともデザートについては、かなりの腕前に思えた。

ところが美来は、とんでもないと言わんばかりだった。

「コーヒーゼリーじゃなくてコーヒー寒天です。それに、あんなのお料理のうちに入りませんって。寒天を溶かしてインスタントコーヒーを混ぜただけですから」

「でも、美来が作るクッキーや蒸しケーキも旨いぞ？」

「あーやっぱりデザート類はお得意なのね」

「お得意ってほどじゃありません。クッキーは小麦粉とバターとお砂糖を混ぜて焼くだけ、蒸しケーキなんてホットケーキミックスですよ？　幼稚園児だって作れます」

「簡単でも作らない子は作らないわ。美来さんはデザート作りが好きなのね」

「まあ……好きは好きです。できたのを食べるのはもっと好きです。あーでも、作ったはしからすごい勢いで食べちゃうクマみたいな人のせいで、あんまり食べられてないけど」

美来が横目で管理人を見る。とっさに目をそらした管理人を見て、千晶はたまらず噴き出した。

「それだけ食べてくださるってことは、やっぱり美味しいのよ。どれだけ簡単でも、失敗する人はするんだもの」

「そうかもしれません」

「前途有望。これからも頑張って！」

「はーい。でも、できれば榊原さんにいろいろ教えていただきたいなあ……お料理するのを見に行っていいですか？」

ずっとじゃなくて、ちょっとだけ……と美来は上目遣いで訊ねる。

このキャンプ場に来ると決めた時点で、完全なるソロキャンプは諦めた。二泊のうち一泊は美来と過ごすことになるかもしれないと……

ただ、一泊をひとりで過ごせれば十分だし、美来と過ごすのは楽しい。彼女の今後についても、半ば『乗りかかった船』の感覚があるので、少しでも自分が役に立てるのなら、と考えていた。

「了解。私じゃ大して参考にならないけど、一緒に作って一緒に食べよう」

「やったー！」

飛び跳ねて喜ぶ美来を横目に、千晶は受付票に記入する。二泊三日のカウンセリングを含んだキャンプが始まろうとしていた。

「榊原さん、すごいですね、こんなの買われたんだ……」

ポータブル電源と繋がったクーラーボックス、正確には車載型冷蔵庫を見て、美来が目を丸くしている。

千晶のキャンプはもっぱらソロ、しかもほとんどが一泊二日で終わる。その滞在時間でここまでする必要があるのか……と驚いたのだろう。

　今回は二泊三日であることに加えて、美来の分の食料まで見込んでいる。ただ、それを本人に言ったら申し訳ないと思わせてしまうに決まっているから、千晶は何食わぬ顔で答えた。

「だって暑いじゃない。キャンプで食中毒になんてなりたくないし、二泊三日だから生ものもけっこうあるしね。冷蔵庫があった方が安心。で、もうひとつ言えば、これは実家からの借り物」

「ご実家……榊原さんのご両親もキャンプをされるんですか？」

「じゃなくて、まとめ買いと災害対策なんだって。それに、このポータブル電源はソーラーパネルもセットになってて、お天気さえよければ日光で充電できる優れものだよ」

「すごい……じゃあ、今回も充電しながら？」

「まあね。本当は、生ものからどんどん使って、充電がなくなったらあとは冷凍されてるものを解凍しがてら保冷剤に、でもいいんだけど、どれぐらいで充電できるか試してきてって父に頼まれてるんだよね」

　あってほしくはないけど、本当に被災したときのことを考えたら、どれぐらいの時間で充電ができて、どれぐらいで使い切るのかを知っておいたほうがいい。まだ買ったばかりだからそこまで試す時間がなかった。どうせ持っていくならついでに調べてきてくれ、というのが父の弁だ。レンタル料代わりにと言われたら、従わざるを得ない。

「なるほど……キャンプしながら実験もしなきゃならないのは、ちょっと大変ですね」

「そうでもないよ。一泊なら慌ただしいけど、幸い二泊だし、明日もお天気はよさそう。ソーラーパネルを広げて昼寝しながら充電してみるよ」

「充電してる間、冷蔵庫はどうなるんですか？　外しちゃったらまずいんじゃ……」

「このポータブル電源は使いながら充電できるタイプなの。むしろ、使いながらどれぐらい充電できるかが知りたいらしいわ。災害時なら余計に、使いながら充電することになるだろうし」

「へえ……榊原さんのお父さんってすごくよく考えてらっしゃるんですね」

ポータブル電源とソーラーパネルはまだしも、災害対策で車載型冷蔵庫を買った人なんて知らない。その上、充電時間、しかも使いながら充電した場合にかかる時間まで調べるなんて周到すぎる、と美来は感心することしきりだった。

「父は、石橋を叩《たた》くのに熱中しすぎて、渡るのを忘れるタイプかも」

「え……」

絶句したあと、美来は盛大に噴き出した。明るい笑い声が、山の中に響いていく。こんな声で笑えるうちは大丈夫、と思えるような声だった。

「さて、じゃあとりあえず生ものを減らし始めましょう」

「はーい。なにを作るんですか？」

「カレー」

「カレー……」

美来は、きっと意外に思ったのだろう。

無理もない。アースオーブンを使って、牛だの鶏だののかたまり肉ばかり焼いていた千晶が、カレーなんてキャンプの初歩みたいなメニューを作るとは思ってもみなかったに違いない。

そこで千晶は、にやりと笑って付け加えた。

「カレーとは言っても、キーマカレーね」

「キーマ……あの、挽肉《ひきにく》がいっぱい入ってるやつですか？」

「そうそう。挽肉だからとにかく早く使っちゃいたいの。あとはナン」

「ごはんじゃなくてナン！　確かにキーマカレーならナンもすごく合いますよね」

「でしょ？　とりあえずアースオーブンはそのあと……いや、一緒にやっちゃおうかな」

実を言うと、今回はアースオーブンを使うつもりはなかった。

過去二回、続けてこのキャンプ場でかたまり肉を焼いたことで、アースオーブン熱はいったん収まっている。ただ、炭火で焼いたら美味しいだろうと、鶏の骨付き腿肉《ももにく》は持ってきた。美来がアースオーブンで失敗ばかりしていると聞いて、どうしようかと思ったけれど、あの腿肉を焼いてみればいいと気がついたのだ。

「まず、アースオーブンを作って、その上でカレーを作るほうが効率的だね」

「ですね。私はなにをすればいいですか？」

「そこに鶏肉が入ってるから、アルミホイルに包んでくれる？」

「はーい」

元気に返事をしたあと、美来は車載型冷蔵庫のところに行く。蓋が固かったらしく、少し苦労したあと、ファスナー付きのビニール袋に入った鶏腿肉を取り出した。

「あ、これ、クリスマスの絵本によく出てくるやつですね」

「絵本のクリスマスなら丸焼きじゃない？」

「丸焼きが描いてあるのもありますけど、私の家にある絵本は、こっちでした。先っぽに帽子みたいなのを被《かぶ》せてあって……」

「あーわかる、わかる。ちょっとコックさんみたいな……。さすがにあの帽子はないけど」

「先っぽに、紙の帽子の代わりにアルミホイルでも巻いておきますか？」

「焼けてから巻いたほうがよさそう。脂でベタベタになっちゃうから」

「そうですね。じゃあ、とりあえず丸ごと包みます……ってこれ、三本もありますけど、全部使っちゃって大丈夫ですか？」

「いいよ。三本あれば、美来さんの叔父さんも食べられるでしょ」

「え、叔父の分まで用意してくださったんですか⁉」

「えーっと……」

　実は、その鶏腿肉は三本一パックで売られていた。一本入りのパックはないかと探してみても見つからず、値段もそんなに高くはなかったから三本入りを買っただけだ。

　自分だけなら一本でいいし、美来と一緒に食べるとしても二本でいい。それでも三本とも持ってきたのは管理人のことを考えたというよりも、その腿肉はもともと冷凍してあったのを解凍してパック詰めしたもので、もう一度冷凍するわけにはいかなかったからだ。

　残しておいても次に食べるのはキャンプから帰ったあとになる。最短でも三日、解凍品の腿肉を置いておくのは心配すぎる。それぐらいならまとめて下味を付けて持っていけばいい。鶏腿肉は大好物だから、何食続いても平気、という判断のもと、三本とも持ってきたというわけである。

「正直に言うと、誰が食べるかまでは考えてなかった。三本あって、二本を美来さんと私で食べたら一本残る。じゃあ、管理人さんの分もあるなーってだけ。管理人さんが食べても食べなくてもどっちでもいい、って感じ？」

「相変わらず正直ですねえ」

「ごめんね、こんなで……」

「ぜーんぜん。私はそういう人のほうが楽っていうか、信頼できます」

「え、そう?」

「はい。榊原さんが言ってることは嘘《うそ》じゃない、全部本当だって思えます」

「それはちょっと気をつけたほうがいいわ」

急に真顔になった千晶に、美来は首を傾げる。

褒め言葉のつもりで口にしたのに、注意されるとは思わなかったのだろう。

「確かに嘘じゃない。でも、嘘じゃないときのほうが傷つくこともあるでしょ? それに、私にとっての本当が、ほかの人にとっても本当とは限らない。考え方も、感じ方も人によって違うもん。闇雲に信頼するのは危ないよ」

「そういうことを自分で言う人だからこその信頼です」

きっぱり言い切って美来は笑う。

一本取られたとはこのことだった。

「でも、盲信は危ないってことですよね。気を付けます」

「あ、うん、そうして……」

「じゃ、これ包みますね。うわあ……素敵な香り!」

ファスナー付きのビニール袋を開けた美来が歓声を上げる。

下味は塩胡椒《しおこしょう》とハーブミックス、そして下ろしニンニクで付けた。ただ、ハーブミックスは乾燥させてあるものだったから、それほど香りは立たない。美来に歓声を上げさせたのは、ニンニクのほうだろう。

「美来さんって、もしかしたらニンニクが好きなの？」

「はい。実はめちゃくちゃ。特に丸ごと焼いたのが好きで、グリルにのっけて焼くと叔父さんと取り合いになります」

「叔父さんもニンニクが好きなの？」

あのクマみたいな身体のスタミナ源はニンニクだったのか、と思っていると、美来が思い出し笑いをしながら言った。

「物置の隅っこにニンニクと唐辛子がいっぱい入ったネットがぶら下げてあるんです。最初は管理棟にあったんですけど、いつだったかお客さんに『吸血鬼でも出るのか？』って聞かれて物置に移したんですって」

「え、それだけで？」

吸血鬼なんて出るわけがないんだから、笑って誤魔化《ごまか》しておけばいい。わざわざ利用者の目に付かないところに移すこともないのに、と言う千晶に、美来も大きく頷いた。

「ですよね？　でも叔父さんは、もしかしたら匂いが気になるのかも……って移したんです。気にしすぎですよね？」

「あー……そっちか。気になる人は気になるのかもね」

「はい。好きな人なら平気ですけど、嫌いな人には苦痛だろうって。でも、ニンニクを置くこと自体はやめられなくて、今もたーっぷり常備してます。で、時々グリルで丸焼きにして取り合いながら食べてます」

「なるほどね。ニンニクですか？　あ、じゃあそれちょっと拝借できるかな？」

「ニンニクですか？　もちろん。いくついります？」

座って鶏腿肉を包んでいた美来は、取ってきます、と立ち上がった。

「ひとかたまりかな」

「スーパーで売られてるひとつってことですよね？」

「そうそう。あと、管理人さんに『夕ごはんいかがですか』って訊いてきて」

「キーマカレーとナンと鶏腿肉にニンニク！　そんなの食べるに決まってます」

「じゃあ、あとでお届けしましょう」

「叔父さん、すごく喜びます。じゃ、ちょっと行ってきますね！」

そう言うと、美来は自転車に跨《また》がって颯爽《さっそう》と走り去った。

美来は相変わらずキャンプ場内の移動には自転車を使っていて、このテントサイトに来たときも、車に乗っていけばいいのにと言う千晶に、自転車で行くと答えた。

そのときは帰りが困るからという理由だったが、こうしてなにかを取りに戻るときにも使えるから、やはり自転車が正解だったのだろう。

しばらく見ていたが、前に見たときよりもスピードが増した気がする。ところどころ坂がある山道を走り回っているから、体力もどんどんつくのだろう。

健全な身体に健全な精神が宿る、と主張する人もいるけれど、身体が元気なら心も元気とは限らない。それが難しいところだ、と思いながら、千晶はアースオーブン用の穴を掘り始めた。

美来が戻ってきたのはおよそ十分後、自転車の前カゴにはニンニクが入ったビニール袋と新聞紙の包みが積まれていた。

「叔父さんが、これも持って行けって！」

なんだろう、と新聞紙の包みを受け取って開いてみると、出てきたのは、全長二十センチぐらいのガラス瓶だった。白濁した液体が入っていて、ほんのり温かい。どうやらなにかのスープらしい。

「これはなに？」

「チキンブイヨンです。とはいっても、野菜の皮とか端っこを鶏ガラと一緒に煮込んだだけですけど」

「いや、チキンブイヨンってそういうものでしょ。それにすごく時間がかかったはずだよ」

「時間はかかってますね。ずーーーっと煮込んでましたから」

「そんなのいただくわけにはいかないよ」

「大丈夫です。大鍋にいっぱいありますから」

「なんでそんなものが……」

「叔父さん、ラーメンに嵌《は》まっちゃって。ここにいるとそんなに簡単にお店に行けないし、インスタントにも飽きちゃったってことで、自分で作ることにしたみたいです」

「え……」

クマみたいな管理人は、ニンニクが好きな上にラーメンにまで手を出したらしい。作ったのがチキンブイヨンだったのはせめてもの救い、これが豚骨《とんこつ》だったら間違いなくニンニクマシマシ野菜山盛りの『二郎系ラーメン』が登場したことだろう。

「じゃあ、チキンブイヨンっていうより鶏ガラスープかな……醤油ラーメンかな」

「鶏ガラスープ！　確かに。それに醬油も正解です。細いストレート麺の昔ながらの中華蕎麦《そば》が食べたいそうです」

「そういうシンプルなのが一番難しいんだよね」

「らしいですね。だいぶ苦労してます。でも、そのおかげでチキンブイヨン、じゃなくて鶏ガラスープは常備されてます。だから使ってくださいって」

管理人曰《いわ》く、キーマカレーには鶏ガラスープを使うレシピもある。榊原さんのことだから顆粒《かりゅう》タイプの鶏ガラスープを持ってきているかもしれないが、たくさんあるから試してみてほしい、とのことだった。

「試してみてほしい……今日の私は実験係なのね」

　思わず漏らした一言に、美来はまた大笑いだった。

「ポータブル電源に続いて、キーマカレーの実験もしなきゃならないって大変ですね。でも、ポータブル電源に比べたら、鶏ガラスープのお試しは楽だと思いますよ」

「そりゃそうだ。それに、顆粒タイプより絶対美味しいだろうし」

「それはやってみないとわかりません。長く売られてるものにはそれなりに理由があります。叔父さんが思い付きで作った鶏ガラスープよりずっと美味しいかも……って、これ、この間叔父さんに言ったら、すごくへこんでましたけど！」

「美来さん……」

　ずいぶんお世話になっているにしてはひどい言いようで、愛想を尽かされたらどうするんだろう、と心配になる。ただ、ニンニクを取り合ったり、辛辣《しんらつ》な言葉を投げかけたりしても許される。そんな安心感を抱ける相手だからこそ、美来の避難所になっているのかもしれない。

「ってことで、お料理を続けましょう。あ、もう穴を掘り始めてくださったんですね！」

「うん。もうちょっと掘らなきゃならないけど」

「じゃあ、私、石を集めてきますね」

どうやら美来は、アースオーブンの作り方をすっかり覚えているらしい。

千晶が穴を大きくしている間に、そこら中にある石を拾い集めて、穴の完成を待って敷き詰めた。

「ではでは……」

美来は石を敷き詰めた上に薪を組み上げる。空気の通り道を確保しつつ、太い薪を組み、間に細く割った薪や石と一緒に拾ってきた杉の枯れ葉を突っ込む。迷いのない手の動きは、美来がここで過ごした時間の長さを物語っていた。

「これで石が温まるまで待てばいいんですよね？」

「百点満点。なんか、すごいね」

「火ぐらい熾せますって。しかも着火マッチ使ってますし」

「それでもだよ。あと一年ぐらいしたら、着火ライターも着火マッチもなしに火がつけられるようになるんじゃない？　原始的火熾し的な……」

「あと一年……」

そこで美来は黙り込み、深いため息を漏らした。

一年後の自分が思い描けない。美来に限らず、受験期にある子どもの大半が同じだろう。いっそ、先のことなどどうだっていい、とにかく今を楽しもう、と開き直れる性格ならよかったのに、と美来のために思ってしまった。

「一年後、私ってどうなってるんでしょうね……」

「それは美来さん次第だけど」

「ですよね。私の人生なんだから、私次第。それはわかってるんですけど、一回道を外れたら戻るのってすごく難しいなーって……でもって、それって道から外れてみて初めてわかるっていうのがどうにも……」

まるで自分に説教をするような調子で呟きながら、美来は火を整える。

火がついた薪がさらによく燃えるように広げたり移動させたりしつつ、敷いた石をまんべんなく温めていく。千晶がもうそろそろいいかな、と思ったところで、なんの指示もなく、美来は薪を焚き火台に移し始めた。

「じゃ、お肉、置いちゃいますね」

「うん。なんか……本当によくわかってるね」

「あとは加熱時間だけってことですねえ……そこが肝心なんですけど」

「大丈夫。生焼けでも黒焦げでもどうにでもなる。大事なのは失敗しないことじゃなくて、失敗したときのフォローだよ」

「ですかねえ……」

ふふふ……と謎の笑みを浮かべたあと、美来はアルミホイルでぐるぐる巻きにした鶏腿肉を石の上に並べ始める。

三十分後、埋め戻された穴の上では火が焚かれ、直火用のクッカーが置かれていた。ちなみにクッカーは、焚き火の両脇に大きな石を置き、そこに渡した網の上にある。

「ちょうどいい石があってよかったわ。網が傾かないのはなにより」

「本当ですね、って言いたいところですけど、たぶんこれ、叔父さんが置いていったんだと思います。昨日まではありませんでしたから」

「え、そうなの？」

「はい。おそらく管理棟の裏に積み上げてあったやつです。使うかどうかわからないけど、直火でお料理するならあったほうがいいと思ったんでしょう」

「間違いなくあったほうがいい。お鍋を吊《つる》す三脚は持ってるけど、案外あれって不安定だし、大きさが揃《そろ》った石があるならそのほうがいい」

「ですよね。その点、この石は完璧じゃないですか？」

「ありがたいことです」

管理棟がある方向に向かって深々と頭を下げたあと、千晶はクーラーボックスから挽肉と刻んだタマネギを取り出した。

「あ、もう刻んであるんですね」

「冷蔵庫様々だよ。保冷に不安がないから、家でやれる下拵《したごしら》えは全部やってきたの。だからここではぱーっと作って、あとは食べて呑んでゆっくりするだけ」

「ぱーっとって言うには時間がかかるお料理ばっかりみたいな……」

アースオーブンは言うまでもなく、カレーだって作業は簡単にしても時間はかかる。ましてやナンまで作るとなると、食べて呑んでゆっくりするだけとはいかないのでは、と美来は言う。

ただ、千晶に言わせればそれは見解の相違だった。

「普通のカレーなら煮込むのに時間がかかるけど、キーマカレーはあっという間だし、ナンも待つ時間のほうが長いよ。火にかけたお鍋や鉄板の上で焼けていくナンを見ながらぼーっとする。それがキャンプの醍醐味《だいごみ》です」

「なるほど……」

「じゃ、カレーに取りかかろう」

ほどよく温まったクッカーにみじん切りのニンジン、タマネギ、ピーマン、ナスを投入し、木べらで混ぜながらゆっくり炒《いた》める。野菜が柔らかくなったら挽肉を加え、色が変わるまでまた炒める。あとは鶏ガラスープを入れてしばらく煮込み、ルーを入れて少し煮込んだら完成だ。

「あーやっぱりこの鶏ガラスープ、すごくいい感じだわ」

ルーを入れて味見をした千晶は、嬉しくてつい声を漏らした。すかさず美来が訊ねてくる。

「そんなに違いますか？」

「違う違う。なによりしょっぱくない。市販の顆粒タイプの鶏ガラスープの素《もと》ってけっこう塩分が濃いのよ。多少しょっぱくてもごはんなら気にならないっていうか、そっちのほうがいいって思えるときもあるけど、ナンのときは少し優しい味にしたいの」

「わかるような気がします。でも、よかった。叔父さんの鶏ガラスープでキーマカレーが美味しくなるなら、ほかのカレーにも使えます。たとえラーメンが駄目でも使い道ができるってことです」

「ラーメンのために作ってるんだから、ラーメンを成功させてあげなきゃ」

「そうなんですけど、この間からずっと頑張ってるのに、ちっともうまくいかないみたいで」

「あら……」

難しい顔で味見をした挙げ句、思いどおりの味にならなくて頭を掻《か》きむしる。そんな管理人の姿が目に浮かんだ。休み明けに会社に行ったら、商品開発部の研究メンバーに醤油ラーメンの作り方を訊いてみようか。食品の旨みを引き出すために、日夜努力を重ねている彼らなら、醤油ラーメンを美味しくする秘訣《ひけつ》を知っているかもしれない。

いずれにしても、本日のキーマカレーは鶏と合挽肉の旨みが合わさり、ルーのスパイスも尖《とが》りすぎず、しょっぱすぎず、理想の出来上がりだった。

「ほら、美来さんも味見してみて」

プラスティックのスプーンでカレーを掬《すく》って差し出す。

食べてみた美来は、ただでさえ大きくて丸い目をさらにまん丸にした。

「おっいしー！　これ、ただ炒めて市販のルーを入れて煮込んだだけですよね？」

「ご覧のとおり。水の代わりに鶏ガラスープを使うだけでこんなに美味しくなるなんてすごい。まあでもこの優しい味わいは手作りの鶏ガラスープだからこそだけど」

「叔父さんに、ラーメンは諦めてカレーを極めてって言おうかな……」

「カレーは極めなくても十分美味しいから、ラーメンに打ち込ませてあげて！」

「えー……」

ラーメンはインスタントで十分だし、カレーのほうがずっと好きなのに、と美来は唇を尖らせる。叔父と姪で嗜好《しこう》が違うのは大変にも思えるが、それぞれが好きなものを作ったら案外バランスのいい食生活ができそうな気もした。

「カレーはできたから、あとはナンだね」

「もしかして、ナンの生地も家で作ってこられたとか？」

「さすがにそこまではやってない。初めてで、発酵時間とかミスりそうだったから」

キーマカレーをナンで食べたいと思いついたまではいいが、カレーは簡単に作れてもナンをどうしようかと迷った。いっそ市販のものを温めるだけでもいいかとも思ったけれど、レシピを調べてみたら案外簡単そうだったので作ることにした。

とはいえ、生地を作り置きしたらどうなるかわからない。発酵しすぎてとんでもないことになってもいやだから、アウトドア料理で検索して見つけたレシピどおりに、キャンプ場に着いてから作り始めることにしたのだ。

「へえ、レシピどおり……なんかちょっと意外です」

「どうして？」

「榊原さんなら、ナンでもケーキでもなにも見ずにささーっと作っちゃうかと思ってました」

「だから、レシピを無視していいものと駄目なものがあるんだって。パンとかお菓子は無視しちゃ駄目なものの筆頭」

「そうですねえ……確かにデザートは適当に作ったら駄目なことが多いですね。例外もありますけど」

「ナンは粉と水を合わせて捏《こ》ねるだけだから、大した手間じゃないしね、ってことでレシピどおりのナンを作ろう。えーっと、まず、粉を入れて……」

粉は分量を量って持ってきた。強力粉と薄力粉の両方が必要なので、それぞれ量って混ぜ合わせ、篩《ふる》いにもかけてある。篩ってから使うまでに時間が経《た》っているのは問題かもしれないが、とにかく一度は篩った。そんな判断をするあたりは、千晶のいい加減さだった。

「次はお水を入れて、うわー、ねちょねちょだ」

これ、大丈夫かな……と心配しつつ捏ね続ける。しばらくすると、生地がいい感じにまとまった。あとはバターを混ぜ込んで発酵させ、形を整えて焼くだけだ。

「めっちゃ簡単ですね！」

「でしょ？　これなら作ってみようと思うじゃない。粉と水だけなら、市販のナンよりずっと安く済むし」

「ほんとですね。で、これ、どれぐらい発酵させるんですか？」

「レシピには三十分って書いてあるわ」

「今日は暑いからもうちょっと短くてもよさそうですけど」

「あ、そういうもの？　じゃあ二十分ぐらいにしておこう」

「二十分で様子を見て、駄目ならもう少し置く、って感じですかね」

「駄目かどうか、どうやって判断するの？」

「……わかりません。私、パンもナンも作ったことありませんし」

知識だけはなんとかあるが実践経験ゼロ、ふたりして大笑いの巻だった。

ナンの生地を寝かせたあと、時計を確かめると時刻はすでに午後四時を過ぎていた。

どうやら、ところどころで美来と話し込みながらの作業だったから、思った以上に時間がかかったようだ。

美来が焼き網を退《ど》けてくれたので、大慌てで火のついた薪を焚き火台に移す。続いてスコップで土を掘り、出てきたアルミホイルの包みを美来が慎重に剝がしていく。

トングではなく、耐熱グローブをはめた手で慎重にやっているから、アルミホイルをビリビリにしたり土が混じったりすることはないはずだ。

「これって焼けてるんですか？　焦げ目はいい感じについてますけど……」

「串を刺してみて、澄んだ肉汁が出てきたらＯＫ」

「あ、ハンバーグを焼くときと同じですね」

「肉はどれでも同じようなものよ」

「それを最初に訊いておくべきでした」

「あ、大丈夫そうだね」

「これでいいんですね。なーんだ」

「カレーよし、チキンよし、あとはナンを焼くだけだね。あ、そうだ、管理人さんはどうされるって？」

夕ごはんを食べるかどうか訊いてきて、と言ったままになっていた。食べるなら届けに行ったほうがいいかな、と思っていると、美来がスマホを取り出し、キーをタップし始めた。相変わらず、通話ではなくメッセージでやり取りしているらしい。

なんだ、食べるかどうか聞き忘れたのね、と思っているとポーンと着信音が鳴った。

さっと読んだ美来が、内容を伝えてくる。

「叔父さん、いただきたいそうです。取りに伺ってもいいですか、って」

「もちろん」

「じゃあ、そう伝えます」

すぐにまた美来がメッセージを送ったところ、返ってきたのは『すぐに行きます』という答えだった。

届けに行くとしたら、美来が自転車で走ることになる。管理人なら車を使えるから美来が行くよりずっと速いし、なにより楽だ。

自転車でも片道五分かからない。すぐに来るというなら三分、いや二分ぐらいで来るかな、と思いながらナンを焼き始める。ところが、一枚目のナンが焼き上がりそうになっても車のエンジン音が聞こえてこない。なにかトラブルでもあったのだろうか、と心配になったころ、ザッザッザッという足音が聞こえてきた。

「あれ、叔父さん、歩いてきたの？」

「歩いたというか、走ってきた」

「走って？　なんで？」

「いやー……せっかくならここで食べさせてもらおうかなーって」

「叔父さん、そのリュック、お酒が入ってるでしょ！　呑んだら運転できないから歩いてきたのね！」

美来が、管理人が背負っていたリュックをビシッと指差す。まるで熟練の教師か名探偵のような仕草に、管理人は大笑いだった。

「あはは、バレたか！　なんなら帰りは自転車でふたり乗り……」

「ふたり乗りは禁止！　それに、叔父さんを後ろに乗せて走るなんて私には無理だよ」

「そうかー残念だな。それならまあ、歩いて帰るよ」

「それより、榊原さんは、ここで宴会を始めていいなんて一言も言ってないし！」

「え、駄目ですか？　俺、上等のスコッチとイタリア製のサラミ、あとチーズも持ってきたんですけど……」

「どうぞ、お座りください！」

上等のスコッチとイタリア製のサラミに加えてチーズまであると聞いて黙っていられるわけがない。直ちに立ち上がり、それまで座っていた折りたたみ椅子をすすめた千晶に、管理人は大笑いだった。

「ほらな、榊原さんは大歓迎っぽいよ」

「まったく……私だけでもご迷惑なのに、叔父さんまで！」

「いつもいつも、おまえばっかり美味しいものをご馳走《ちそう》になるのはずるいじゃないか」

「叔父さん……」

開いた口が塞《ふさ》がらない様子の姪ににやりと笑い、管理人はリュックから酒やつまみを取り出し始めた。ただし、千晶がすすめた椅子には座らず、これまたリュックから出てきた小さな折りたたみ椅子を広げる。

椅子とお尻のサイズがまったく合っていないが、本人は気にしていないようなのでなにも言わないことにした。

「えーっと、なにからいきます？」

チキンかカレーか、それとも……と管理人が持ってきたスコッチの瓶に目をやる。

管理人は愚問といわんばかりに、プラスティックのカップに水を注いだ。

「まず飲ませてください。走ってきたから喉が渇いちゃって」

「え、お水だけですか？」

「とりあえず、です。そのあと、カレーをご馳走になっていいですか？　ナンがめちゃくちゃ旨そうですし」

そう言ったあと、管理人は水を一気飲みした。そして、もうひとつプラスティックカップを出して、スコッチの瓶を手にする。

「榊原さん、ストレートで大丈夫ですか？」

「えーっと……私は水割りのほうが……」

「そっか、そうですよね。じゃあ水割りで……あ、氷……」

「氷ならありますよ」

クーラーボックスからロックアイスの袋を出して渡す。いつもなら溶けた水が袋の底に溜まっているが、今回はまったくない。車載型冷蔵庫の本領発揮だった。

「管理人さんはストレート派ですか？」

「俺はどっちかっていうとロックが好きです。でも氷は貴重なので……」

「じゃあ使ってください。どうせこれ、お酒のためだけに持ってきたやつですから」

「素晴らしい！　じゃあ、遠慮なく」

どうぞどうぞ、とすすめられ、管理人はふたつのプラスティックカップにウイスキーを注ぐ。そこで、つまらなそうに見ている美来に気付き、またリュックに手を突っ込む。出てきたのは、大きなソフトドリンクのペットボトルだった。

「ほら、おまえはこれな」

「あ、ラッキー！　叔父さんのリュックってなんでも出てきていいよね」

「魔法みたいに言うな。なんでも出てくるのは、あらかじめ入れてあるからだよ！」

「そりゃそうだけどさ。でも、欲しいものが欲しいときにちゃんと出てくるのはすごいよ」

「その分、重いけどな」

「叔父さんなら平気だよ。じゃ、いただきまーす」

「ちょっと待った」

　管理人は、ペットボトルに手を伸ばした美来を押しとどめ、蓋を軽く捻《ひね》ってそのまま少し待つ。ペットボトルの中身は炭酸飲料だ。『走ってきた』管理人に背負われていたのだから、そのままでは勢いよく噴き出してしまう。それを避けるための一手間を忘れないのはさすがだった。

「よし、これで大丈夫」

「ありがとう、叔父さん。あ、榊原さん。そろそろナンが焼けたみたい」

「じゃあ、それ、美来さんが食べて」

「いいんですか？」

「私たちはあとでいいわ。お酒をいただくから」

「やった、じゃあ遠慮なく」

　嬉しそうな美来に焼き上がったばかりのナンとシェラカップに入れたキーマカレーを渡す。続いてアースオーブンで焼いた鶏腿肉を皿に移した。

　じゃ、乾杯！　と三人でカップを軽く合わせようとして、千晶ははたと手を止めた。

　そう言えば、まえに美来が叔父の飲酒について語っていた気がする。利用者になにかあったときのために、普段から叔父は客がいるときは酒を呑まないと……

ところが今、彼はとても嬉しそうにプラカップを掲げている。大丈夫なのだろうか、と気になってしまったのだ。

「どうされました？」

やはり気付いたらしき管理人が訊ねてくる。一瞬迷ったものの、疑問をそのままにしておけずに口を開いた。

「あの……前に美来さんから、普段はお酒を呑まれないって伺っていたので」

「あーそれですか。確かに普段は控えてますが、今日は特別です」

「特別というと？」

「叔父さん、今日はお誕生日なんだよね！」

「え……ごめんなさい！」

そんな特別な日に適当に作ったキャンプ飯を振る舞おうとしていたなんて、と軽く落ち込みながら詫《わ》びる千晶に、管理人は驚きの表情になる。彼のまん丸になった目は、驚いたときの美来にそっくりで明確な血のつながりを感じた。

「なんで謝るんですか？」

「いえ、せっかくのお誕生日なのにこんなごはんしか……」

「榊原さん、気にしすぎです。アースオーブンで焼いたチキンと粉から作ったナンですよ？　それに、キーマカレーは叔父さん特製の鶏ガラスープを使ってます。どれもめちゃくちゃ美味しいはずです」

「いや、まあ、それはそうだけど……」

キーマカレーを貶《けな》すのは、鶏ガラスープそのものを貶すことになる。それはさすがに……と口ごもっていると、管理人がなんだかとても嬉しそうに言った。

「ご心配なく。俺たち、普段はものすごく適当な飯ばっかり食ってるんです。レトルトじゃないカレーは久しぶり、って思えるぐらい」

「そうそう。それでもカレーなんて上等なほうで、いつもは冷蔵庫に入ってるお肉と野菜を適当に焼いて、焼き肉のタレかポン酢をかけて食べてる。下味？　なにそれ？　みたいな」

「そこまでひどくはないって。でも、なんでもかんでも適当に焼いて食ってることに違いはありません」

「でも、素材さえよければ、それが一番美味しいじゃないですか」

「まあねえ……でも、飽きるんですよ」

「ね！　だから叔父さん、ラーメンなんて作り始めちゃうのよ」

インスタントラーメンに飽きているのみならず、食事全般に飽きている。だからこそ、ラーメン作りに挑んだ。ラーメンのスープはアースオーブン料理と同じように、時間はかかるものの基本的には放置できる。忙しい仕事の合間でも作れると考えたのだろう。

「だからご心配なく。キーマカレーとナンにチキンまであるなんて天国みたいな食事です」

「ならよかった。あ、じゃあこのサラミ少しいただいていいですか？」

「もちろん。つまみにぴったりですから、たくさん召し上がってください」

「おつまみにもいただきますけど、その前に……」

そう言いながら、千晶はまたクーラーボックスを開け、プリーツレタスが入ったファスナー付きのビニール袋とミニトマトを取り出した。

「美来さん、これもう洗ってあるから、適当にちぎってくれる？」

「わかりました。どこに入れればいいですか？」

「こっちのビニール袋に」

美来に指示を出す傍ら、ミニトマトをいくつか出して四つに切る。輪切りでパッケージされていたサラミも千切りにして、まとめて新しいビニール袋に入れ、塩胡椒と酢、醬油、オリーブオイルを入れて振り回す。

「はい、できました。茶色ばっかりじゃ寂しいので、せめて彩りを添えましょう」

念のためにと持ってきたプラスティック皿を出し、サラダを三つに盛り分ける。グリーンと赤のサラダのおかげで、食事用に出した折りたたみテーブルの上が一気に華やかになった。

「すごーい、あっという間にできちゃった」

「そのかわり、味見もしてないから、しょっぱくても酸っぱくても知らないわよ」

「ボウルなんていらないんですね」

「ドレッシングを持ってきてなかったから。どうせドレッシングを混ぜなきゃならないなら、ビニール袋で振り回すほうが簡単だもん。使った袋はゴミを入れればいいし」

「榊原さんってめちゃくちゃ合理的ですよねえ……」

「手抜きの天才って呼んで」

「私もそうなりたいです」

「あんまりおすすめしないわ。自分で言うのはいいけど、人から言われるとけっこう傷つくし」

「それはそうかも……」

美来が千晶の言葉に素直に頷いたのを機に、今度こそ食事が始まった。

「では、おめでとうございます」

改めて乾杯をし、管理人の誕生日を祝う。

管理人は首をひょいっと傾げて答える。めでたい年でもないんですけど、という呟きが耳に入り、千晶はつい笑ってしまった。

「いくつになっても誕生日はおめでたいんですって。うちの母が言ってました」

「でも俺、嫁さんももらえないままに四十三ですよ？　さすがにちょっと。親も心配し始めてるでしょうし……」

そんな話は聞いていない。彼の父の心配はもっぱら孫娘、つまり美来に集中している。晩婚化どころか非婚化も著しいと言われる中、四十代でも結婚していない人なんていくらでもいるし、キャンプ場を立派に経営している息子のことなど気にかけていないだろう。

そんなことを考えながら水割りを啜《すす》っていると、美来が呆れたように言う。

「なに言ってるんだか。叔父さんは、お嫁さんなんて欲しいと思ってないでしょ」

「そうでもないよ。この広いキャンプ場をやってくのに、パートナーは欲しいさ」

「だからそれは仕事のパートナーでお嫁さんじゃないよ。それにしたって、必要なら募集すればいいのにそれすらしないし」

「まあなあ……」

管理人はただ困ったように笑っている。

美来は叔父を言い込められて満足そうにしているが、千晶にはなんとなく彼の気持ちがわかる。奥さんはともあれ、従業員については、いてほしい気持ちはあるにしても、下手な人を雇って姪とうまくいかなかったら困る。美来の唯一の居場所をなくすわけにはいかないと考えている気がした。

「とりあえず、今は美来がいるからなんとかなってるし」

「私がいなくなったらどうするの？」

「え……」

「私だって、いつまでもここにいるって保証はないよ？　進学とか就職とかしたら……って、ないか……高校を卒業できなきゃ、進学もできないよね」

ここでいきなり本題か、と千晶は軽く身構えた。

料理の最中、美来は一年後の自分に不安を覚えている様子だった。あのときは、アースオーブンを作っていたから話が途切れたけれど、今ならゆっくり話せるはずだ。

管理人の存在をどう捉えるかは難しいが、美来自身が彼がいる席で将来の話を持ち出したのだから、三人で話すことが嫌ではないのだろう。

「立ち入ったことを訊くけど、卒業はどんな感じなの？」

「どんな感じもなにも、ほぼ絶望的です」

「絶望的……」

「美来、絶望的ってことはないぞ。まだ夏なんだから、まだ望みはある」

「絶望的だよ。夏休み明けからちゃんと登校すればなんとかなるのかもしれないけど、その『ちゃんと登校する』ができないんだもん」

確かにそれは絶望的だ。

成績不良なら追試やレポートで補填できるけれど、出席日数だけはどうにもならない。登校していない生徒を登校したことにはできないからだ。

美来は、心底辛《つら》そうな目で言う。

「本当は、二年生から三年生への進級だって危なかったの。去年はけっこうオンライン学習を選べる期間があったおかげでなんとかなったけど、今年はどうにもならない」

オンライン学習は、美来のような登校しづらい生徒にとってはかなりありがたい。インターネット環境さえあればどこでも授業が受けられるし、苦手な登校を強《し》いられることもない。勉強そのものが嫌いでなければ、オンラインで学習成果を上げ、進級できた生徒は美来以外にもいるのかもしれない。

「今年もオンラインが続いてればよかった、なんて言ったら、めちゃくちゃ叱られちゃうんだろうけど……」

オンライン学習が強いられる状況は、登校に支障がない生徒にとっては苦痛でしかない。そこまでオンライン学習がいいのであれば、最初から通信制の学校に行けばいい、と言われるのが落ちだろう。

「そんなこんなで、卒業は絶望的。たぶん進学も無理」

肩を落とし、それでも、無理やりのように笑う美来に管理人には言う。

「必ずしも、今の学校を卒業する必要はないよ。通信制に転校するとか、やり方はいくらでもあるじゃないか。それも嫌なら、高認を受けるとか」

前回のキャンプのとき、千晶も美来に話したのだが、どうやら管理人も高認――高卒認定試験のことを知っているらしい。

学校にもよるが、三年生に進級できたのであれば、二年生までの単位は修得できている。免除科目がかなりあるはずで、もしかしたら千晶の従兄《いとこ》のように一科目か二科目の受験で高卒資格を取れるかもしれない。それさえあれば、大学受験も就職も可能になる。

この状況を絶望的というのは短慮だろう。

「美来さん、通信制への転校っていうのは選択肢にないの？」

「通信制っていっても、まったく登校しなくていいわけじゃないみたいだし、今から全然違う環境にいくのも……」

「そっか。じゃあ高認かな」

「それもちょっと……」

「え、どうして⁉　一日試験を受けるだけだよ？　美来さんなら一発で……」

千晶の従兄は二科目だけの受験ですんだ。おそらく美来もそれぐらい免除科目があるはずだ。高卒認定試験は基礎的な問題が多いし、美来は勉強そのものは嫌いではない。五割得点すればほぼ合格と言われる高卒認定試験を突破することは、それほど難しくないだろう。

しかし、そんな千晶の説明に、美来は悄然《しょうぜん》と首を横に振った。

「そういうわけにもいかないみたいなんです」

「どうして！」

「免除を受けるための書類を発行してもらえそうになくて……」

「はあ⁉　なにそれ！」

思わず大きな声が出た。

自分の声が山中に響き渡ったのに気付いて、水割りをゴクリと一口呑む。ところが、自分を落ち着かせるために呑んだはずなのに、いきなり咳《せ》き込むことになった。どうやら気管に入ってしまったらしい。

美来は、ゲホゲホしている千晶の背中をさすり、落ち着くのを待って言う。

「実は、先月学校に相談してみたんです。高認試験を受けたいから、免除を受けるための書類を発行してもらえませんかってお願いしたら、親が呼び出しになりました」

「ってことは、そのとき美来さんはひとりだったの？」

てっきり親と同伴で相談に行ったとばかり思っていたが、そうではなかったらしい。

美来は、無理やり三年生の一学期の終業式に登校した。途中で具合が悪くなって、何度も引き返したいと思いつつも、免除の書類が欲しい一心で頑張ったそうだ。

ところが、話を聞いた担任はその場で学年主任に連絡、美来の母が学校に駆けつけることになったそうだ。

「先生方はなんて？」

「免除の書類を発行して高認に合格したら、学校に来なくなるのではないか、って……」

「いや、そりゃそうでしょ。そのために高認を受けるんだから」

「それが学校としては認められない。卒業の可能性は十分あるし、留年という手段もあるんだから、もうちょっと頑張れって。先生方も、私のことを心配して言ってくれたんだと思うんですけど……」

それはどうだろう、と千晶は思う。もちろん、心配する気持ちはゼロではないだろうけれど、美来の不登校は昨日今日始まったわけではない。しかも、今年の春に学校に戻ろうとして無理だった経緯もある。もしかしたらそのあとも、なんとか通学できないかと試してみて、断念したのかもしれない。

それでもなお、登校を強いるというのは、本人よりも学校側の都合——中退者を出したくないと考えているからではないか……

辛そうな美来の表情を見ていると、そんな考えが頭を離れなくなってしまった。

「免除科目なしで受験するのはさすがに大変です。一度で全部はたぶん無理だから、何度かに分けて……ってやってるうちにあっという間に二年も三年も過ぎちゃう」

「別にいいじゃないか。何年かかっても」

そこで口を開いたのは管理人だ。

眉間に深い皺《しわ》を刻んでいるところをみると、彼も詳しい事情を聞いたのは初めてなのだろう。

「さっきも言ったけど、美来がいてくれると俺は助かる。何年でもここにいて、勉強しながら一科目ずつ合格していけばいいじゃないか」

「ありがとう、叔父さん……でも、私……ちょっとでも先に進みたいの」

「先に……？」

「うん。毎日学校に行けなくなってもう二年近く経ってる。その間、私の時って止まってるみたいなものだったの。このままでいいかって思った時期もあったけど、できれば進みたい」

「美来さんにとっての『進む』ってどういうこと？」

「大学に行って、できれば卒業すること」

「大学ね……なにを勉強したいの？」

「なんでもいいの。とにかく大学に入りたい」

「なにそれ……」

正直、がっかりした。

大学は、入ることに意味があるわけではなく、その名のとおり、入ってから大いに学ぶための場所だ。まさか美来の口から、なんでもいいから入りたい、なんて学歴主義者みたいな言葉が出てくるとは思ってもみなかったのだ。

管理人も呆れ顔で言う。

「なんでもいいってことはないだろ。世の中には星の数ほど大学があるんだぞ。受験する大学を石でも投げて選ぶつもりか」

「そこまでは言ってないよ……でも、とにかく大学に行きたい。それもなるべく早く。じゃないとこの苦しさがいつまでも続くの！」

現状を打破したい。そのためには高校ではなく大学という環境に身を置きたい。そうすることでしか高校に通いきれなかったという現実を乗り越えられそうない、と美来は言い募る。

「入れる大学よりも入りたい大学って進路指導の先生は言うけど、今の私は『これが勉強したい』ってものがないの。大学は一般教養ってものがあるんでしょう？　いろいろ勉強してみてその中から興味が持てる分野を見つけられないかな……」

美来の高校時代は文字どおり暗中模索だったのだろう。そんな中で、とにかく大学に入りさえすればなにかが変わる、と本人が信じるならば、周りは応援するしかない。

正論では彼女を支えることはできそうにないし、本人も納得しないだろう。

「わかった。それなら頑張るしかない。まずは高認を取るところから……今年の高認はもう一回残ってるはずだから、それでなんとかしよう」

「ちょっと待ってください。美来に聞きましたが、高認って八科目……選択によっては十科目合格しないと駄目なんですよね？　さすがに一回では無理ですよ」

とりなすように管理人は言うが、千晶に言わせればそれは甘い考えだった。

「無理かどうかは美来さん次第。八科目受けるかどうかもね」

「え……でも最低でも八科目ですよね？」

「二年生までの単位は取ってるんでしょ？」

「だーかーらー……」

美来が間延びした声を上げた。

彼女にしてみれば、免除のための書類を発行してもらえない以上、既得単位がどれだけあっても関係ない、どうしてそれをわかってくれないのか、といわんばかりだった。

「美来さん、免除科目についてちゃんと調べてみた？」

「もちろんです。ちゃんと免除されれば、私が受験するのは二科目ですみます。でも、その書類が……」

本当に卒業できないことが決まったら、その時点で書類はもらえるかもしれない。だが、それはおそらく今年の秋以降になる。そこから高認試験を目指したところで、今年の試験には間に合わない。来年度の高認試験で資格を得て首尾よく大学に合格したとしても、進学はその次の春——今から一年半以上先になってしまう。

「その一年半が受け入れられないのか？　まともに全科目受けるとしたらもっと時間がかかるかもしれないんだぞ。だったら免除書類を出してもらったほうがいい」

「そうじゃない……そうじゃないんだよ、叔父さん……」

美来は懸命に首を左右に振る。

管理人の言っていることは理に適《かな》っている。書類がもらえなくて時間がかかりすぎるから、と膝《ひざ》を抱えて座り込むのは愚の骨頂だ。滞りなく卒業して大学受験に臨んだところで、浪人なんて珍しくない。一年、二年、志望校との相性によってはそれ以上の足踏みだって生じかねない。卒業できないことが確定して、免除申請のための書類がもらえるなら、そのほうがいい、と管理人も考えているのだろう。

ところが美来は、その叔父の考え方が受け入れがたいらしい。

その理由はどこにあるのだろう、と思っていると、美来がまた話し始めた。誰とも目を合わさず、俯《うつむ》いたままで……

「私、この前、榊原さんと話したあとは、ゆっくりでも回り道でもいいんだって思えてすごく楽になったの。でも、そのあと、高認についていろいろ調べたらまた頭の中がぐるぐるし始めちゃって……」

「高認のなにがそんなに……免除科目のこととかか？」

「違うの。あ、それもあるにはあるんだけど、高認と高校卒業はやっぱり違うんだなって……」

「違わないだろ。高校卒業と同等……」

「同等は同等で、同じじゃないの。だからこそ、先生は卒業させようと一生懸命になってくれているのかもしれない。中退させたくないのは学校の都合だけじゃなく、本当に私の将来を考えてのことかもって」

「すごいね、美来さん。そこまで考えられるんだ……」

「今年の担任、すごくいい先生なの。どうしたら私が登校できるんだろう、ってずーっと考えてくれてる。でも、このままだと、先生はずっと『なんとか学校においで』って言い続けなきゃならない。お父さんやお母さんたちだって、もしかしたら……って期待するかもしれない。だけど……私、頑張って登校すれば卒業できるかも、って思うだけで苦しくなるの……」

「苦しくなる……胸がきゅーっとって感じかな？」

「それもあるけど、なにより息がね、詰まっちゃう。私の周りだけ、急に空気が薄くなったみたいに……で、頭が痛くなる」

どこにいても、自分が高校生であることに変わりはない。本来なら、今ごろは教室で授業を受けているべき時間なのだと思うのが辛い。登校なんて全然したくないのに、登校すべきだという思いに苛《さいな》まれて苦しくなる、と美来は嘆いた。

「それって高認を取ったら解決する問題なのか？」

管理人のストレートな質問を、美来は力なく否定した。

「ちょっとは。高認を取って中退してしまえば、私はもう高校生じゃないもの。でも、この苦しさって、高認を取ったとしても続くんだと思う。だって高認って本当はなにかのために取るものでしょ？　就職とか進学とか、次の居場所を得るために」

次の居場所を得るために取る、という考え方に、千晶は目から鱗《うろこ》が落ちる思いだった。

確かに、高校を卒業していないから高認を取る——その裏には、就職試験や進学といった目的がある。中卒ではどうにもならないから、と言う人だって、どうにもならないの陰に『就職も進学もままならない』という言葉があるのだ。

「高認を取ったところでそこで終わりじゃない。それを使ってなにかをしなきゃ、って思う。でも、今の私にとっての『なにか』は就職じゃない気がするの」

「なるほど……それで大学か。美来さん、勉強は嫌いじゃないって言ってたもんね」

千晶の言葉で、美来がパッと顔を上げた。

「そうなんです。私は、けっこう好奇心が旺盛だから、どんな分野でもそれなりに興味を持って勉強できる気がします。だから、さっさと高認を取って大学に入ってしまいたいんです。大学で勉強しながら、次の居場所を探したいって。それともうひとつ……」
「まだあるのか」
「うん。私のことだから、もしかしたら大学だって通えなくなるかもしれない。でも、
たとえ中退しても『大学中退』ってことになる。少なくとも『中卒』ではなくなるよね。
その分、次の居場所も探しやすくなるんじゃないかなーって」
「そうね……もしかしたら大学院に進みたい、って言い出すかも」
「まさか、そこまではないと思いますけど」
「わかんないわよ？　高校までと大学の勉強は全然違うから、ものすごくのめり込ん
じゃって、研究者を目指す！　とか」
「そこまで興味が持てることに出会えたらいいですね」
「でしょ？　そのためにも大学はしっかり考えて選ばなきゃ駄目。なんでもいいって適
当に選んだら、逆に次の居場所が見つけにくくなるわ」
「そう……ですね……やっぱり私、ダメダメですね。そもそもダメダメじゃなかったら、
学校に行けなくなることもなかったけど」
「それとこれとは話が別。でも、とにかく早く大学に入りたいって、美来さんの考えは
わかったわ。じゃあ、なるべく早く高認を取らなきゃ」

「……それなんですよね。免除科目がないと、高認だけの勉強で手一杯になって、とてもじゃないけど、大学受験の準備までは……」

「そのことだけど、免除申請の書類の提出時期は調べた？」

「え……？」

「免除書類ってね、あとから出してもいいのよ。とにかく必要な科目を受験して合格する。そのあと足りない科目についての免除申請をする。それで合格」

「う……そ……」

「嘘だと思うなら自分で調べてみて。確認することって大事だから。でも、私ならとりあえず二科目合格して、もう卒業できないって時期になったら免除のための書類をもらって提出。それで高認が取れる。うまくいけば、大学の受験にも間に合うかも」

「今年のですか⁉」

「今年っていうか、来年度入学者用かな。試験日当日に高校を卒業してなくても、卒業見込みで大学は受験できるでしょ？　高認試験も合格見込みで受験できる。ただし、年度末までに高認試験に合格できなかったら、たとえ大学に合格しても入学はできないけどね」

「そんなやり方があるなんて……」

今の美来、そして管理人は『唖然《あぜん》、愕然《がくぜん》、ただ呆然《ぼうぜん》』だった。

だが、しばらく黙っていたあと、美来はすっくと立ち上がった。

「どうした、美来？」

「私、管理棟に戻る」

「え？」

「できるなら今年、大学を受験したい。だから、戻って勉強する！　さっさと高認を取って、そのあとは大学受験のための勉強！」

「ごはんぐらい食べていきなよ」

「お腹がいっぱいになったら眠くなっちゃうもん」

「ほどほどに食べればいいでしょ。『腹が減っては戦はできぬ』って言うじゃない」

「たしかに」

そして美来は再び座り直し、食事を始めた。

サラダ、チキン、キーマカレー、ナン……次々と、とどのつまりすべてを平らげ、大きく息を吐く。

「やだ、食べ過ぎちゃったかも……」

「大丈夫よ、それだけ気合いが入ってたら当分眠くなんてならないわ」

「ですよね！　榊原さん、本当にありがとうございました。叔父さんはごゆっくり。私は先に戻るから！」

言うが早いか、美来は自転車に跨がり、すごい勢いで去って行った。

「すみませんでした……」

見送った千晶の口からまず出てきたのは、そんな詫びの言葉だった。

管理人が不思議そうに返す。

「なんで謝られるんですか？」

「あんなふうに矢継ぎ早に話を進めるのはよくなかったです」

「どうして？」

「本当は、ヒントなり助言なりを与えて、自分でゆっくり考えてもらうほうがずっといい。でも……」

そこで千晶は言葉を切って、深いため息を吐《つ》いた。

美来は頭のいい子だから、些細《ささい》なヒントで正解に辿《たど》り着ける。もしかしたらヒントなんてなくても、時間さえかければ大丈夫かもしれない。

それがわかっていても話の先を急いだのは、今がすでに八月になっているからだ。これがもし五月であれば、千晶はここまで話を急展開させなかった。

「高認試験は年に二回しかありません。例年、一回目の出願は四月から五月上旬で終わり、二回目は七月から九月上旬です。おそらく今年も似たようなスケジュールのはずですから、もう願書受付が始まってると……」

「ゆっくり考えてる時間がない、ってことですね」

「たぶん、高認のスケジュールは美来さん自身もわかってるはずです。だからこそ、絶望的な気分になっちゃってたんでしょう。抜け道があるって教えてよかったのかどうかは悩むところですけど」

「いいに決まってるじゃないですか！　あんなに目を輝かせてる美来を見たのは久しぶりです。そりゃあ、俺の前では元気そうに振る舞ってましたけど、ふと見るとぼんやり宙を見つめてて、落ち込んでるのは丸わかりでした」

「だから私に連絡してくださったんですね」

「……すみません。つい、頼ってしまいました。榊原さんは、あいつにとってエネルギー源みたいなものですから」

そう言うと、管理人は千晶のプラカップにウイスキーを足す。氷が溶けて薄くなっていた水割りが、ほどよい濃さに戻った。

美来のエネルギーもこんなふうに簡単に足してやればいいのに、と思いながら、千晶は水割りを啜る。

鶏腿肉はすっかり冷えてしまったけれど、そのままはもちろん、ほぐしてキーマカレーと一緒にナンにのせると食べ応え抜群になる。そのままナンにのせるのと、カレーに混ぜてからのせるのと、どちらが美味しいのか食べ比べたり、そこにさらにチーズをのせてカロリー爆弾にしたり……最後は、野菜さえ取れば帳消し！　とプリーツレタスのサラダを掻き込んで、楽しい食事が終了した。

そのあとも、美来のことはもちろん、キャンプについての話でも盛り上がり、結局管理人が帰っていったのは午後十時を少し過ぎたころだった。

美来が帰ったあと、二時間以上話し込んでいたことに驚く。いつもどおり、ソロキャンプとは言い切れなかったけれど、明日は美来に邪魔させないと管理人が約束してくれたし、そんな約束をしなくても、彼女はひたすら勉強に励むことだろう。

空には満天の星、明日は雲ひとつない青空が広がるに違いない。お役目終了、あとはソロを楽しむだけだ、とにんまりしつつ、千晶はテントに潜り込んだ。

二週間後の金曜日、帰宅して食事と入浴を終えた千晶は、テーブルの上に放り出してあったスマホを手に取った。

メッセージの通知ランプが点っていると思ったら、差出人は美来だった。困ったことでもあったのかと慌てて開いてみると、家に帰って頑張ってます、という報告で、思わず『びっくりさせないでよー』と声が漏れた。

あのキャンプの二日目の朝以降、美来はまったく姿を見せず、管理人さえ時折見回っている姿を見かけるのみ……それすらも、千晶が使っているテントサイトにさしかかると足を速めて通り過ぎていく。最低限の挨拶ぐらいは交わすけれど、それ以上の話をすることもなかった。

千晶はソロキャンプが目的で来ているというのに、美来が三度も続けて乱入し、挙げ句の果てに今回は自分まで加わってしまった。気遣いに富む管理人だけに、さぞや申し訳なく思っていたのだろう。

大きな身体で素早く通り過ぎていくのを見ると、ついつい笑みが込み上げた。それでも、管理人がわざわざ連絡してきた目的が達成されたあと、ひとりを満喫したい気持ちは十分あった千晶は、彼の気遣いに感謝しつつ、大いにソロキャンプを楽しんだ。

メッセージによると、家に帰ったのは、あのキャンプ場のネット環境は、管理棟とテントサイトが優先されているため、管理人と美来、とりわけ美来が寝泊まりしている部屋は時間帯によっては通信速度低下が著しくて使い物にならなかったかららしい。

昼間は管理棟で叔父の仕事を手伝う傍ら、インターネット学習や情報収集に励んでいたけれど、能率の悪さに耐えかねた美来は、高認と大学の願書を取り寄せる必要もあったことから、親元に戻ることにしたとのことだった。

『高認はたぶんイケます。志望校もほぼ固まりました。時間は全然足りないけど、とにかく全力で頑張ります！』

そんなメッセージとともに力こぶを作るクマ、続けて『ぺこり』と頭を下げるペンギンのスタンプが送られてきた。

　この二年近く、美来は闇の中で蹲《うずくま》っていたようなものだ。ただ、その休養とも言える期間のおかげで、進みたいという気持ちとそのためのエネルギーを得ることができた。もともと能力はある子だから、方向さえ決まればあとはひたすら進むだけだろう。『時間は足りないかもしれないけど、まだまだ絶望するほどじゃないよ。目標が定まれば、努力もしやすいし。じゃ、頑張ってね。全力で応援してるよ！』

　そんなメッセージの最後に、『返信はいらないからね』と言葉を添える。そうでもしなければ、律儀な美来は返信しなければと思うだろう。寝る間も惜しんで勉強しているに違いない美来の邪魔はしたくなかった。

　とにかく、美来が進み始めた。自分の助言が少しでも役に立ったのならなによりだ、と満足しながらも、連絡が来ていないかとときどきスマホを確かめる日々が続いていた。

　――それにしても、家に戻ってから大学を選ぶまですごく早かったなあ……

　もしかしたら、口ではなんでもいいようなことを言いつつ、学びたい分野が漠然とあったのかもしれない。そこから学部や学科を絞り込むことができれば、学力を伸ばすだけ伸ばして合格できそうな大学に出願することができる。

　どこでもいいからと総合的な偏差値で輪切りにするのではなく、特定の分野が学べる大学を縦並びにして自分の学力とすり合わせる。志望校を決める上でそれは一番まっとうかつ美来が選びそうな方法だった。

――身体さえ壊さずに頑張ってくれればいい。素敵な春がくればいいなあ……

この暑さの中で春を思うのはけっこう難しいけど、と苦笑しつつ、千晶はスマホのメッセージアプリを閉じた。

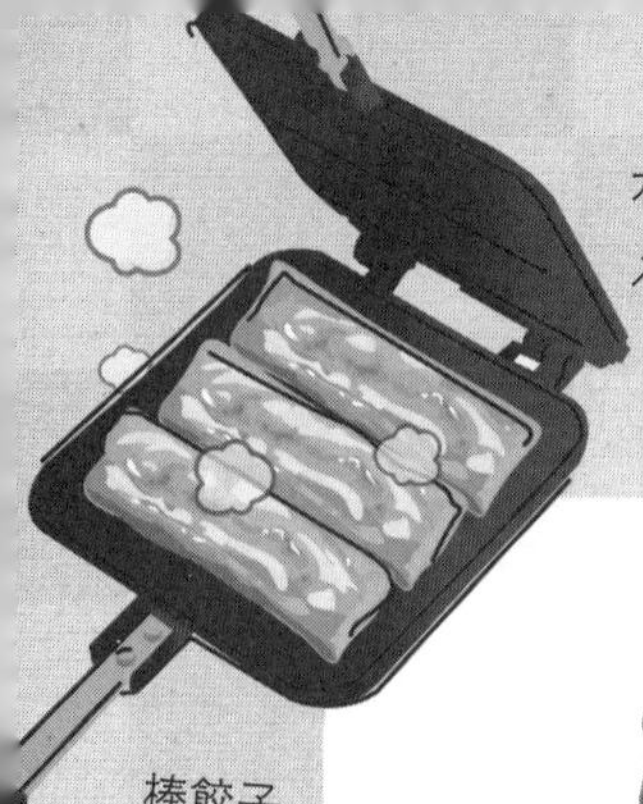

3
Solo Camping!

第二話

ご褒美キャンプ

九月一日午前九時ちょうど、会社のポータルサイトにアクセスした千晶は大きく息を吐いた。

人事異動欄の一番下には、『商品開発部　主任　榊原千晶』と記されている。

九月は『五木ホールディングス』の人事異動の時期で、内示も受けていたし、それ以後も異動を前提とした体制作りに余念がなかった。

それでも自分に関わる異動、しかも昇進となると、どこか真実味に欠け、部署ぐるみの盛大な『ドッキリ』でした、なんて悪夢みたいな事態に陥るのではないかと心のどこかで危惧《きぐ》していたのである。

今回の異動は日頃の頑張りを認められてのことだと信じる一方で、単なる同じ部署の先輩——香山琢磨《かやまたくま》主任の昇進による玉突きではないかという疑いもなくはない。いくら調子がいいとはいえ、香山のような企画会議で満場一致での通過を連発するほどの成果は上げていない自覚があったからだ。

けれど、こうして実際に異動が公表された以上、理由なんてどうでもいい。とにかく今日から私は『主任』だ！　と喜べる前向きさは千晶の長所でもあった。

千晶と同様にポータルサイトを確認していた鷹野《たかの》課長が立ち上がって言う。

「おめでとう、香山係長、榊原主任。これからもよろしく。頼りにしてるからな！」

「ありがとうございます！　水田《みずた》係長の後任はかなり荷が重いですが、精一杯頑張ります！」

「いや荷が重いのは私……」

香山に続けた千晶の言葉に、商品開発部員たちが一斉に笑い声を上げた。

香山の前に係長を務めていた水田は、家族の事情で退職して郷里に帰った。もちろん優秀な係長ではあったけれど、『商品開発部のエース』と称される香山に比べると正直見劣りがする。それよりも『商品開発部のエース』である香山の後任となる千晶のほうがずっと大変だ、という千晶の考えを同僚たちも理解してくれたに違いない。

室内に笑い声が溢《あふ》れる中、ただひとり真顔だったのが鷹野だ。

「気持ちはわかる。ただ、はっきり言って俺の恐怖は榊原さんの比じゃない」

「き、恐怖？」

「ああ、恐怖だよ。優秀すぎる新任係長にものすごい勢いで追い上げられる万年課長の身になってくれ。『頼りにしてる』って言葉に嘘はないけど、その反面『あんまり手柄を立てないでくれ』って気持ちもある。さもないと次の異動で俺は格下げ、もしくはどっかに飛ばされて香山課長が誕生しかねない」

「あり得ません。鷹野課長は俺なんかとは比べものになりません。どうやったら差を詰められるか見当も付きません」

否定の羅列《られつ》、しかも誰よりも早くその言葉を発するところが、香山の香山たる所以《ゆえん》だ。何につけてもそつがなく、嫌みもなく、ただただバリバリ働く。同僚や部下、時には上司の失敗まで華麗にカバーして突っ走る。そんな部下は上司にしてみたら諸刃《もろは》の剣だろう。

「そこまで言うと嘘くさいぞ、香山。俺が何年も課長でいる間に君は主任になったし、今回は係長に昇進。スピード出世もいいところだ」

「よく言いますね。現場を離れたくないってごねてるくせに」

「う……」

鷹野が気まずそうに横を向いた。

鷹野が商品開発の第一線から離れたくなくて異動も昇進も断り続けている、という噂《うわさ》は千晶も聞いたことがあったが、今の反応を見る限りどうやら本当だったらしい。

香山が笑いながら続けた。

「課長の商品企画センスはすごいです。俺が満場一致での通過を続けていられるのは、課長のおかげでもあるんです。課長に打診して首を横に振られたらさっさと諦めて次に行く。それが俺のずるさでもあります」

それはずるさとは言わない。千晶だって同じことをしている。むしろダメ出しされるのが嫌で、打診もせずに突っ走るほうが馬鹿だと思う。それに、千晶の場合は鷹野のゴーサインをもらったにもかかわらず企画会議を通過させられなかったこともあった。

香山が満場一致を繰り返せるのは、比類なきプレゼン能力と企画会議に出す前の欠点潰しが完璧なゆえだ。それができるからこそ、香山はエースと呼ばれているに違いない。

鷹野が呆れ顔で返す。

「それをずるいって言われたら、俺の存在価値がなくなる」

「まさか。『この人が言うならだめなんだろうな』って納得させられる実績と人柄まで含めて、課長は最強です」

「このおべんちゃら野郎が！　でもまあいい。それを信じて俺も頑張る。あと、榊原さん。周りを見ることは大事だけど焦ったり卑下したりする必要はないよ。自分の力を把握して、最大効率で働けるのが榊原さんのいいところなんだから」

「最大効率？」

「そう。ぼーっとしてなにを考えてるかわからないときもあるけど、突然すごい結果を出す。時間をかければかけるだけ成果を上げられるって思いがちだけど、意外とそうでもない。その点、榊原さんは見切りがうまい。今はここまで、って線を引いてしっかり結果を出す。俺はいつも、コスパがいい働き方だなって感心してるよ」

「えーそれって、私が手を抜いてるみたいに聞こえますよー」

「手抜きとは違うよ」

そこで言葉を挟んだのは香山だ。彼は千晶の顔をしっかり見つめて続ける。

「榊原さんは短距離ランナーなんだよ。めちゃくちゃ集中して成果を上げて、さっさと休む。で、次のレースに備える。メリハリがはっきりしてすごくいいと思う」

「短距離ランナーか、言い得て妙だな。とすると、香山君は長距離ランナーだな。今必要な力を見極めながら黙々と走る。マラソンの四二・一九五キロを最初から最後まで全力で走りきれるわけがない。勾配とか風の強弱まで考えてゴールを目指す、って感じだな」

「確かに香山さんはそういう感じかも。でも、そっちのほうが会社としてもありがたいですよね。香山さんってペース配分もすごく上手にやれそうですし、なんなら永久機関みたいにずっと走ってそう……」

千晶の『永久機関』という言葉に、香山が呆れ顔で答えた。

「そんなわけないだろ。それに、やっぱり短距離ランナーには華があるよ」

「全力で走っても大した記録は出せそうにない短距離ランナーより、コンスタントに走り続けられて結果もちゃんと出す長距離ランナーのほうがずっといいですって！」

「はい、そこまで。どっちも必要だし、どっちにも心配はある。榊原さんはここ一番で頑張りすぎて怪我をするかもしれないし、香山君は不調を感じててもこの程度ならって目を瞑《つむ》って走り続けて、大きな故障を抱える可能性がある」

「たしかに。でも俺は年中力を入れっぱなしだから、榊原さんみたいに溜めた力をがーっと投入して結果を出す、みたいな働き方が羨ましい」

「私のほうこそ、香山さんみたいにずっと頑張り続けて、結果もしっかり出すなんてできそうにありません。羨ましくて地団駄踏みそうです」

「羨ましがってるだけじゃなくて、お互いのいいところをできるだけ取り入れて頑張ってくれ。大事に至らないように状況を見極めて、いいほうに導くのが俺の役目ってことだ。ということで、仕事にかかろうか。ほら、香山君は取引先への挨拶回りがあるし、榊原さんも来週月曜のプレゼンの準備をしなゃならないだろ？」

羨ましい合戦を繰り広げているふたりを現実に引き戻し、鷹野は腰を下ろす。

時刻は午前九時十五分、月度初めの朝礼が終わった。

それでも、エースと名高い香山がそんなふうに自分を評価してくれていることを知れて嬉しい。これからもしっかり頑張ろうという思いも新たに、千晶は自分のパソコンのスリープモードを解除した。

――あーよかった。無事に企画が通った。満場一致じゃないけど、反対票が一割なら十分よね！

月曜日、帰宅した千晶は満面の笑みで冷蔵庫を開けた。

ほぼ天敵、前世であの人自身、もしくは親でも殺してしまったのかと疑うほどだった比嘉《ひき》商品本部次長と和解したあと、千晶の企画通過率はぐんと上がった。

千晶から事情を聞いた鷹野は、とんでもない話だと憤慨したし、終わったことだと片付けた千晶に地球外生命体でも見るような目を向けた。それでも、本人がそれでいいと言う以上、事を荒立てないほうがいいと判断したようで、比嘉を糾弾《きゅうだん》することもなかった。部下かわいさに商品本部次長の地位にある人間に楯突《たてつ》くようなことをしたら、鷹野本人に害が及ぶのではないかと心配していた千晶としては一安心だった。

ともあれ、本日の企画会議も満場一致とはいかないまでも無事通過、今秋の商品化に向けてさらなる改善を試みることとなった。これで千晶は五回連続の企画会議通過となり、文字どおりの意気揚々、祝杯を上げてしかるべき状況だった。

とはいえ、月曜日から大酒を呑むわけにはいかない。夕食のアペリティフを兼ねてウイスキーの水割りを軽く、ということで、おつまみもそれに似合うものを用意することにした。

冷蔵庫の奥からクリームチーズと明太子、さらに魚肉ソーセージを取り出す。ドアポケットに入っているウイスキーの瓶に『ちょっと待っててね』なんて話しかけ、ひとり暮らしはひとり言が増えるって言うけど、本当なんだなーなどと思いつつドアを閉めた。

クリームチーズはポーションタイプなので、包み紙を剝がして小鉢に入れる。その上に明太子の半腹を四つ切りにしたものをひとつ入れ、少し考えてもうひとつ足す。冷蔵庫から出したばかりでまだ固いクリームチーズを力任せに捏ね、明太子と混ぜ合わせる。これをクラッカーにのせれば、明太子チーズカナッペの出来上がりだ。

ところが、さてさて……と乾物置き場を探した千晶は数秒後、絶望の声を上げた。

「最低……」

クラッカーの箱はあったが中身がない。このクラッカーは箱の中に小袋が詰められているタイプで、てっきりもう一袋残っていると思っていたら、前にこのカナッペを作ったときに使い尽くしていたらしい。

残っているにしてもせいぜい一袋か二袋だとわかっていたくせに、どうして買い足さなかったんだ！　と己を責めたところでクラッカーが湧いて出るわけもない。

バゲットでもないかと探してみたものの、買った覚えのないバゲットがあるほうが恐い。なんとか見つけたのは朝食用の食パンだが、六枚切りなのでカナッペにするには柔らかすぎるし、厚すぎる。それでも明太子チーズだけを食べるよりはマシと、食パンに塗りかけて手を止めた。

――厚ければ薄くすればいいだけじゃん！　柔らかくても、トーストしちゃえばなんとかなるよね！

単純な話だった、と六枚切りの食パンをまな板にのせ、その両脇に菜箸を置く。菜箸の高さを目安に包丁を入れれば、食パンを均等な厚さに切ることができる。これはサンドイッチが作りたいのに六枚切りの食パンしかなかったときに、母から教わったやり方だから間違いないのだが、実家と違って包丁がすんなり進んでくれない。

手入れが悪いのを棚に上げ、実家ぐらいよく切れればいいのに、と恨めしく思いながらも六枚切りの食パンを十二枚切りの厚さにすることに成功。さらに十文字に包丁を入れて四つに切り分ける。これをオーブントースターでカリカリに焼き上げれば、クラッカーの代わりは果たせるはずだ。

オーブントースターが食パンのクラッカー化に励んでいる間に、魚肉ソーセージの料理にかかる。とはいってもこちらも至って簡単。斜め切りにしてフライパンで炒め、塩胡椒で味を付けるだけだ。ただし、これまたカリカリになるまで炒め、塩胡椒は強め。母に見られたらお説教確実の味付けだが、ウイスキーにぴったりだし、身体に悪そうだとわかっていながらつまむ背徳感が堪《たま》らないのだ。

食パンもカリカリ、魚肉ソーセージもカリカリ。『食感こそ命』と言わんばかりのつまみを手に炬燵《こたつ》に移動する。大して広くないアパートで炬燵ほど重宝する家具はない。家電製品なのに家具と言い切るのは、千晶はよほどのことがない限り炬燵の電源を入れないからだ。

　夏はただのテーブルとして使っているし、冬にしてもかなりの寒さでない限り、布団と毛布を二枚重ねにしてその中に脚を突っ込むに止《とど》める。それでもなんとなく温かい気がするのは、真下の部屋に住む家族が一日中部屋を暖め続けてくれているからかもしれない。

　千晶とそう変わらない年齢の奥さんは、幼い子どもがふたりいるせいか、顔を合わせるたびに『うるさくてごめんなさい』と謝るけれど、子どもは早い時刻に寝てしまうから気にならない。夏は夏でほぼ一日中エアコンを使ってくれているおかげか、家に入ったときになんとなくひんやりする。無償で冷暖房を提供してくれていると考えたらむしろありがたいほどだった。

　階下の住人に感謝しつつ腰を下ろし、カリカリの魚肉ソーセージにフォークを突き立てる。口に入れるなり舌に胡椒の刺激、そして強い塩気が伝わってくる。

　間違いなく塩分過多、でも、これが美味しいのよ、と頭の中で母に言い訳しつつ水割りを含む。

　シングルモルトウイスキーと三本百八十八円の特売魚肉ソーセージは不釣り合いかも

しれない。けれど、酒とつまみの両方が高価では財布があっという間に空になる。トータルバランスが大事なのよ、と自分を納得させ、焼き立てカリカリのトーストに明太子チーズを塗りつける。

最初に感じるのは柔らかいクリームチーズ、続いてトースト特有の歯触り、最後に出現するのはクリームチーズにふんだんに混ぜ込まれた明太子のツブツブ感だ。同じツブツブでも塩の結晶と違って明太子は、口の中で追い回しても消えたりしない。無理やり上と下の前歯の間に追い込んで噛んだときの『プチッ』という微かな音まで含めて最高のつまみだった。

人心地ついたところで、スマホを手に取る。まだ月曜日だとわかっていても、週末の天気が気になってならない。

ソロキャンプのいいところは、すべてが自分次第という点だ。同行者がいたら、雨の中でキャンプなんてしたくないかもしれないと中止も考えるが、ひとりなら気にする必要はない。雨なら雨なりの楽しみ方があるのが、キャンプというものだ。

それでも天気がいいほうが楽なことは確かだし、雨が強くなるなら備えがいる。早めに調べて悪いことはない、と開いた天気予報アプリには、火曜日から木曜日までは雲と傘のマークだが、金、土、日は見事にお日様のマークが記されている。これなら木曜日まで雨が続いたとしても、金曜日で地面はそれなりに乾く。千晶が予約している土曜日には、テントのペグが緩む心配もなくしっかり打ち込めることだろう。

雨の心配がないのはなにより、と思いながら呑んでいると、スマホがポーンと着信音を立てた。

スマホの画面を確かめ、すぐさま炬燵の天板の向こう側に押しやってあったパソコンを引き寄せる。千晶はパソコンと会社から貸与されているスマホを連動させていて、保安上内容の確認はできないまでも、パソコンにメールが届いたときに通知が来るようにしている。今来たメールはパソコンに届いたもの、しかも差出人は以前『アウトドア食材コーナー』を立ち上げた食品部の今村《いまむら》チーフだった。

『アウトドア食材コーナー』を企画していたころはメールのやり取りも頻繁だったが、無事立ち上げたあとは、連絡はほぼ途絶えている。たまたま売場で彼を見かければ挨拶ぐらいはするけれど、いつも忙しそうにしているからそれ以上話すこともない。

その今村がこんな時刻にメールを送ってくるのだから、よほど困ったことが起きたに違いない。即座に対応すべきだと思ったのだ。

ところがいざメールを開いてみると、タイトルは『レシピについてのご相談』となっていた。『アウトドア食材コーナー』を作ったあと、何度か受け取ったのと同様のタイトルで、返事を急《せ》かされたことなどない。

あれ？　と思ってこれまでの今村のメールの送信時刻を確かめてみたところ、いずれも午後七時半前後。つまりこの時刻は彼にとってデフォルトということだ。そういえば彼の退勤時刻は概《おおむ》ね午後八時、その前に各所との連絡をおこなっているのだろう。

ここまで慌てる必要はなかったか、と思いながらメールを読み進める。

売場で紹介しているレシピがネタ切れ気味なのでアドバイスをくれないか、という見慣れた内容だった。これまで意見をもらっていたアウトドア好きのアルバイトが急に退職したらしく、格好のアドバイザーを失って途方に暮れているようだ。

――あの子、もう辞めちゃったんだ。大学四年だって言ってたけど、卒論とかが予想以上に大変で続けられなくなっちゃったのかな。でも、かなり頻繁にレシピを更新していたし、あの子が辞めていなかったとしてもネタ切れしてるころかも。とはいっても、私が知ってるようなお料理はもう全部使っちゃったみたいだしなあ……

『アウトドア食材コーナー』を設置した店舗は、家から近く営業時間が長いこともあって、仕事ばかりではなく退勤後や休日に買い物で立ち寄ることも多い。定期的に紹介されるレシピもチェックしているが、千晶が作ったことがあるレシピはほぼすべて出尽くしたと言っていい。さらにアイデアを提供するためには、これまで作ったことがないレシピを試す必要があった。

――今週末のキャンプは予算もかなり潤沢だし、新レシピに挑戦してみますか！

もともとこのキャンプは昇進祝い、自分へのご褒美の意味合いが強い。それだけに食材の予算もかなり多めに設定して、食べたいものや呑みたいものは迷わず買うと決めていた。新しいレシピを試すのにもってこいの状況なのだ。

とはいえ、料理そのものを決めなければ食材も買えない。まずはレシピ……とスマホで検索を始めた千晶は、とあるＷｅｂニュースの見出しに手を止めた。

――アウトドアで中華料理？

見出しをクリックして記事を読んでみると、中華鍋の写真が添えられている。テレビの料理番組やグルメ紹介番組に出てくるほど大きくはないが、形は中華鍋そのもので、食材を炒めやすそうな丸底だ。おそらく、熱もかなり伝わりやすいだろう。鍋の柄を持ち、金属製のお玉でカンカン音を立てているシェフの姿が目に浮かんだ。

――そうか、焚き火は火力の調整が難しいから料理するのが大変だと思ってたけど、中華料理ならぴったりなのかも……

弱火なんてもってのほか、最強火力で一気に炒める中華料理ほど焚き火に相応《ふさわ》しいものはないし、アウトドアで中華料理を試した人はあまりいないように思える。おまけに短時間勝負だから薪もそれほどたくさん必要ではないだろう。

早速アウトドア用の中華鍋を検索してみると、いくつかヒットした。

中でも千晶が着目したのは、直径二十三センチのものだ。柄が取り外せるタイプなので持ち運びにも便利そうだし、蓋もついているから蒸し料理などにも使える。

百均ショップ愛用者としては少々覚悟がいる価格だったが、半分は仕事用と割り切って『購入する』ボタンをタップした。

次のキャンプは中華料理尽くしにしよう。料理のジャンルが決まればレシピの検索は一気に楽になる。在庫があるのを確認して注文したから、週末までには届くはずだ。便利な世の中に感謝しつつ、千晶は中華料理レシピの検索を始めた。


「よっしゃ、快晴！」

土曜日の朝、カーテンを開けた千晶は元気いっぱいの声を上げた。

天気予報を信じなかったわけではないが、自然に関わることだけに百パーセント安心ということはない。それだけに雲ひとつない青空を見たとたん、思わず声が出てしまったのだ。

ギア一式から食材、燃料を含めて準備はすべて調えてある。

楽しみすぎて夜のうちに車に積み込みたくなったけれど、さすがに断念した。すべて積んでおけば起きるなり出発できるだろうけれど、昨今、世の中はあまりにも物騒だ。車に満載された荷物を見て、よからぬ事を考える輩《やから》がいないとは限らない。

ギアや食材が惜しいのは言うまでもないが、鍵をこじ開けようとして祖母から譲り受けた大事な車に傷などつけられたら目も当てられない。すべてを玄関前に積み上げ、すぐに運び出せるようにして寝るに止めたのである。

いつもならアラームが鳴ったあとも二回、三回とスヌーズ機能を作動させ続け、あと十分、せめて五分、と布団にしがみつくのが常なのに、今日に限ってはアラームが鳴るより早く飛び起きた。それほど今日の『ご褒美キャンプ』が楽しみだったのだ。

天気を確認したあと一分で着替え終了、顔を洗ってリビングに戻りかけて慌てて洗面台に置いてあった小さなチューブを取る。会社に行くわけではないから化粧なんていらないが、日焼け止めを忘れるわけにはいかない。これまた一分で顔から腕まで塗り終わり、荷物の積み込みを開始した。

起床から三十分後、千晶は家から少し離れたところにあるファストフードショップの駐車場に車を停めた。食材、しかもかなり豪華な物を満載して寄る場所じゃないと言われそうだが、これも『ご褒美キャンプ』の一部だ。

朝ごはんも食べずに飛び出したのは、ここに寄りたかったから。なにせ千晶はこの店のマフィンセットが大好きなのだ。しかもこのマフィンセット、モーニング限定メニューだから午前十時四十五分までしか注文できない。

大好物を出勤前に忙しく食べたくはないし、休日はキャンプに出かけることが多く、さもなければ平日に溜まった家事を片付けているうちに昼になっている。オーダーストップ時刻前に店にさえ行ければいつでも食べられるのに、ありつく機会が妙に少ないというのが実情だった。

だからこそ、本日は最初から予定に組み込んだ。『ご褒美キャンプ』を大好物のマフィンセットから始めることに決めたのである。

店に入ってみると人影はまばら、レジには誰も並んでいない。出だしは好調、とにんまりしつつ注文を済ませる。メニューなど見る必要はない。千晶の好物はソーセージパテとチーズだけを挟んだシンプルなマフィンとアイスコーヒー、そこにハッシュドポテトを加えたセットだ。分厚い目玉焼きにソーセージパテの塩辛さを妨げられたくないし、ベーコンはソーセージパテの『主役感』を薄める。あんたがヒーローよ！　とソーセージパテを褒め称《たた》えつつ齧《かじ》り付くのが、千晶流のこの店のモーニングメニューの楽しみ方なのだ。

マフィンを齧りつつ、アイスコーヒーを飲む。マフィンを完食したところで、ハッシュドポテトに手を伸ばす。もともと千晶は食べるのが速いから、後回しにしたところでそれほど冷めはしない。歯を当てるとカリッとした食感が伝わってくる。ただし、ハッシュドポテトのカリッとした食感はトーストとも炒め尽くした魚肉ソーセージとも違う。カリカリの表面を突き破った先に待ち受ける、粗く刻んだポテトの柔らかさがなんともいえない。もちろん塩加減は絶妙。カロリー爆弾間違いなしだから、そう頻繁には食べられないけれど、『ご褒美キャンプ』のスタートに相応しい朝食だった。

途中で休憩を入れながら車を走らせること二時間、千晶は無事キャンプ場に到着した。

本日予約したキャンプ場は、森、海、湖畔と三つのフィールドがあり、日帰りはもちろん、なにも持たずに出かけていっても楽しめる『手ぶらキャンプセット』まで用意されている。キャンプをやってみたいけど、楽しめるかどうかもわからないのにギア一式を揃えるのはちょっと……という人には打ってつけだし、熟練者だって後片付けを考えずにキャンプをしたい日もある。

かく言う千晶も、用意をしてキャンプに行くまではいいが、帰ってからの片付けにうんざりするときがあるのだ。子どものころから何百回とキャンプをし、ギアの扱いにも慣れている千晶ですらそうなのだから、経験が浅いキャンパーにとって『後顧の憂いなし』というのは堪らない魅力だろう。さらに冬場はテント内に電源が用意されている場所もあり、暖房器具を持ち込めば寒さに震えることなくキャンプができて、温水シャワーどころか洗濯機まで備え付けられている。

その上、かなりのテントサイト数と都心から車で二時間、公共交通機関を利用する場合は三時間という距離もあってか、比較的予約が取りやすい。千晶にとって理想的なキャンプ場だった。

入り口で車を停めて受付を済ませ、また車に乗って場内へと進む。

千晶が予約したのは海沿いのフィールドで、ホームページの紹介によると日の出が楽しめるそうだ。

キャンプと言えば夕日、日が沈んで辺りが暗くなっていくのと引き換えに、存在を主張し始める焚き火の炎。飲み物を片手に似ているようで似ていないオレンジ色がせめぎ合う様を眺める、といった楽しみ方が多いだろう。

千晶もどちらかというと夕日を眺めることのほうが多い。だからこそ、今回はあえて朝日が見えるキャンプ場を選んだ。長い夜を楽しんだあと、しっかり眠り、早起きして日の出を見る。昇進で勢い付いているところに朝日を浴びて、さらなるパワーをもらおうという魂胆だった。

松林の中にあるテントサイトまで車を乗り入れ、荷物を下ろす。

千晶は電源のない場所を借りたけれど、隣には電源付きのサイトがあり、そちらの方が少し広いらしい。家族連れなら断然あっちだな、と思いながらテントを収納袋からだして、シートを敷いてみる。

最近動画サイトを見て知ったのだが、ベテランキャンパーはテントを張る前にシートを広げて寝心地を確かめるそうだ。実際に横になってみないと寝心地はわからない。テントを立てたあと、固定したシートの下に小石があったとか、微妙な傾斜が気になって眠れないとかいうことになったら大変だ。まずは寝てみる、というのはとても賢いやり方だろう。

　初めに敷いてみた場所は、案の定、微かな窪《くぼ》みがあるのかなんだか寝づらかった。これはだめだ、とシートをずらしてみたら石が背に当たる。まあ石ならどければいいだけのこと、と石を追放してもう一度寝てみたら今度は大丈夫だった。

　試してみるって大事だ……と実感したあと、テントを立てる。むき出しの地面のペグの打ちやすさに感激しつつ、テント設営は終了した。

　こういった苦労は『コット』と呼ばれる折りたたみ式の寝台を買えばかなり軽減される。いずれ買おうとは思っているが、まだそこまで手が及ばない。アウトドア用品店に行くたびにチェックはするのだが、手頃な価格のものは耐久性に乏しそうだし、いいものは高い。

　さらに心配なのは、口コミで時折目にする『組み立てにコツが必要』、あるいは『女性ひとりでは無理』という言葉だ。コツは一度摑めばなんとかなるだろうが、女性ひとりでは組み立てられない、なんて言われた日にはお手上げだ。さすがにコットを組み立てるために筋トレを始める気にはなれない。

　価格と品質、設営の手間まで含めて千晶にとって妥当な製品を見つけるまでは、テント設営前のちょっとした手間と厚手のマットで凌《しの》ぐつもりだった。

　テントの中に調理に関係のないギア類も入れ、マットと寝袋を広げる。こうしておけばいつでも横になれる。食事と焚き火を堪能したあとはなにも考えずに寝てしまいたい千晶にとって、テント設営直後の寝支度は当たり前のことだ。今回は初めて挑む中華料理に苦戦する可能性もあるし、用意しておくに越したことはなかった。

——さて、これで大丈夫。ちょっと休憩しますか！

まずは熱い飲み物でも……とアルコールランプを取り出し、折りたたみテーブルの上に設置する。

早く火を熾して焚き火を楽しみたいのは山々だが、時刻はまだ午後一時半。明るいうちに火を熾してもきれいなオレンジ色は楽しめないし、夕食を作るまで時間があるから無駄に燃料を消費する。飲み物一杯分ならアルコールランプとクッカーで十分だった。

九月上旬で、天気はいいが風は少し冷たい。このまま晴れていれば明日の朝は多少冷え込むかもしれないが、その分朝日はきれいに見えるはずだ。

せっかく来たのに雲に阻《はば》まれてろくに見られないなんて、絶対嫌だ。雲よ、寄りつくなよ！　と空の彼方を睨みつつお湯が沸くのを待つ。

今回はいつものインスタントの飲み物たちに加えて、コーヒー豆を持ってきた。ギアについて調べていると、コーヒー用品を目にすることが多い。お洒落なコーヒーポット、一回分の豆を挽《ひ》くためのグラインダー、保温性能の高そうなカップを見ると、アウトドアで飲む本格的なコーヒーはどれほど美味しいのだろう、と思う。

様々なアウトドア雑誌に登場する『ガチのコーヒー党』の中には、キャンプをするのはコーヒーを楽しむためだ、と言い切る人もいる。

アウトドアでの飲み物はなにより簡単であるべき、お湯を注げば出来上がるインスタント最高と考えていた千晶にしても、カップを片手に満足そのものの顔をしている彼らの写真を見て、ちょっと試してみたくなってしまったのだ。

すでに挽いてある豆だから『ガチのコーヒー党』には敵《かな》わないけれど、これでも十分に美味しいはずだ。それに、今日は試してみたいギアもある。ギアというにはお手軽すぎる百均ショップグッズだが、クッカーから注ぐときにドボドボとお湯をこぼしがちな千晶にとっては救世主のようなもの——鍋や食器の縁にはめればコーヒーポットみたいに細くお湯を注ぎ込むことができるシリコン製の注ぎ口だ。

インスタントならお湯をドボドボ注いでしまっても大して問題にはならないが、レギュラーコーヒーはできるだけお湯を細く注いで粉を蒸らしたほうが美味しい。『ガチのコーヒー党』ではない千晶にしても、それぐらいの知識は持っている。

どうせレギュラーコーヒーを飲むなら丁寧に淹《い》れたい。かといって、キャンプ用に小型化されていても、本格的なコーヒーポットは嵩《かさ》張るし、取り扱いに気を遣う。

それぐらいならインスタントでいいや、と割り切っていたのだが、何気なく立ち寄った百均ショップでこの注ぎ口を見つけたときは小躍りしそうになった。

これがあればキャンプで本格的なコーヒーが飲める。ひとり用の小さなクッカーに装着することも可能だし、キャンプに限らず、家でドレッシングや合わせダレを小皿に移すときにも重宝しそうだ。スマホで検索してみたら、けっこうな人気商品で品切れ続出らしい。店頭で出会えてラッキー、とホクホクしつつふたつ購入した。すでに家でお試し済みなので使い勝手がいいことはわかっていたし、片方を実家に進呈したら母は大喜び、キャンプは心配も多いけれど悪いことばかりじゃないわね、と言わしめた代物だった。

お湯が沸くのを待つ間に、折りたたみ式のコーヒードリッパーにフィルターをセットしてコーヒーの粉を入れる。

このドリッパーも新品で、グラインダーや本格的なコーヒーポットには手が届かないが、せめてこれぐらいはと買ったものだ。本当はフィルター不要のタイプがよかったのだが、あいにく折りたためてフィルターが不要のドリッパーを見つけることができなかった。もしかしたらあるのかもしれないが、折りたたむための隙間にコーヒーの粉が入り込みそうな気がする。

フィルターそのものは大して嵩張らないのだから、それならドリッパーがコンパクトに収納できるほうがいいという結論に至ったのだ。

ファスナー付きのビニール袋を開けるなり、コーヒーの芳香が広がった。

すでに挽いてあるコーヒーがこんなにいい香りなら、豆を持ってきてこの場で挽いたらどれほど素晴らしいだろう。『ガチのコーヒー党』の気持ちもわかるというものだ。とはいえ、キャンプギアは新しいアイテムがどんどん出てくる上に消耗品も多い。いくら昇進したといっても、使えるお金には限りがある。とてもじゃないがコーヒーグッズにまでこだわることはできない。百均ショップの注ぎ口と、折りたたみ式のドリッパーが精一杯。それでも千晶は、アウトドアでレギュラーコーヒーを楽しむことができて満足だった。

——やっぱり美味しいなあ……インスタントはミルクやお砂糖を入れたくなるけど、レギュラーコーヒーならそのまま飲めちゃうのが不思議……

そんなことを考えながらクッキーを齧る。輸入製品なので普通のスーパーにはあまり売っていないが、一枚ずつの個別包装で外にも持ち出しやすい。なにより独特のシナモンとカラメルの風味がコーヒーや紅茶にぴったり、と実家にも常備されている。少々値が張るのが玉に瑕《きず》で、いつもは実家で食べて自分で買うことはなかったのだが、今回は『ご褒美キャンプ』なので張り込んでみたのだ。

これが当たり前にならないように気をつけなければ、と思いながら、千晶はクッキーとコーヒーのひとときを楽しんだ。

午後四時、千晶はのそのそとテントから這《は》い出した。

かなり濃いめのレギュラーコーヒーを飲んだにもかかわらず、テントで横になっているうちに眠ってしまったらしい。

宿直の際、寝る直前にコーヒーを飲む医師の話を読んだことがある。コーヒーなんて飲んだら眠れなくなるだろうに、と心配したが、どうやらカフェインは摂取してから効果が出始めるのに時間がかかるものらしい。あらかじめ飲んでおけば、短時間で目が覚めるから都合がいいという話にひどく納得した覚えがある。眠ってから一時間ぐらいで目が覚めたのは、カフェインの効果なのだろう。

夕食の支度を始めるにはちょうどいい時刻だ、と喜びつつ、焚き火台をセットする。

いつもは焚き火グリルで夕食の支度をしたあと、焚き火台に切り替えるのだが、今日は最初から焚き火台、思いっきり強火でガシガシ炒める気満々だった。

焚き火台を組み立て、木の根元にたくさん落ちている松葉を集める。松葉は知る人ぞ知る優秀な着火剤だ。着火剤付きのマッチを持ってきてはいるが、無料で使える着火剤があるなら試さない手はない。

『ご褒美キャンプ』と銘打ちながら、やっぱり無料に惹《ひ》かれるあたりは究極の庶民、でもそれが私よね！　などと頷きつつ、焚き火台に松葉をこんもり盛り上げる。その上に細く裂いた薪を組み、着火ライターで火をつけるとすぐに炎が上がった。

「うわ……すごーい……」

思わず声が出るほど、松葉は勢いよく燃え上がる。たっぷり入れたおかげか、火はすんなり薪に移っていく。これなら大丈夫、と徐々に太い薪をくべつつ様子を見守る。

三十分後、ようやく火が落ち着いた。

――これでＯＫ。まずは炒飯《チャーハン》から！

いきなり主食かよ、と言いたい人は言えばいい。千晶にしてみれば他人にどう思われようがやりたい放題できることこそがソロキャンプの醍醐味だ。

そもそも、強火が命とされる中華料理の筆頭は炒飯だ。もちろん異論はたくさんあるに違いないけれど、日本人が中華料理と聞いて思い浮かべるのは、炒飯、餃子《ギョーザ》、ラーメンあたりだろう。だが、日本で一番ポピュラーな焼き餃子は中国では亜流《ありゅう》、賄《まかな》い料理の範疇《はんちゅう》と言われるし、ラーメンだって似て非なるものだ。素人の手に負える中華料理として、炒飯は揺るぎない王座についている、と千晶は信じていた。

食材入れの中から、パックごはんを取り出す。いつもならメスティンでごはんを炊くのだが、今回はパックごはんを持参した。

炊飯そのものは、キャンプのたびにやっているので目新しさに欠ける。もちろん、そう簡単に失敗もしない。今回は中華料理レシピを試す目的もあるし、ごはんはパックにしてほかの料理に力を入れたほうがいいと考えたのだ。

パックごはんは電子レンジで温めることが多いが、千晶はアウトドアで使える電子レンジなど持っていない。インターネットには湯煎でも大丈夫だと書かれた記事もあったから、電子レンジがなくても平気だろう。

ところが、そこで千晶は鍋がないことに気付いた。ごはんのパックが入る大きさの鍋を持っていかなければ、と思っていたのに荷物に入れるのを忘れたのだ。

千晶のクッカーでは、湯に浮かせるどころか、縦にして突っ込むことすらできない。温めていないパックごはんは四角く固まっている。どうせ炒めるのだからこのままでもかまわないのかもしれないが、目の前の焚き火はあまりにも勢いがある。このまま中華鍋に投入したら、あっという間に焦げて、四角いお煎餅になってしまいそうだ。

――いったん火を弱めてごはんを温めて、それからまた火を強くする？　それってかなり時間がかかるよね？　あーもうこんなことならごはんもちゃんと炊けばよかった！

新鮮味がないと思うほど慣れているんだから、変な手抜きをしなければよかったと後悔しつつ、火を見つめる。

しっかり燃えているのに、ちゃんと安定している。せっかく中華料理に打ってつけの火加減にしたのに、わざわざ弱めるなんて愚の骨頂だ。

あらかじめパックのごはんをバラバラにほぐしておけばなんとかなるのではないか。だが、温めていないごはんで作った炒飯はあまり美味しくない。なんとかならないか、と考えた千晶はそこで思わず笑いだした。

なんのことはない。鍋にパックが入らないなら、ごはんだけ出せばいいのだ。

――ちょっと落ち着きなさい。いくら新レシピ開発とご褒美を兼ねてると言ったって、キャンプはキャンプ。いつもの臨機応変はどこに行ったのよ！

ごはんを耐熱性のあるビニール袋に移してもみほぐす。お米の一粒一粒は固いままだが、とりあえずバラバラにすることはできた。これなら小さなクッカーでもなんとか収まるはずだ。

頼もしい強火のおかげであっという間に湯が沸いた。その中にごはんが入ったビニール袋を沈めておいて、シェラカップに卵を割り入れて溶く。

ごはんはほどよく温まり、卵の黄身と白身もしっかり混ざった。

胡麻《ごま》油を流し入れた中華鍋から煙が上がるのを待って溶き卵を投入する。ところが、入れるやいなや卵が固まり始めた。さっさと火から下ろす、あるいは木べらか箸でかき混ぜればよかったのに、ごはんと溶き卵を絡めたくてもたもたしているうちに薄焼き玉子ができ上がってしまった。

固く結んだビニール袋の口を開けておくのだった、と思ったところで後の祭り……虚《むな》しく予定外の登場となった薄焼き玉子を皿に移す。焚き火と中華鍋の威力を思い知らされた気分だった。

炒り卵を作ってからごはんを炒めるレシピだってある、薄焼き玉子を崩してごはんに混ぜてしまえばいいだけ、と半ば開き直りながら皿に目をやる。それでもしっかり固まった薄焼き玉子――正確には薄焼きというほど薄くはない。むしろこれって……と思ったところで、千晶は一番小さいクッカーに醤油と砂糖、さらに酒をドボドボ入れた。その一方で、水溶き片栗粉も用意する。

クッカーを火にかけ、焦がさないように気をつけつつしばらく待ったあと、沸いたのを確かめて水溶き片栗粉を投入した。

ごはんはすでに温まっている。薄焼きならぬ中厚焼きの玉子焼きをのせて餡《あん》をかければ、天津飯《てんしんはん》ができ上がる。

ただ、千晶としてはただの天津飯にする気はない。ごはんを温める鍋を忘れ、想定外の玉子焼きを登場させてしまった。こんなに負けた気分で終わらせるのは嫌だ、とばかりにボウルに卵を割る。

また玉子焼きが出来たら大変なので、あらかじめごはんを溶き卵の中に入れてしまう。こうすれば、ごはんに卵がしっかり絡んでパラパラの炒飯ができるそうだが、千晶は無類の卵ごはん好きでもあるので、卵ごはんが完成した時点で食べてしまいかねない。それもあってこれまで試したことはなかったのだが、今なら我慢できる。いや、しなければならない。

ごはんと溶き卵が十分に混ざったのを確認し、中華鍋を焚き火の上に戻す。火の勢いはまったく衰えておらず、すぐに鍋肌から煙が上がり始めた。

——やっぱり焚き火ってすごいわ。ごはんもあっという間に温まってパラパラ。卵もちゃんと絡んでいい感じ。卵を余分に持ってきてよかった。あとは焼き豚と葱《ねぎ》を入れて、味を付ければでき上がり！

焼き豚も葱も家で刻んでファスナー付きのビニール袋に入れてきた。味付けは中華スープの素と塩胡椒、最後に醤油を垂らすだけ。タマネギやピーマンを入れることも考えたが、生野菜は水分が出やすい。パラパラ炒飯愛好家の千晶としては、できる限り水分を寄せ付けない手法をとりたかった。

炒め終わったごはんと具を片隅に寄せ、空いた場所に醤油を垂らす。ジュッという音と同時に醤油が焦げる香ばしい匂いが鼻をつく。熱し切った中華鍋ならではの瞬発力に感動しつつ、焦がし醤油とごはんをダイナミックにかき混ぜたあと皿に移す。

あとはこの上に予定外に登場した玉子焼きをのせ、醤油餡をかけるだけだった。

——なるほど、中華鍋って底が丸いから卵が広がり過ぎないんだ。卵一個しか使わなかったのに、いい感じの厚さに焼けたのはそのおかげだったのね！

禍《わざわい》を転じて福と為《な》す、とばかりに炒飯の上にパサリと被せる。これにさっき作っておいた餡をかければ、天津炒飯の完成だった。

千晶は炒飯に負けず劣らず天津飯が大好きだ。中華料理店に行くたびに、どちらを頼むか悩んでは、いつも選ばなかったほうに未練を残す。そんな千晶にとって、天津炒飯は天国みたいな食べ物だった。

平たいフライパンだといつも薄くて固くなってしまうのに、中華鍋で焼いた玉子はフワフワ、餡のトロトロ加減も最高だ。味付けを醤油にするか塩にするかは迷うところだが、今日は醤油の気分だった。次は鶏ガラスープを使った塩餡を試してみよう。塩餡に胡麻油を垂らしたら、もっと風味がよくなるに違いない。

ほかにも作りたい料理はあるが、とりあえず天津炒飯を楽しむことにして、クーラーバッグから缶ビールを取り出す。

まずは一口、とビールを含むと、強火の焚き火に煽られて渇いた喉に冷たいビールが染み渡る。あまりの心地よさに、千晶は思わず声を上げた。

「クーッッッ!」

最近大手メーカーから発売されたビールは、紛うことなきビールの味を持ちながらアルコール度数は低めという優れもので、キャンプで酔っ払いたくない千晶でも安心して楽しめる。

正直、千晶にはまだ紹興酒《しょうこうしゅ》やジントニックの美味しさがわからない。中華料理のときは十中八九、ビールをお供にしている。アウトドア、しかもソロキャンプで呑む酒は、アルコール度数が低いほうがいいけれどノンアルコールでは味気ないという我儘《わがまま》な望みを持つ千晶にとって、ありがたすぎるビールだった。

ビールの感動が消えないうちに、と天津炒飯を食べてみる。折りたたみスプーンは天津炒飯を食べるには少し小さいので、無理やり山盛りにして口に運んだ。

「炒飯がパラパラだから、醤油餡がすごくうまく絡んでる！　それに、焼き豚が存在感たっぷり！　手作りしてきてよかったあ！」

自画自賛とはこのことだが、焼き豚が手作りといっても威張るほどのことはない。ただ豚バラ肉を茹《ゆ》でて、タレと一緒に牛乳パックに詰め込んで一晩寝かせただけである。かたまり肉なので茹でるのに時間はかかるものの、面倒なことはひとつもない。このレシピは母に教わったもので、聞いたときは本当に大丈夫なのかと疑問だったし、完成後の見た目も焼き豚というよりも煮豚で、レシピの限界を感じた。味見もしてみたものの、まあこんなものかな、としか思わなかった。

にもかかわらず、炒飯の中にある焼き豚はびっくりするほど本格的な味わいだ。おそらく最後に強火で炒めたのがよかったのだろう。ラーメンの焼き豚ですら、炙ってから入れる店もあるぐらいだから、最後に火を通すというのは理に適った方法だったに違いない。

最小限の手間で最高の結果を出すのがプロってものよ、などと考えつつも、動かすスプーンが止まらない。いつも作っているものと、こんなに違うとは思ってもみなかった。

——炒飯は単に食べたくて作ったけど、いっそ炒飯のレシピも売場で紹介しちゃっていいかも。炒飯なんてレシピがなくても、と思われるかもしれないけど、家で作るときとは気をつけることが全然違うし。あ、『もう一手間』とか見出しをつけて囲み記事にして、天津炒飯を載せるのもいいな。

その人の料理の腕にもよるけれど、第一の秘訣は具の種類を欲張らないことだ。ただし、種類が少ない代わりに具そのものの質にはこだわったほうがいい。ちょっと高級な焼き豚を買ってもいいが、時間があれば家で作ってくるのもいいだろう。

この簡単焼き豚のレシピも炒飯と一緒に紹介しよう。なんなら、このレシピで作ってきた焼き豚をグリルで焦がして仕上げれば、格好のおつまみになる。

あとで炙ってみよう、と思いながら天津炒飯を平らげた千晶は、餃子の皮と具を取り出した。先日動画で見たレシピを試してみようとして、はたと手を止める。

動画では、配信者がフライパンの上に広げた餃子の皮に具をのせたあと、上からまた皮を被せて焼いていた。この中華鍋なら蓋もあるし、うまくできるだろうと考えていたのだが、底のカーブがきつすぎる。動画で紹介されていたやり方では弧を描いたまま焼けてしまいかねない。味は変わらないまでも、皿の上で反り返る餃子は千晶が持つ餃子のイメージから大きくはずれそうだ。それを言うなら、そもそも皮と具を重ねて焼いたものを『餃子』と称していいのか、という疑問も湧く。アウトドアではお手軽なのが一番だという考えに間違いはないのかもしれないが、やっぱり餃子のお楽しみは、焼き立て熱々を『齧る』ところまでがセットだと思ってしまう。楽なのは大歓迎だが、抜いてはならない手間もあると千晶は思っていた。

「あーもう、方針変更！　やっぱり包もう！」

中華鍋があるからいらないと置いてきたが、こんなことならスキレットを持ってくればよかった。仕方がないからメスティンで焼いてしまおう、と調理用のギアをまとめて入れたバッグを開けた千晶は、思わず歓声を上げた。

——なんだ、これでいいじゃん！

バッグの底に入っていたのは、先日手に入れたばかりのホットサンドメーカーだった。ホットサンドメーカーは実家にいるときに散々使っていたので、便利さはよくわかっているし、キャンパーの間でも人気が高いギアだということも知っている。それでも、ほかに必要なものや欲しいものが多すぎて、ホットサンドメーカーにまで手が回らなかった。そんな中、ふらりと立ち寄った中古品販売店でこのホットサンドメーカーを見つけた。実家で散々使っていた電動ではなく、直火にかけられるタイプで中古品だけあって値段も格安。しかもアウトドア専門メーカーの製品、かつほんのわずかに焦げ跡が付いているものの、それ以外は使った形跡がほとんど見られないという良品である。

もしかしたらブームに乗ってキャンプを始めた人が面白がって買ったものの、一度か二度使っただけで飽きて手放したのかもしれない。ホットサンドメーカーは欲しいけれど、もうしばらく先だなと思っていた千晶は大喜びで購入し、今回の『ご褒美キャンプ』に登場したという次第である。

中華料理がメインのキャンプでホットサンドメーカーとはどういうことだ。ホットサンドと中華料理の間には狭いながらもかなり深い川が流れているぞ、と言われそうだが、メスティンよりは餃子を焼くのに適している。ホットサンドメーカーの厚い鉄板なら、餃子をカリカリにできそうだった。

少し前に焼き餃子は亜流だといっていたのは誰だ、と自分で自分にツッコミを入れたくなったが、亜流でもなんでも美味しければいい、と開き直って餃子を作り始める。

皮は市販だけど、具は手作り。焼き豚を茹でながら仕込んだものだ。そもそも重ね焼き方式に疑問を抱いていた千晶は、そこまでするならいっそ包んでしまおうか、とも思ったけれど、母の顔が目に浮かんでやめた。

母は、手作り餃子は焼く直前に包むべし、と譲らない。作ってすぐに冷凍するならいいが、そのままで置いておくと野菜の水分で皮がベチャベチャになるからだそうだ。

手抜きもするがこだわるところにはとことんこだわる母は、家で餃子を五十個百個と作るときですら一度目を焼き終えてからでないと次の分を包まない。焼き上がった餃子を食べるでもなく次の餃子を包み始める母を見て、いつのころからか榊原家の餃子にはインターバルが設けられるようになった。一度目に焼いた餃子を全員揃って食べ終わってから、みんなで餃子を包んで焼く。最初の分は母が包むにしても、二回目はその場にみんながいるのだからみんなで包めばいい、そのほうが二回目が早く食べられる、という父に反論の余地はなかった。

ともあれ、餃子は焼く直前に包むべし、という教えを守り続けている千晶は、それなら皮と具を重ねるだけですむこのレシピを採用したというわけである。

結局、『重ね焼き方式』に納得がいかず、包むことになってしまった。榊原家における徹底した餃子概念の刷り込みに少し閉口しつつ、皮の袋を開けた千晶は、そこでふと思い出した。

――確か、手を汚さずに作れる餃子のレシピがあったような……

餃子の皮をいったん脇に置き、スマホで検索を始める。

なんと便利な世の中だ、と感激しながら調べたレシピは、具が入ったファスナー付きビニール袋の隅を切り取って、フライパンに並べた皮の上に絞り出す、というものだった。

フライパンもホットサンドメーカーも大差ない。底さえ平たければいいのだ。

ホットサンドメーカーを開いて、餃子の皮を三枚並べる。続いて具が入っているファスナー付きビニール袋の隅っこを包丁で三角に切り取る。あとは並べた皮の上に線状に絞り出してミニトングで皮の両端を真ん中に寄せれば、棒餃子の出来上がりだ。二回目以降は、ホットサンドメーカーが熱くなっているから、直に餃子の皮を広げるわけにはいかないけれど、それは皿でもラップフィルムでも使えばいいだろう。

――はい簡単。理想はひだを寄せてしっかり包み込んだ餃子だけど、多少の妥協は必要よ。これなら手も汚れないし、ちゃんと焼くたびに包めるもん！

これも紹介するレシピに入れよう。家で作るときにも役立つ方法だから、喜んでくれる人も多いだろう。

キャンプを楽しみながらどんどん仕事がはかどる。ご褒美にご褒美が重なった気分でホットサンドメーカーを火にかけ、すこしだけ水を入れる。

餃子を焼くときにどのタイミングで水を入れるかは人それぞれだが、榊原家は最初に水、水がなくなったら油というやり方だ。これまた『母の教え』なので頑《かたく》なに守り、最初の餃子を焼き上げた。とはいっても母のように油を流し入れるのではなく、スプレータイプのオリーブオイルを使う。ホットサンドメーカーはそれほど大きくない。焼いている餃子は三個だけなので、うっかり流し入れたら油が多すぎて揚げ餃子みたいになりかねない。これぐらいの誤差は、許してもらうしかなかった。

――ふっ、やっぱり美味しい。お母さんの餃子って、餡の味が濃いからタレがなくても食べられるんだよねー。

ビールのための餃子というものがあるとしたら、それはまさしく母の餃子だ！　と確信しつつ餃子とビールを交互に口に運ぶ。火傷しそうなほど熱い餃子とビールの組み合わせは、無条件に人を幸せにする。

とはいえ、こんなに落ち着いて餃子を楽しめるのは、天津炒飯を食べたあとだからだ。限界に近い空腹だったら、のんびり焼く前に包んで三個ずつ、なんてやってられない。最初に天津炒飯は大正解よ、とこれまた自画自賛で三個ずつを三回、合計九個の餃子を食べ終えた。

少量のパックごはんで作った天津炒飯と小ぶりに作った九個の餃子でお腹はほどよく膨らみ、一缶目のビールもなくなった。餃子を食べ終わるころにはビールが少々温《ぬる》くなっていたけれど、キンキンに冷えたビールだけが美味しいわけじゃない。絶品天津炒飯とビールのあと、餃子まで楽しめたのは至福だった。

さて次はどうしよう、とクーラーボックスを覗き込む。入っているのは豚肉と牛挽肉、あとはベーコンやウインナーといったいわゆる加工肉の類いだ。挽肉とベーコンは買ったときのパックのままだが、豚肉は下味を付けてファスナー付きビニール袋に入れてきたし、ウインナーにも切り込みが入っている。

野菜はというと、ピーマンも種を取って刻んであり、ニンジンに至っては細切りにして『レンチン』までしてきた。まるでテレビの料理番組のようにほとんどすべての下準備が完了した状態で出かけてきたのである。

——アウトドアで中華料理っていいアイデアだと思ったけど、ちょっと面倒だったのは確かだよね……

中華料理は火力はもちろん、スピードも命とも言われる。昨今の物価高で、燃料だって馬鹿にならない価格になっているから調理時間は短いほうがいい。料理で燃料を大量消費するぐらいなら、食後にのんびり眺める焚き火に使いたかった。

そんなこんなで家でできる準備はすべてやってきた。準備も後片付けもキャンプの一部とわかっていても、出かける前からちょっとだけ疲れてしまった。疲れたというより、うんざりしたというのが正解かもしれない。

それでも、調理時間が短ければそれだけゆっくり食事ができるし、食後にのんびりする時間も増える。それに、今回は今村チーフに頼まれた『アウトドア食材コーナー』での紹介用のレシピを試す目的もある。

今村チーフの分析によると『アウトドア食材コーナー』の利用者の半分以上は家族を中心としたグループらしいし、中華料理は大人数向きの料理でもある。

人数がいれば作業も分担できるから、わざわざ家であれこれしてこなくても、和気《わき》藹々《あいあい》とその場で準備できるだろう。

中華料理とミスマッチなのはソロキャンパーだけか、と苦笑しつつも、空になった炒飯の皿を見てはっとする。

炒飯をこんなにパラパラにできたのは使ったごはんの量が少なかったからだし、餃子が一度に三個しか焼けないなんて論外だ。使うギアも作る料理も、グループとソロでは異なってくる。レシピを掲示するからには、そのあたりまでしっかり考えなければならない。

レシピ紹介って簡単そうに見えて案外大変だ、と思いながら、豚肉とピーマン、小分けにしてラップフィルムに包んできた筍《たけのこ》も取り出す。

豚肉、ピーマン、筍と来たら作る料理は決まっている。食品メーカー各社がレトルトの合わせ調味料を出してくれているおかげか、日本の家庭における登場回数がかなり上位と思われる『青椒肉絲《チンジャオロース》』だった。

便利なレトルト調味料があることはわかっていたが、用意されているのはふたり用からで量が多すぎる。使い残すと持って帰るのも面倒だし、レシピ紹介にレトルト調味料はいかがなものか、ということで自分で味を付けることにしたのだ。

醬油、砂糖、酒、胡椒に中華スープの素まで加えてしっかり揉み込んであるから、下味は十分付いている。本格派のレシピには溶き卵を絡めろとあるので迷ったけれど、検索しまくった結果、油通しをしないなら溶き卵はいらないと書いてあるレシピを見つけた。卵を使ったほうが、きっと味がよくなるのだろうな、と思いつつ、アウトドアにつき簡略化を決めて水溶き片栗粉を入れて終わりとしたのである。

焚き火台に何本か薪を足したあと、中華鍋をのせて油を入れる。今度はスプレータイプのオリーブオイルではなく、サラダ油を多めに使い、豚肉を炒め始める。

ちなみに火は餃子を焼くために少し弱めにしてあり、さっき入れた薪が燃え始めるまで強火にはならない。おいおい、強火を狙って焚き火台を使っているのにそれでいいのか、と思ってしまうが、レシピによると油があまり熱くならないうちに肉を入れるのが秘訣らしい。中華料理、とりわけ肉を焼くには煙が立つほど熱した鍋もしくはフライパンだと信じ込んでいた千晶は、目から鱗だった。

木べらでひとかたまりになっている肉をぐいぐい押す。ぬるい油の中でバラバラになっていく肉に、レシピの正しさを知る。もしも煙が立つほど熱された中華鍋だったら、あっという間に表面の片栗粉に火が通り、ほぐすことなどできなかっただろう。

なるほどなあ……と思っていると、ほぐし終わったところでいい案配に火が強くなってきた。レシピも偉ければ、調理を始める寸前に薪を足した私も偉い！と鼻高々で肉を炒め続ける。全部の色がしっかり変わったのを確認し、ピーマンと筍を加える。筍は水煮だからもう火が通っているし、ピーマンは炒める時間が短くて済むようにかなり細く刻んできた。

そもそもピーマンなんて生でも食べられるんだから、と半ば開き直り、プラスティックの調味料入れに詰めてきた合わせダレを投入。瞬く間に『青椒肉絲』が完成した。

二缶目の缶ビールを開け、まずは青椒肉絲を食べてみる。

ピーマンなんて生でも平気と適当に炒めたせいか、歯触りは抜群だ。

千晶は家で青椒肉絲を作るときに、あらかじめピーマンを茹でたりレンジにかけたりすることがある。炒めるだけよりも短時間かつ栄養も壊れにくいそうだが、なんのことはない、細く切るだけでよかったのだ。

細く切ることでピーマンそのものの味が薄れるかと心配だったけれど、ピーマンはそれほど軟弱な野菜ではなかったらしい。シャキシャキの食感を残しつつ、豚肉や筍ともちゃんと調和する。千晶に言わせれば、ピーマンはアウトドアにおいて、タマネギの次に心強い食材であった。

濃いめの醬油味とシャキシャキのピーマンでビールがどんどん進む。もう一品か二品、試してみたいレシピがあるにはあるが、これ以上は食べられそうにない。今はこれまで、と諦めて残ったビールを呑み干した。

とりあえず後片付け、ということで使った中華鍋とホットサンドメーカー、食器の汚れをペーパータオルで拭き取る。さらに中華鍋とホットサンドメーカーはウエットティッシュで拭き、食器はまとめて洗い場に持っていく。このキャンプ場はお湯が使えるから、たとえ水が冷たい時季でも食器洗いがそれほど辛くない。油汚れはしっかり拭ってきたはずだが、やはりお湯で洗い物ができるのはありがたかった。

洗い物を終えてテントサイトに戻った千晶は、食器をしまい、やれやれと腰を下ろしたところで出しっぱなしになっていたポーチに気がついた。

これも片付けなければ、と手を伸ばし、しみじみと眺める。

実はこのポーチは調味料ケースで、中にプラスティックボトルを六本収納できる。粉末も液体も入れることができ、一本あたりの容量は五十ミリリットルあるので、二泊三日ぐらいのキャンプなら十分だ。千晶が使う調味料といったら、せいぜい塩、胡椒、醤油、味醂《みりん》、酒……ぐらいだから、残りの一本は今回のように合わせ調味料を入れてくることもできる。すべての調味料をひとつのポーチに入れられれば持ち運びにも、実際に使うときにも便利だ。一目で確認できるから、キャンプ場に着いてから、醤油がないとか入っていると思ったら空だったなんて悲劇も発生しない。

百均ショップで見たときは、百均のくせに百円じゃない！　とお約束の文句が出たけれど、シリコン製の注ぎ口同様、買ってよかったと思えるギアのひとつだ。

買ってよかったというよりも買えてよかった、が正しいのかもしれない。便利そうなギア、特に百均ショップで扱っているようなギアは、どこかに『便利だ』という記事が出たとたん売り切れが続出する。欲しいしお金だってあるのに買えないというジレンマに陥らないためには、日常的にショップ巡りをする必要があるとわかっていても、誰もがそれほど時間の余裕があるわけじゃない。仕事上あちこちのショッピングセンターに出入りする必要があり、隙間時間にショップ巡りができる千晶はかなり幸運だ。

この調味料入れにしても、昼休みの残り時間でふらっと入った百均ショップで見つけた。その時点ではかなりたくさんあったのに、翌日ネットに紹介記事が出て次に行ったときにはすっかり在庫がなくなっていた。百均ショップだから、次にいつ入荷するかは従業員にも予測できないらしいし、つくづく話題になる前に買えてよかったと安堵《あんど》したものだ。

――要するに、人任せでは駄目。アンテナは自分で張れってことよね。まあ、それもできないようでは商品開発なんてやれっこないんだけどさ！

いずれにしても、公私にわたる利害の一致はありがたい、とにんまりしながら後片付けは完了した。

翌朝、千晶はアラームの音で目を覚ました。

昨夜は、焚き火を楽しんだあとテントに入った。終盤、かなり強火にしたせいで燃え尽きるのに時間がかかったものの、それでも午後十時過ぎには横になった。

海が近いから波の音が聞こえてくるかもしれないと期待したが、テントに入ってみたら意外にそうでもない。波の音を子守歌にするのが好きな千晶としては少し残念だったけれど、うるさく騒ぐ隣人もいないし、軽い酔いとほどよく満たされたお腹のせいか、あっという間に眠ってしまったようだ。

寝袋から這い出して、ジャケットを羽織って外に出ると微かな声が聞こえてきた。どうやら両隣のテントサイトの人たちも動き始めたらしい。やはりこのキャンプ場に来たからには日の出を見ないと、ということなのだろう。やけに静かだったのも、日の出に間に合うように起きるために、みんなして早寝したからかもしれない。

海に向かって歩き出す。夜には瞬きまくっていた星が、どんどん見えなくなっていく。今日もいい天気になりそうだ、と思いながら歩いて行くと間もなく松林を抜けて海岸に出た。

海岸にはかなりたくさん人がいた。家族連れも何組かいて、眠そうにしている子どももいれば、眠ったままお母さんに抱っこされている子もいる。日の出は見たいけれど、寝ている子どもを置いてくるわけにもいかず、抱っこしてきたのだろう。それでも無理やり起こして日の出を見せようとしないあたり、いいお母さんに違いない。見たところ、せいぜい二歳、もしかしたら一歳ぐらいかもしれない。この先、日の出を見る機会はいくらでもあるはずだし、今見せたところで記憶に残るかどうかも怪しい。それなら母親の体温に包まれて眠っていたほうが幸せだろう。

そうこうしているうちに、水平線近くの空の色が変わり始めた。暗い青紫から赤紫、橙《だいだい》色へと移っていく。なるほど太陽はあそこから出てくるんだな、と目を凝らすと、ほどなくまばゆい光が広がった。

——うわー、朝っぱらから元気いっぱいだねえ！

太陽が元気いっぱいじゃなければ大変だよ、と自分で自分に突っ込みながら、少しずつ上っていく太陽を眺める。

朝日を浴びると全身に力がみなぎる気がする。ごく普通の九月の朝日がこれほどなら、初日の出ならもっと力をもらえるのだろうか。来年はどこかに初日の出を見に行ってみようか。大晦日《おおみそか》からキャンプをして、初日の出を待ち構えるのもいいかもしれない。

そこまで考えてまた苦笑する。大晦日に娘がキャンプ中だったら、両親はどう思うだろう。みんな揃って炬燵に入り、国民的歌番組を見ながら蕎麦を啜ったあと、全国各地から中継で届けられる除夜の鐘の音に耳を傾ける、というのが榊原家の年越しだ。アナウンサーの『今年最後の鐘の音です』なんて厳かな口調を聞いたあと、明けましておめでとうございます、と頭を下げ合うまでがお約束なのに、千晶がいないとなったらさぞやがっかりするに違いない。

キャンプを諦めるか両親と一緒に行くかの二択なら、断然諦める。千晶だけならまだしも、不慣れな両親に年の瀬の極寒の中でキャンプをさせたら、年越しどころではなくなってしまう。家族揃って家でぬくぬくしているに越したことはなかった。

よく考えたら、元旦の日の出に意味を見いだすのは日本人の勝手な思い込みだ。一月一日であろうが年度始めの四月一日であろうが日の出に変わりはない。むしろ、動物や植物の生命活動が活発化している九月のほうが、日光パワーは強いだろう。

よく眠ってすっきり目覚め、日の出もしっかり拝んだ。これからますます頑張れるはず、と踵《きびす》を返す。夕食が早かったからお腹が空いた。さっさと支度して、朝ごはんにありつきたかった。


テントサイトに戻った千晶は、まずアルコールランプとクッカーで湯を沸かした。いつもなら目覚ましがてらインスタントのカフェオレでも飲むところだが、今日はレギュラーコーヒーを持ってきている。目はもうしっかり覚めているし、どうせならゆっくり楽しみたい。コーヒーは食後にすることにして、インスタントスープを作った。

インスタントスープ、特に今回作ったポタージュスープは、とても手軽で美味しいけれど溶け残りやすいのが難点だ。スプーンで念入りにかき混ぜて、もういいだろうというところで一口……コーンの優しい甘みについつい微笑《ほほえ》んでしまった。

スープを三口ほど飲んでお腹の虫を落ち着かせたところで、ホットサンドメーカーを火にかける。昨夜、思いもかけず緊急登板となったけれど、本来は朝食用に持ってきたギアである。

八枚切りの食パンにスライスチーズとコンビーフをのせてマヨネーズを絞る。クリーム色のマヨネーズの上からこれでもかと黒胡椒を振り、食パンをもう一枚被せる。あとはホットサンドメーカーを閉じて火にかけ、二、三度ひっくり返せばコンビーフサンドのでき上がりだった。

二十分後、千晶は満足の息を漏らした。

カリカリの食パンにコンビーフとチーズの塩気に焼いたマヨネーズのほどよい酸味、最後に『俺もいるよ』とワイルドな刺激を伝えてくる黒胡椒……食べ応え十分のホットサンドは、千晶が嫌いな撤収作業への活力をくれた。

そのあと、昨日と同じ手順で淹れたコーヒーをゆっくりと味わう。昨日よりわずかに冷たい朝の空気が、コーヒーの味わいをさらに上げてくれた気がした。

天津炒飯と餃子、青椒肉絲、簡単焼き豚を含めて四つのレシピを試すことができた。なんなら、コンビーフのホットサンドも紹介してもいい。ホットサンドを作ったことがある人は多いかもしれないが、コンビーフとチーズ、マヨネーズ、そして黒胡椒の組み合わせを知らない人だっているだろう。

『ご褒美キャンプ』にしては仕事が占める割合が高かった気がする。けれど、そもそも自分にご褒美をあげたくなった原因は昇進だ。仕事を頑張れば、ご褒美キャンプなんて何回でもできる。なにより試してみた料理はどれもとても美味しかったのだから、不満なんてない。

松林を抜けてくる風の温度がぐんぐん上がっていく。帰りは道の駅にでも寄っていこう。ここは海が近いから、美味しい魚が買えるだろう。お土産を持って実家に寄って、潮風を浴びた車を洗わせてもらおう。これがＷｉｎ－Ｗｉｎというものだ。

朝日にパワーをもらったせいか、千晶は撤収をいつも以上に速やかに終え、意気揚々と帰路についた。

3 Solo Camping!

第三話

花恵の傷心

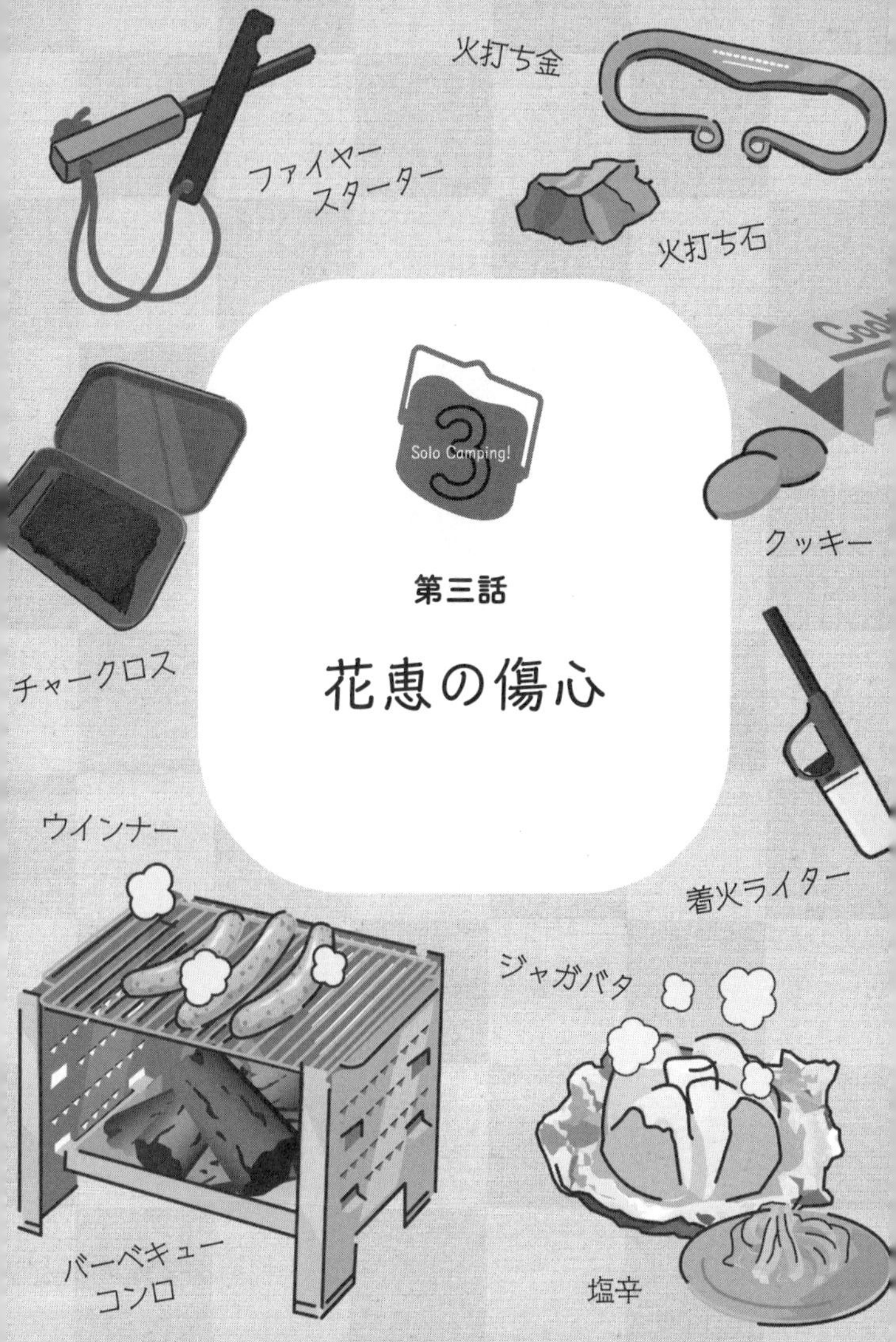

　三連休が終わった九月第三水曜日、始業前にコーヒーを淹れようと席を立った千晶は、給湯室の入り口で足を止めた。

　いつも元気いっぱい、商品開発部の『愛されキャラ』と名高い野々村花恵《ののむらはなえ》が流しに摑まって俯いている。いつもより顔色が青ざめているし、体調でも悪いのかと心配になって声をかけた。

「おはよう、野々村さん。どこか具合でも悪い？」

「榊原さん……」

　顔を上げて千晶を見た瞬間、花恵の瞳から大粒の涙が流れ出した。

「ど、どうしたの⁉」

「治恩《じおん》くんが……」

　花恵の涙は止まらない。

『治恩』というのは人気動画共有サイトで活躍している動画配信者で、花恵のいわゆる

『推し』でもある。もともとはミュージック系の配信者で、時折食レポやゲーム実況を交える程度だったのだが、昨年からアウトドア活動に嵌まり、キャンプ動画も頻繁に上げるようになった。

アウトドアとは無縁そうだった花恵が、ソロキャンプに興味を覚え、千晶に手ほどきしてほしいと言い出したのも彼の影響だし、近くにテントを張りはするが、行動そのものは別々というソログループキャンプに行ったあと、治恩が企画したキャンプイベントにも参加したようだ。

かなり楽しかったらしく、イベントが終わってからも、そのイベントで出会った人たちと一緒に時折キャンプに行くこともあったようだ。あの花恵がキャンプに嵌まるなんて人は見かけによらないものだなあ……などと思ったが、本人にしてみたらキャンプよりも『推し活』、治恩について語り合うことが楽しかったのかもしれない。

理由がなんにせよ、キャンプ人口が増えるのはいいことだ。仲間ができたのなら、これ以上千晶が誘われることもないはずだ。完全なるソロキャンプ派としては嬉しい限り、と見守っていたのだ。

「治恩くんになにかあったの？」

おそるおそる訊いてみる。花恵の涙がさらに増す。もはや、滂沱《ぼうだ》と表現するに相応しい流れっぷりだ。その涙を拭おうともせず、花恵は恨めしげに千晶を見た。

「榊原さん、ご存じないんですか？　治恩くんに彼女さんがいたんです！」

「あ、そうだったんだ……」

「もうちょっと驚いてくれてもいいじゃないですか……」

いや、それ、予想の範疇だから……なんて言えるわけがない。たとえ、花恵にキャンプの手ほどきを頼まれたとき、話を聞いてすぐに治恩の動画をチェックし、キャンプ場やギアの選定から、これは陰に相当経験豊富なアドバイザーがいる、もしかしたら交際相手かもしれないと睨んでいたとしても……

「それって、野々村さんはどこで知ったの？」

「昨日、SNSで……。誰かが、一緒にいるところを見た、とかなんとか呟いたのが話題になったんです。ガセネタだと思いたかったんですけど、治恩くんの過去の動画とかSNSをもとにどんどん検証が進んで、アクセス上位ランキングにも入っちゃって……」

「そんなことになってたんだ……」

そういえば、昨日はいつもより早寝した。退社時刻の少し前から頭痛が始まっていて、それほど重くはなかったけれど風邪の引き始めかもしれない、無理をして仕事を休むことになったら大変だと、帰宅後食事だけ済ませて、さっさとベッドに入った。

普段ならベッドに入ってからスマホをいじったりするのだが、安眠の妨げだとわかっていたためにあえて手が届かないところに置いて寝た。トレンドに載るほどのニュースに気付かなかったのはそのせいに違いない。

「治恩くん本人はなにか言ってるの？」

「今のところはなにも……。治恩くんなら、大騒ぎになったのに気付いてすぐに交際宣言、とかしちゃうかなと思ってたんですけど」

「対応策を考えているのかもね」

「かもしれません。そのあたりの慎重さはさすがって気がしますけど、かなりモヤモヤします」

　モヤモヤというよりも、ほとんど眠れなかった――花恵の目の下のクマがそう物語っていた。

「えーっと……お相手はわかってるの？　もしかして動画配信者とか……」

　動画配信者は特殊な職業なので、一般人からは理解を得にくく、出会いそのものが少ない。それだけに交際相手には同業者を選びがちだと聞いたことがある。ただ、どちらも多忙なせいか、動画配信者同士のカップルは案外すぐに別れてしまうことも多い。治恩はまだ若いし、それほど騒ぎ立てなくてもいずれは……という気がしないでもなかった。

　ところが、そんな千晶の意見に、花恵は力なく首を横に振った。

「違うみたいです。でも、いっそ知らない動画配信者だったらよかったのに……」

「というと？」

「この間のキャンプイベントを仕切ってた人がいたんですけど、ＳＮＳに投稿された写真がその人にそっくりで、イベントのときもなんだか治恩くんとすごく親しそうだったんです。だから、きっとその人じゃないかと……」

「え、でも、それってスタッフってことでしょう？　専属のアシスタントかもしれない。どっちにしてもイベントを仕切らせるぐらいなんだから、信頼もしてるだろうし、一緒に行動することも多いんじゃないの？」

「そうなんですけど、ただのスタッフに留まらない親密さがあったみたいで、だからこそすっぱ抜かれることになったんじゃないかって」

イベントの最中に、治恩とそのスタッフの会話を漏れ聞いたファンによると、お互いの家族のことや子どものころの思い出まで語っていたそうだ。少なくとも中学生時代、もしかしたらそれ以前からの付き合いではないか、と推測されているらしい。

知らない動画配信者が相手だというよりも辛い。想像以上に一緒に過ごしてきた時間が長かったみたいだ、と花恵は落胆そのものの表情を見せた。

「あれは幼馴染《おさななじ》みの雰囲気だ、って言う人もいます」

「そうなんだ。でも、幼馴染みならむしろ安心じゃない？　幼馴染みって案外、彼氏彼女の関係にはなりづらいから」

「そうでしょうか……」

小説や漫画などには、幼馴染みから恋人同士に発展する話がたくさんあるけれど、あれはかなりのレアケースだ。大人になってようやく、ずっと近くにいてくれた相手の魅力に気付くというのは感動的なストーリーだから題材に使われやすい。でも、よほどのことがない限り、子どものころから知っている相手と大人になって恋に落ちたりしない、と千晶は考えている。相手が予想外の急成長を遂げて魅力たっぷりになることがないとは言い切れないが、千晶の周りにはそんなカップルは皆無だった。

花恵は疑わしそうに千晶を見ている。

せっかく否定材料を提供しているのに、そんな目で見なくてもいいじゃないの、とは思ったけれど、人間というのは案外最悪の情報のほうを信じてしまうものなのかもしれない。

「ところでそのイベントを仕切ってた人って、かなりの熟練キャンパーじゃなかった？」

「どうしてわかるんですか？」

「え、いや……なんとなく」

「彼女さんかどうかはまだわかりませんけど、治恩くんがキャンプを始めたのはその方の影響だそうです。治恩くんはソロキャンプの動画を上げてますけど、よく見たらひとりでは撮影が難しい映像もあるそうです。たぶんずっとその方と一緒に行ってたんじゃないかって……」

「なるほど、その人に手ほどきしてもらってたのね。道理でギアとか間違いないのを選んでたはずだ……」

治恩は真面目だから、自分で勉強したとばかり思っていた、と花恵は肩を落とす。

千晶に言わせれば、人に訊くのも勉強のうちだ。身近に経験者がいるなら、スポンサーが付いているような紹介記事をネットであさるより、実体験を聞いたほうがずっといい。それが信頼できるスタッフならなおさらだろう。

「キャンプ動画を上げたらどうか、って言ったのもその人かもしれません。音楽関係のほかにも柱になるコンテンツがあったほうがいいんじゃないかって助言されて、じゃあキャンプ動画を上げようって……」

「だとしたらやり手だね」

「そうなんです！　キャンプ動画を上げるようになってから、治恩くんの登録者数はめちゃくちゃ増えました。キャンプを目当てに見に来た人が、音楽も気に入ってくれて、コンサートの会場も前よりずっと大きなところを使えるようになってきてます」

「順風満帆《じゅんぷうまんぱん》か。でも、そんな人が彼女かもしれないとなるとちょっと複雑だよねえ」

「登録者数が増えるのは嬉しいし、彼女さんがいてもいなくても治恩くんは治恩くんです。それはわかってるんですけど……見守ることしかできないんですけど……幸せにもなってほしいんですけど……」

「野々村さん……」

『ですけど……』を繰り返す花恵についつい目尻が下がる。

『推し』にとって特別な存在になりたい——表面化していようが、潜在意識下であろうが、多くのファンはそんな考えを持っているのだろう。それなのに、あまりにも『彼女さん』候補が優秀すぎて打ちひしがれる一方で、治恩の幸せを祈る気持ちは捨てられない。


——やっぱりこの子はいい子だ。名前のとおり、見る人を癒す花みたい……

交際が発覚したり、結婚したりするとたんに離れるファンもいる。散々恨み言を並べ立てた挙げ句、『アンチ』になってしまう人もいるだろう。それでも、自分を律して『推し』の幸せを祈る。それでこそファンだと思う陰で、嘆く気持ちのやり場に困る。

頭を撫《な》でてやりたくてうずうずする手を押さえ込みつつ、千晶は花恵に訊ねた。

「それはそうと、今でも治恩くんのファン同士でキャンプに行ってるの？」

「しばらくお休みしてました。九月に入ったら予約が取りやすくなりそうだから、そろそろまた行こうかって話が出てたところでした」

ベテランも数人入っているものの、ほとんどが治恩の影響でキャンプを始めたファンばかりなので、さすがに冬のさなかのキャンプには尻込みする。それ以上に、冬用のギアは値が張るものも多く、それを揃えるぐらいならコンサートやグッズ、『投げ銭』にお金を使いたいというのが本音らしい。

ただ、依然として治恩の動画の半分はアウトドア関連だ。治恩を応援し続ける限り、キャンプと無縁ではいられないと花恵は言う。

「そっか……。お仲間はどんな感じ？」

「まだ誰ともちゃんと連絡取ってないんです。SNSのグループも『号泣スタンプ』ばっかりで」

SNSでメッセージに使われるスタンプは、今や星の数ほどあるだろう。各種キャラクターが盛大に涙を飛ばしまくるスタンプが連打された画面を想像し、千晶は笑いそうになる。だが、続いて発せられた花恵の言葉には真顔になるしかなかった。

「スタンプすら送信しない人もいます。それどころか、速攻でグループから抜けちゃう人まで……」

がっかりする気持ちはわかるが、そんな手のひら返しを目の当たりにするなんて悲しすぎる。ネットの中だけの付き合いに留まらず、現実でも交流があった人たちだけに、花恵の落胆は大きいのかもしれない。

「そうなんだ……それは辛いね」

「治恩くんに彼女さんがいたらすごく辛いです。いっそ否定してくれたらって思う反面、自分が彼女さんだったら、隠されたり嘘をつかれたりしたらすごく悲しいです。たぶん私自身が心のどこかで、はっきり肯定してほしい、それでこそ治恩くんだって思ってるような気がして……」

彼女ではなく『彼女さん』という言葉に花恵の優しさと治恩を信じる気持ちが溢れている。ずっと応援してきた相手だけに、すぐに嫌いになんてなれないし、嫌いになる理由すらない。彼女まで含めて、治恩は治恩だと判断する花恵はファンの鑑《かがみ》に違いない。

「じゃあ、もうキャンプには行かないの？」

どれほどの人数がグループに残っているかは定かではないが、この状態でキャンプに行くのは難しいのでは、という千晶の問いに、花恵は首を傾げつつ答えた。

「どうでしょう……今は誰も、キャンプに行く話はしてません。私も含めて、そんな気にはなれないいんだと思います。ただじっと治恩くんの対応を待ってる感じです。でも、これっきりにはならない気もしてるんですよね」

それぐらいキャンプで過ごした時間は楽しかった、そう感じたのは自分だけではないはずだ、と花恵は主張した。

「治恩くんがなにかコメントを出してくれたら一段落して、またみんなと会えるんじゃないかなって……。せっかく知り合えたのに、このままお別れなんて寂しいです」

『推し活』をきっかけに、リアルでの人間関係が始まることもある。同じ人を応援しているだけに価値観が似ているだろうし、実際に会って話せばより楽しいに違いない。千晶には経験がないが、花恵を見ていると『推し活』もまんざらじゃないと思ってしまう。

それだけに、治恩には彼女らをがっかりさせない対応をしてほしかった。

「なるべく早くコメントがあるといいね」

「あったほうがいいのかどうか、複雑です」

こんなことならキャンプイベントに参加しなければよかった。下手に彼女かもしれない人の顔を知っているだけに辛い、と花恵は嘆いた。

「こういうときこそ、キャンプに行ってぼーっと焚き火を眺めていたいなーって思っちゃいます」

「野々村さん、もうかなりのキャンパーだね」

「まだまだです。でも……」

次にいつキャンプに行けるかわからない。グループの人たちとももう会えないかもしれない。せっかくキャンプの楽しさがわかり始めたところだったのに、ここで中断することになったらどうしよう、と花恵は困惑する。

「それも含めて、様子見ってことかな……」

「そうするしかありません。あーもう……治恩くん、なんですっぱ抜かれるようなことになっちゃったんだろ……」

「人気が出てきた証《あかし》だよね。誰にも興味を持たれないような人を追っかけ回して記事にしても仕方がないし」

「人気……確かに。じゃあ、治恩くんにとっては喜ぶべきことなんですね。有名税とか？　あーでも治恩くんなら、そんなものを払うぐらいなら、有名になんてなりたくない、って言うかも」

「そんなことを言う人ほど有名になっちゃうのが不思議。どっちにしても治恩くん次第、待つことしかできないってことか……。それで野々村さん、少しは落ち着いた？」

給湯室には時計がないし、スマホも机に置きっぱなしにしてきた。正確にはわからないが、そろそろ始業時刻だろう。とりあえず仕事にかからなければ、と花恵の様子を窺うと、彼女は頷いて背筋を伸ばした。

「ありがとうございます。榊原さんと話したおかげでかなり落ち着きました。それに、きっと仕事をしてるほうがあれこれ考えずにすみますよね」

「焚き火ほど無心にはしてくれないけどね」

「確かに。そう考えると焚き火ってすごいですよね」

「そうだね。あ、それから、すごく気にはなるだろうけど、あんまりスマホばっかり見ないようにね」

「了解です！　いっそ昼休みまで鞄《かばん》にでも突っ込んでおきます」

「そこまでしちゃうと業務に支障を来すかもしれない。まあうまくやって」

それを最後に、千晶は席に戻った。

ところが、花恵がなかなか給湯室からでてこない。泣いたあとだから化粧でも直しに行ったのかな、と思いながらメールをチェックしていると、机の隅にコーヒーカップが置かれた。

「榊原さん、コーヒーを淹れに来られたんですよね？」

「そうだった……。ありがとう、淹れてくれたんだね」

「当たり前です。私のせいで忘れちゃったんでしょうし。でも、榊原さん、前は紅茶とか日本茶もよく飲んでらっしゃったのに、最近はコーヒーばっかりですね」

「あー……ちょっとコーヒーに嵌まっちゃったというか、嵌まりかけてる感じなのよ。実は……」

そのあと、キャンプでもコーヒーを楽しんでると続けかけて言葉を呑み込む。今の花恵にキャンプの話をするのは酷だ。特に、焚き火を前にコーヒーを飲んで、レギュラーコーヒーの美味しさに目覚めた、なんて語った日にはキャンプに行きたい気持ちを煽ってしまう。

会社にはけっこうちゃんとしたコーヒーメーカーがあるからね、と笑うにとどめ、千晶はメールチェックを続けた。

——うーん……未《いま》だにノーコメントか。今晩、もしくは明日ぐらいにはなにか反応してほしいなあ……

電車の中でネットニュースをチェックした千晶は、軽くため息をついた。

千晶は新製品の売れ行き調査のために外出し、帰社する途中である。時刻は午前十一時半、このままだと帰社は昼休み直前か、もしかしたら昼休みに入ってしまうかもしれない。昼食を外で済ませてから戻ってもいいのだが、今日はまっすぐ帰ることにした。

花恵が気になったのと、調査に行った店舗で素敵な昼食を手に入れることができたというふたつの理由からだった。

——やったーシウマイ弁当ゲット！　これ、大好きなんだよねー！

手に提げているエコバッグには、有名メーカーのシウマイ弁当がふたつ入っている。ひとつは自分、そしてもうひとつは花恵へのお土産だ。彼女はお弁当を持ってくることも多いが、今日はいつものお弁当用の保冷バッグを持っていなかったから、外食か中食だろう。このシウマイ弁当は駅弁としても有名だが、関東に住む人間は普段あまり食べないように思う。昼食に間に合うようなら一緒に食べればいいし、間に合わなければ持って帰ってもらってもいい。

この明るい黄色の包み紙を見て、少しは元気を取り戻せればいいな、と思いながらドアを開けると、ちょうど花恵が出てくるところだった。

「あ、榊原さん、お帰りなさい」

「ただいま。お昼は外に食べに行くの？」

「そのつもりだったんですけど、なんだか気が乗らなくて。コンビニにでも行ってこようかと……」

「あ、じゃあ一緒に食べない？　私、お弁当買ってきたんだ」

そう言いながらエコバッグを開けてみせる。覗き込んだ花恵が、嬉しそうな声を上げた。

「シウマイ弁当！　私これ、大好きなんです！　でもあんまり食べる機会がなくて」

「だよね。私も久しぶりなのよ。売れ行き調査に行った店舗でたまたま駅弁フェアをやっててね。目に付いたからつい買っちゃった」

「私がいただいちゃっていいんですか？」

「もちろん。これは傷心の野々村さんに差し入れよ。ってことで、小会議室は空いてるかな？」

「さっき会議が終わりましたから、今なら空いてるはずです」

「じゃ、そこで食べよう」

「私、お茶を持ってきます。熱いのと冷たいのとどっちがいいですか？」

「喉が渇いてるから冷たいので」

「了解です！　先に行っててください。私もすぐに行きます」

「よろしくー」

　軽く手を振って千晶は小会議室へ、花恵は給湯室に向かった。


「なんかこのレトロな感じがいいよね」

「そうですねえ。盛り付けも中身そのものも昔とあんまり変わってないみたい」

「値段は高くなっちゃったけど、この物価高じゃどうにもならなかったんだろうね。それでもほかの駅弁に比べたら、お値打ち感はあるよね」

「本当に。旅行のときはけっこうハイテンションになってますから、多少高くても買っちゃえ！　って思えますけど、冷静に考えたら駅弁の値段ってぎょっとします」

「デパートやスーパーの駅弁フェアでは飛ぶように売れてるけどねえ」

　旅行でもないのに、と笑う千晶に、花恵は真顔で答えた。

「あれは『物産展あるある』ですよ。本当ならそこに行かなきゃ手に入らないはずのものが家の近くで買える。交通費を考えたらお値打ち、ってことでしょう」

「交通費込みか、まあそのとおりだね。じゃ、食べようか」

「はい。いただきます」

そこで花恵は、千晶に向かって手を合わせた。

差し入れだと言っておきながら値段の話をするなんて、無粋すぎたなと反省したが、花恵がその点について気にしている様子はない。千晶はほっとしながら、弁当の包みを開けた。

短い箸に苦労しつつ食べ進めながら、シュウマイにおけるグリーンピースの是非について話し合う。根本的にグリーンピース否定派の千晶に対し、花恵はミックスベジタブルのグリーンピースは苦手だが、シュウマイに入っているのはけっこう好きだし、あのちょっと沈んだ緑がないとビジュアル的につまらないと言う。

じゃあ、このお弁当のシュウマイは外からグリーンピースが見えないタイプだから、ビジュアルはイマイチってこと？　などと意地悪な突っ込みをしたところで、花恵のスマホが着信音を立てた。

「ちょっと失礼します」

そんな断りを入れ、花恵はスマホに手を伸ばす。何度か画面をタップしているから、未読のメッセージがたくさんあるのだろう。もしかしたら仕事をしている間に『推し活』仲間に動きがあったのかもしれない。

しばらくして、花恵はがっかりした様子でスマホを脇に置いた。

「治恩くん、なにかコメントを出した？」

「いいえ……」

「グループの人たちは？　号泣スタンプ連打は止まった？」

「止まりました」

「それはよかった！　みなさんも落ち着き始めたってことだね」

「ほかの人たちだって働いてますからね。ずっと泣いてたら仕事になりません」

「みなさん、仕事があるの？」

「そうなんです。うちのグループは働いている人ばっかり」

「へえ……なんか珍しくない？」

　千晶は『推し活』については詳しくないが、治恩の動画に寄せられるコメントを見る限り、圧倒的に女性、しかも十代や二十代が多そうだ。さすがに小中学生は少ないかもしれないが、高校生や大学生は相当数含まれているはずだ。花恵のグループが働いている人ばかりだというなら、意図的に学生を排除したのかもしれない。『推し活』仲間のグループ構成としては、かなり特殊なのではないか。

　千晶の疑問に、花恵は頷きながら答えた。

「私もそう思います。でも、グループを作ろうって言い出した人が、仕事があるのとないのとではいろいろ違うことが多いから、このグループは働いている人だけにしようって」

「お休みの日数とか、使えるお金とか……。あと、行動に対する責任の取り方とか」

「せ、責任?」

「はい。その人が言うには、自分の行動の責任を自分で取れる状態じゃないと困る、キャンプに行くのに親の許可がいるとかは面倒くさいんだそうです」

「ずいぶん荒っぽい……じゃなくてはっきりした人だね」

「割り切りすぎるところはあるんですけど悪い人じゃありません。たぶん、面倒くさいっていうよりも、キャンプをはじめとするアウトドア活動は危険を伴うことも多いので、なにかあったときに一緒に行った人間の責任を問われることになったら困るってことじゃないかと……」

「違うこと……」

未成年はもちろん、成人年齢が十八歳に引き下げられた今は、成人していても高校生とか、大学に入ったばかりということもある。法的には責任は本人にあると言っても、なんとなく親や周りの大人が責任を感じてしまう。ただの『推し活』ならいいけれど、アウトドア活動は危険を伴うことが多い。正直、同行者の安全まで気遣っていたら楽しめない、とその人は言いたいらしい。

「その人自身っていうよりも、一緒に活動する私たちのことを心配してくれてるんだと思います。『大人に相応しい行動をしよう』っていつも言ってますから」

「すごくかっこいいね」

「ですよね。なんか、ちょっと榊原さんに似てます」

「私なんて全然かっこよくないよ。前に一緒に行ったキャンプだって、野々村さんに助けてもらったぐらいだもん」

「あーその話ですけど……」

そこで花恵はなぜか後ろめたそうな顔になった。

少し言いよどんだあと、意を決したように切り出す。

「今のグループにいる人は、キャンプそのものが好きな人が多いんです。もともとキャンプをやってたけど、治恩くんがやってるからさらに力を入れた、みたいな……あ……」

そこでまた花恵のスマホが鳴った。慌ててスマホを確認した花恵は、それまでよりもっと痛ましい表情になった。

花恵はスマホの画面を辛そうに見つめている。千晶まで、花恵にこんな悲しい顔をさせるようなメッセージを送ったメンバーが恨めしくなるほどだった。

メッセージの内容を訊いたほうがいいのか、今はそっとしておいたほうがいいのか、と迷っていると、花恵が口を開いた。

「次のキャンプの計画、見合わせになっちゃいました」

「そうなんだ……計画ってかなり進んでたの？」

今朝給湯室で聞いたときは、予約が取りやすくなりそうだからそろそろ再開するような話だった。てっきりすべてこれからかと思っていたが、どうやら具体的に進んでいたらしい。

「少なくとも日程は決まってました。いつもそうなんです。まずみんなで相談して、行けそうな日を決めて、それに合わせてキャンプ場を探す感じ」

「あーそっか……」

キャンプに行く場合、日程と場所のどちらを先に決めるかは人それぞれで、現状では千晶は場所を先に決めることのほうが多い。

アウトドア関連の雑誌やインターネットの記事では、キャンプ場が紹介されることが多い。知らないキャンプ場の場合はホームページで詳細を確認する。家から二、三時間で行けるような距離で、千晶にとって魅力的な場所や設備だった場合、予約ページで空いている日を調べる。運良く千晶の休みの日が空いていればそのまま予約するし、よほど魅力的なキャンプ場の場合は、有給休暇の取得を考える。だがそれは、ソロキャンプだからこその話で、同行者がいればやはり『いつ行けるか』を優先するに違いない。

「グループだし、働いてる人ばっかりならそうなるよね」

「はい。で、今回も日程を決めて、場所もいくつか候補を選んで、そろそろ予約担当の人に空いているところを押さえてもらおうって話してたところに、昨日の騒動が……」

「そこまで進んでたのに見合わせになっちゃったの？」

「私は、こんなときだからこそみんなと会って話したいって思ってたんです。でもそんなふうに考える人はいないみたい」

「うーん……でも、もともとキャンプそのものを楽しんでた人たちは、せっかくの機会を無駄にしたくないと思うけど」

「私もそれに期待してたんですけど、やっぱりそういうわけにはいかなかったみたいです」

「なんで？」

「こんな気持ちでキャンプなんてできない、って言い出した人がいるらしいです」

「らしい？」

「はい。リーダーのメッセージには『みんなが気持ちよく参加できない状態ではつまらないし、注意力が低下した状態では事故も起こりかねないから見合わせましょう』って書いてありました。これは私の憶測でしかないんですけど、たぶん、リーダーのところにダイレクトメッセージを送った人がいたんじゃないかなって」

グループでやり取りすると、誰の意見かがみんなにわかってしまう。それがいやで担当者に直接メッセージを送る。これまでもそんなことが何度かあった、と花恵はため息をついた。

「なにそれ……ずいぶん面倒くさい……あ、ごめん」

「いいえ。私もそう思ってます。でも『治恩くんガチ勢』……って違いますね、これはみんなそうですから。むしろ『キャンプ非ガチ勢』の人が何人かグループにいるんですよね。たぶんそのうちの誰かでしょう。前にもあったんです……」

さらに深いため息をついて、花恵はそのときのことを話してくれた。

花恵のキャンプグループは、治恩が主催したキャンプイベントのすぐあとに結成されたという。ソログループキャンプというスタイルがとても面白かったから、ファン交流を兼ねてまたみんなでキャンプに行かないか、と言い出した人がいた。彼女が中心になってメンバーを募ったところ、十人のグループができたそうだ。

結成後初めてのキャンプはなんの問題もなく、楽しい時を過ごすことができた。少なくとも花恵は大満足だったし、メンバーの大半も同様だっただろうと花恵は言う。

ところがいざ二回目のキャンプを計画しようとしたとき、問題が起こった。メンバーのひとりが『聖地巡礼』をしようと言い出したという。

「聖地巡礼……ってもしかして、治恩くんが行ったキャンプ場に行くってこと?」

「そうです。でも、そんなの無理じゃないですか」

治恩はソロキャンプ、万が一スタッフが同行していたとしてもせいぜい二、三人のはずだ。伸び盛りのインフルエンサーなのだから、なるべく人目に付かない小規模のキャンプ場を選んでいるだろう。もしかしたら、キャンプ場ですらなく、単にキャンプが禁止されていない川原とか山の空き地を使っている可能性だってある。

いずれにしても十人のグループで行くのは難しい、と花恵は言う。

「キャンプと聖地巡礼を一緒にするなんてナンセンスです」

「ごもっとも……。じゃあ、その人の意見は却下されたんだよね？」

「もちろん。グループを作った人から、どうしても聖地巡礼がしたければ、ひとりで行けばいい、そのほうがより治恩くんのキャンプに近づけるよ、って言われていったんは諦めたみたいだったんです。でも、そのあとダイレクトメッセージ祭りが始まりました」

「祭り⁉」

「はい。メンバーのひとりひとりにメッセージを送って、治恩くんがきっかけで集まったグループなのに『推し活』の初歩である聖地巡礼をしないのはおかしい。リーダーは自己中心的だし、治恩くんを応援する気持ちも薄そうだ。こんなグループは抜けて『推し活』中心のグループを作ろう、って……」

「そのメッセージって野々村さんのところにも来てたの？」

「来てました。てっきり私にだけかと思ってたら、グループ全員に送ってたみたいです」

自分はグループメンバーの中では若いほうだし、キャンプも『推し活』をきっかけに始めたのは明らかでもある。そんな花恵であれば、自分のいうことを聞かせられると思われたのではないか、と花恵は考えたらしい。

ところが、なんだかなあ……と思っていたところに、グループの発起人《ほっきにん》、そして今リーダー役を務めてくれている人からメッセージが来たそうだ。

「ダイレクトメッセージのスクリーンショットが送られてきて、もしかして、こんなメッセージが来てない？　って……私に来たのとほとんど同じ文面でした。違ったのは、リーダーが自己中心的で治恩くんを応援する気持ちが薄いって文章がないところぐらい」

「コピー文書でメンバー全員に送りつけたってこと？　リーダー本人にまで？」

「さすがにそれは違う……と信じたいです。きっと、誰かほかのメンバーがリーダーにメッセージを見せて相談したんだと思います。ただし、リーダー云々《うんぬん》の文章は削って」

「え、そのメンバーもすごいね」

「うちのグループにはサブリーダーもいるんですけど、たぶんその人じゃないかと。もともとリーダーとはリアルの友だちで、予約もたいていその人がしてくれるし、移動手段とかも調べてくれます」

「それならすぐ連絡するか。で、相談を受けたリーダーは即座に対応した、と。リーダー、サブリーダーとも優秀。そりゃあダイレクトメッセージなんて送ったところで意味ないね」

「でしょう？　ダイレクトメッセージを送った人だって、リーダーとサブリーダーがもともと『リア友』だって知ってたのに……」

「あわよくば、その『リア友』同士も喧嘩《けんか》させちゃえ！　と思ってたとか……」

　思わず呟いた千晶の言葉に、花恵が目を見張った。まさかそんな意地の悪いことを考える人がいるとは思わなかったのかもしれない。だが、話を聞く限り花恵のグループのリーダーはかなりのやり手だ。きっと人望もあるに違いない。そんな人を羨《うらや》んで、なんとかして引きずり下ろしてやろうとたくらむ人は案外いるものだ。

「なんか想像以上にひどい人だったんですね……」

「で、そのあとどうしたの？」

「結局、みんなが同じメッセージを受け取ったってわかったんですけど、全員でスルーしたんです」

「痛快だねえ。でもそれでなんともなかったの？」

「大丈夫でした。スルーっていっても、リーダーの提案で、まだ始めたばっかりだからもうちょっと様子を見ましょう、みたいな文面を返しましたから」

「それもコピペ？」

「まさか。それぞれが自分なりの文章で返しました。だからダイレクトメッセージ魔も諦めるしかなかったんだと思います」

「そのときは諦めたけど、今回の件でまた画策し始めたってことか……」

「おそらく。リーダーにダイレクトメッセージを送ったのはその人じゃないかと思うんです。抜けたいなら勝手に抜ければいいのに、どうしてそんなことをするんでしょう……」

「どうしてもグループを壊したいんだろうね。でも、たとえそんなことがなかったとしても、今回の彼女疑惑騒動でみんながかっかりしてたり、戸惑ったりしてるのは間違いないよね。それでリーダーが次のキャンプを断念したんでしょ？　妥当と言えば妥当。やっぱり優秀なリーダーだわ」

無理をして事故でも起こしたら取り返しが付かなくなってしまう。今回のキャンプは諦めて、みんなが落ち着いたらまた計画する。グループを空中分解させないためにも、今は時を置くことが有効ではないか――そんな千晶の意見に、花恵は力なく頷いた。

「みんなが冷静に判断してくれることを祈るばかりです」

治恩を応援することをやめるのは勝手だが、『ダイレクトメッセージ魔』の意見に引きずられてというのは納得できない。ちゃんと自分で判断して、メンバーにも挨拶して平和裏《へいわり》に抜けてほしい。号泣スタンプを打ったあと、音沙汰なしでフェードアウトは許せないと花恵は言う。

「それなりの筋は通さなきゃ駄目だって思うんですけど、これって私の頭が固すぎるんですかねえ……」

「そんなことはないよ。これまで楽しく活動してきてたんなら、よけいにそう思う。グループを作ってくれたリーダーたちに辛い思いはしてほしくないでしょ」

「本当に腹が立ちます。陰でダイレクトメッセージを送るぐらいなら、さっさとグループから抜ければいいのに、そういう『面倒くさい』人に限って抜けないんですよ。それどころか、なんとかほかの人を自分の思いどおりに動かそうって躍起《やっき》になっちゃう。ほかのグループでもそういうことってありませんか？」

「あるかも。そういう人ってどこででも同じようなことをするから、みんなに嫌がられちゃう。たぶん、抜けたらほかに行き場がないんだろうね」

だれかと関わりたくてグループに入るけれど、入ったら入ったで問題を起こす。結果としてひとりになって、またほかのグループを探す。そんなことを繰り返す人が現実社会にもいる。素性がわかりにくいインターネットの世界にはもっともっとたくさんいるだろう。

花恵たちのキャンプグループは実際に顔を合わせるけれど、毎日毎日キャンプをするわけではない。何ヶ月かに一度の付き合いならなんとかなると思って参加したものの、自分の思いどおりにならずに暴れ出した、といったところなのだろう。

「他人事《ひとごと》ながら、『頑張れリーダー！』ってエールを送りたくなるわ」

「本当に頑張ってほしい……リーダーたちがいてくださるからキャンプをしてても安心だし、なによりすごく楽しかったんです。危うく『推し活』よりもキャンプにのめり込んじゃいそうに……」

「え……」

絶句した千晶の顔を見て、花恵が噴き出した。

「冗談です。もちろん治恩くんが一番です。『推し活』仲間だからこそキャンプが楽しかったことに間違いありません」

「だよね……まあ、どっちにしてもそのリーダーたちがいるなら空中分解なんてことにはならないと思うよ」

「ですよね……。あーあ、みんなが落ち着くまで次のキャンプはなしか……」

「つまらない？」

「はい……九月になったらまたキャンプでみんなに会えるって思ってましたから」

「そっかあ……」

花恵は冗談めかして『推し活』よりもキャンプにのめり込みそうだ、と言っていたけれど、今の表情を見る限りまったくの嘘ではなかったらしい。

「治恩くんがコメント動画でも出してくれたらいいけど……」

「そうですね……。治恩くんのアカウントにもコメント動画を求める書き込みがいっぱいあります。でも、それはそれでどうかと思うんです。だって、誰とどんなふうに付き合おうと治恩くんの自由じゃないですか。違法なことをしてるわけでもないのに、個人的な交際についてファンを納得させる義務なんてないですよね」

そもそもそんな『タレコミ』をする人間がいなければ、こんな騒動は起きなかった。

本当に治恩くんが好きなら、彼のプライバシーを暴くようなことができるはずはない、と花恵は憤《いきどお》る。あまりにも真っ当すぎる意見に千晶は感心してしまった。こう言っては失礼だが、『推し活』というのはもっと熱狂的かつちょっと常識からはずれた行動を取りがちではないかと考えていたのだ。自分の勝手な思い込みに、反省することしきりだった。

「夏のボーナスで、いくつか新しいギアを買ったんですよね。次のキャンプで試そうと思ってたけど、当分無理そうです」

まあギアは腐るものじゃないですけど、と花恵は寂しそうに笑う。思わず千晶は口を開いた。

「えーっと……その……一緒に行く？」

自分で自分の言葉にぎょっとした。おそらく花恵よりも千晶のほうが驚いている。我ながら信じられない、という顔になったに違いない千晶に、花恵はあっさり答えた。

「大丈夫ですよ。再開を信じて待ちます」

「でも……」

「本当に大丈夫ですって」

花恵にしては力強く言い切ったあと、彼女はなんだか後ろめたそうな顔になった。

花恵は、千晶が完全なソロキャンプ派だと知っていることがわかっているからこそ、誘いを断っているのだろうに、そんな表情になる理由がわからなかった。

「私、やっぱりグループキャンプのほうが好きなんです。好きって言うか、ほかの人が行ってくれないと無理」

「そうなの？」

「はい。榊原さんみたいにひとりで行ければよかったんですけど、私って、みんなでお料理を作ったり、焚き火を見ながらおしゃべりしたりするのが楽しいんですよね。夜もひとりきりになるのは恐いし……」

厳密に言えばひとりきりではない。少し離れたところにテントを張っている人はいる。それでも、花恵にとって近くのテントにいるのが知っている人か、そうではないのかは大きな問題なのだろう。

「なるほど……でもたぶん、そういう人のほうが多いんだろうね。私みたいにひとりで鉄砲玉みたいに飛び出していく人は少ないかも」

「鉄砲玉ですか？　それにしてはずいぶん準備万端に見えますけど」

「確かに。ひとりだと助けてくれる人がいないせいかな」

「それでもやりきるところがすごいです。私が今みたいになれたのって、やっぱり榊原さんのおかげです」

「私？」

「はい。ファーストキャンプがあれほど楽しくなかったら、治恩くんのイベント後もキャンプを続けようとは思わなかったはずです。ただ、榊原さんみたいにはできないから、ソロは無理だって思った側面もあります。やっぱり榊原さんはすごい。かっこいいなー、完璧だなー、私とは違うなーって痛感しました」

「単なるキャリアの違いだよ。子どものころからやってるんだからあれぐらいには……って、私はかっこよくもなければ完璧でもないよ！」

　もともとソロキャンプ派なのに、花恵にせがまれていやいや連れて行った。それなのに、山中のキャンプ場では食品や生ゴミはテントから離れたところに保管する、という基本中の基本を忘れたばかりか、花恵に無断でテントを離れた挙げ句、懐中電灯もスマホも使えなくなって、花恵に助けられた。あのときひとりきりだったら、石だらけの川原で明るくなるまで蹲っているしかなかった。もしかしたら寒さに凍えていたかもしれない。花恵は初心者だからと侮《あなど》っていたのに、これではまるで「負うた子に教えられて浅瀬を渡る」だ、と果てしない反省とともに帰宅したのである。

「あんなに野々村さんに迷惑かけたし」

「それも含めて、です。榊原さんみたいに経験豊富な人でも失敗することがある。基本を疎《おろそ》かにしちゃ駄目だって思い知らされました。おかげで私、今のグループのベテランさんたちにも褒められるんですよ。経験が浅いわりには基本がしっかり身についてる。すごく見込みがある、なによりキャンプをすごく楽しんでるって」

「そ、それはよかった……」

「だから、私がキャンプを好きになれたのは、榊原さんのおかげなんです。あ、でも安心してください」

そこで花恵はにっこり笑って言った。

「榊原さんとのキャンプはすごく楽しかったけど、もう一緒に行ってくださいってねだったりしません。ねだるというか、ほとんど強要でしたよね。もしも私が榊原さんの上司だったら、完全にモラハラでした」

本当に申し訳ありませんでした、と花恵は深々と頭を下げた。さらにペロリと舌を出して言う。

「実は、初めてのキャンプの話をしたら、グループの人に叱られちゃったんです」

「そんな危なっかしい人とキャンプに行くなって？」

「違いますよ！　きっとその人は根っからのソロキャンプ派だ、それなのに無理やり連れて行ってもらうなんて、って言われたんです。でも、私がいて助かったこともあったって言ったら、もっと怒られました。そもそも私がいなければ、そんな状況になってないって」

確かに一緒に来た人間に声もかけずにテントを離れるのはよくなかったかもしれない。けれど、根っからのソロキャンプ派ならひとりになる時間が欲しかったに違いない。花恵が同行していなければ、夜中にテントを離れることなどなかったはずだ、と言われたらしい。

図星ではあるが、さすがにそれを花恵に突きつけるのは酷ではないか。そのときの花恵の気持ちを思うとかける言葉が見つからなかった。

「なんかごめん……」

とっさに謝った千晶に、花恵は怪訝《けげん》な顔で答えた。

「なにがですか？」

「私のせいで叱られたんだよね？」

「叱られるようなことをするほうが悪いんです。それに、言われるまで、私は榊原さんにとっては迷惑だったなんて全然気がついていませんでした。榊原さんが忘れたことまで私はちゃんとやれた、ってちょっと得意になってたところまであって……最低です」

「最低ってことはないよ。助けてもらったのは間違いないし」

「それでも、です。それともうひとつ、榊原さんのおかげって言えることがあるんです」

「なに？」

「この話をしたおかげで、グループの人たちに対する信頼が高まりました。この人たちは、適当に話を合わせたりしない。本気で私と付き合おうとしてくれてるんだなって」

苦言は呈するほうも呈されるほうも嫌な思いをする。それがわかっていてもあえて言ってくれるのは、少しでも相手に向上してほしい気持ちがあるからだ。こんなにありがたいことはない、と花恵はとても嬉しそうに話した。

「しっかりした人ばかりのグループに入れてよかったね。それならきっと、野々村さん自身もかなり腕が上がったんじゃない？」

「どうでしょう。さすがにテントの設営は早くなりましたし、入り口を向ける方向を間違えたりもしません。火熾しも、リーダーに褒められるぐらいです」

「火熾しも？」

「実は、六月半ばのキャンプで、みんなで火熾しチャレンジをしたんです」

グループを作ってから何度かキャンプをして、メンバーもお互いに馴染んだ。これからしばらくハイシーズンで予約が取りづらくなるから、その前にレクリエーション的に火熾しチャレンジをすることにしよう、ということになったそうだ。

「面白そうだね。それって誰が一番早く火を熾せるか、ってレース？」

「はい。しかもファイヤーライターもバーナーも使わずに。ファイヤースターターとチャークロス、あとはほぐした麻縄」

「え、それってちゃんとついたの⁉　というより、みんながファイヤースターターを持っていたってこと？」

「いいえ。リーダーが持ってきてくれたものを使いました。レクリエーション用に五つずつ用意してきてくれて、二回に分けてタイムレースをやったんです」

「じゃあ、リーダー以外は使ったことがなかったってこと？　でも、野々村さんは私と行ったときに使ったよね？」

「あんなの使ったうちに入りません。あのときは火をつけられませんでしたし。それでちゃんとつけられるリーダーだけがカウント外ってことになりました」

メンバーはすでに、ファイヤーライターや着火ライターを使えば問題なく火熾しができるレベルに達していた。それならもっと難しい着火方法に挑戦してもいいのではないか、と考えたリーダーがみんなの分まで道具を揃えてきてくれたそうだ。

動画の中で治恩が使っていたギアだから、メンバーが盛り上がるだろうし、火熾しの技術向上にも繋がる。しかも、自分が持ってきた道具だから、公平を期するために評価の対象から抜けた。なんとも配慮に富む振る舞いだった。

「それで、火はつけられたの？　けっこう難しかったでしょうに」

「みんなリタイヤしました。つけられたのはリーダーと私だけです」

「ついたの⁉　すごいじゃない！」

千晶は焚き火は大好きだが、火を熾す技術そのものは大したことはない。むしろ、早く焚き火を見たいがために、使える手は何でも使う。文明万歳、をポリシーとしている。キャンプを始めたころ、技術指導の一環としてファイヤースターターを使ってみたことはあるが、火をつけることはおろか、煙ひとつ出なかった。キャンプ歴が浅い花恵がファイヤースターターで火をつけられたと聞いて、驚くとともに軽い羨望を覚えた。

だが、唖然としている千晶に気づいたのか、花恵は慌てて付け加えた。

「とは言っても、あれはちょっとズルだったかもしれません。私、リーダーがつけるのを一番近くで見てたんです。それこそ張り付いてました。それに、リーダーが使ったギアをそのまま私が使ったので、多少は火が熾りやすい状況になったんじゃないかと」

「それはたぶん関係ないよ」

ファイヤースターターは燃え残りの炭とはまったく違う。直前に火がついたとしても、次に使った人が同じように火をつけられるとは限らないのがファイヤースターターというものだ。

「うーん……だとしたらきっとまぐれですよ。だってサブリーダーですら駄目だったんですから」

「まぐれでもなんでもすごいことに変わりはないって。そりゃあ、リーダーの人も褒めてくれるはずだよ」

「そうですかねえ……。でも褒められてすごく嬉しかったのは確かです。それからあとは普通に火を熾すのも早くなりました」

「自信が付いたんだろうね。いいことじゃない」

「だからこそ、キャンプ熱が高まってるっていうか……」

そこでまた花恵が俯いた。

気分が上がったり下がったり忙しいなあ、と思わないでもないが、次のキャンプを心待ちにしていたのに先送りとなったら落ち込んで当然だろう。

「もしかして新しく買ったギアって、火熾し関連？」

「そうなんです。ネットで火打ち石のセットを見つけちゃって……」

「火打ち石のセットって……もしかして火打ち石となんか大きなものを買ったときに付けてもらう持ち手みたいな金具が入ってるやつ？　チャークロスと火吹き棒、あと金属製の缶も」

「ご存じなんですか？」

「ご存じっていうか……持ってる。でも完全に持ち腐れ。面白がって買って一度だけ試してみたけど……」

そこで口ごもった千晶を見て、花恵は結果を悟ったのだろう。憂い顔で呟く。

「そんなに難しいんですね……ファイヤースターターとあんまり変わらないと思ってました」

「変わるかどうかはその人の技量次第だと思う。少なくとも、ファイヤースターターすら使いこなせなかった私の手に負える代物じゃなかったみたい。あ、でも……」

そこで千晶はふと考えた。

花恵と一緒にキャンプに行くのはまんざらでもない。ただそれはあくまでも『まんざらでもない』だ。あまりにも花恵の現状が気の毒すぎて、なんとか力づけてやりたいと思うあまりのことで、千晶がソロキャンプ派であることに変わりはない。

ただ、花恵がキャンプに行きたい理由のひとつが火打ち石セットで火を熾してみたいというだけであれば泊まる必要はない。午後から夕方にかけてのデイキャンプで十分ではないか。それなら千晶も気楽だし、花恵にもそれほど気兼ねさせずに済むだろう。

「じゃあさ、今度、デイキャンプでもしない？」

「え？」

「火打ち石セットを試してみたいだけなら、泊まらなくていいかなーって」

「十分ですけど……でも、やっぱり付き合っていただくのは悪いですし……」

「デイキャンプっていうか、今回は火熾しメインで。さすがに火だけつけて帰ってくるのは虚しすぎるから、バーベキューぐらいしよう。それなら半日でいけるんじゃない？」

せっかく火をつけるのだから暗闇に映える焚き火が見たい気持ちはある。おそらく花恵だって同じ気持ちに違いない。けれど、状況を考えたらある程度の妥協は必要だろう。

「……本当にいいんですか？」

「いいよ。ただし、治恩くんの話にはあんまり付き合えそうにないけど」

「そんなの全然！　えっと、じゃあ場所は私が探します。あと、食材も用意します」

「食材は私が準備するよ」

「それは駄目です。時間を割いていただくのに。それに、食材っていっても家から適当に持ってくるだけですから」

「は？」

花恵はククッと笑って、自宅の食材状況を教えてくれた。

それによると、現在彼女の家の冷蔵庫は冷凍室や野菜室まで含めて満杯らしい。母親が心配性であれこれ溜め込む上に、頂き物が多い。さらにはふるさと納税の返礼品が次々届き、二進《にっち》も三進《さっち》もいかなくなっているそうだ。

「ふるさと納税ってすごくお得なんだけど、思いがけないときに届くのが難点だって母が嘆いてました」

「配達日を指定できるのもあるでしょ？」

「全部がそうでもないみたいです。どうせ年末に慌てて頼んだのが届き始めたんでしょう。けっこうな件数でしたし。指定できたところで、冷蔵庫がいっぱいなのは変わりありません。バーベキューにできそうなお肉も冷凍しっぱなしになってますから、私が使えば母は大喜びです。なにより食品ロスが減らせます」

けっこうな件数のふるさと納税、と聞いて、花恵とキャンプ用品を買いに行ったときのことを思い出した。あのときはずいぶん豪快な買い物ぶりだったし、全部まとめて配送してもらっていた。経済的なゆとりがあるんだな、と感心したが、彼女の家自体が裕福なのだろう。使い切れずに困るぐらい頂き物と返礼品があるなら、食品ロス減らしに協力するのは悪いことではない。

「じゃあ、ありがたく。あ、車は出すからね」

「はーい。今度の土曜日の午後で大丈夫ですか？　キャンプの予定とか……」

「それは大丈夫。先々週に行ってきたばっかりだから」

「よかった。じゃあそれで探しますね。直前ですから、予約が取れるかどうか心配ですけど」

「日帰りならなんとかなるでしょ。なんなら私も探そうか？」

「いえいえ。私がやります」

「じゃあお願い。ただし、終業後にね」

「わかってまーす」

そう言うと、花恵は元気よく敬礼する。

時刻は午後十二時五十五分、午後の業務が始まるところだった。


土曜日、千晶は前回同様アパートの最寄り駅で花恵と待ち合わせてキャンプ場に向かった。

花恵が予約をしたのは最寄り駅から一時間もかからずに行けて、キャンプ場だけではなく大人数を収容できる宿泊施設もあるため合宿や研修にも使われる大規模施設だ。

都心からでも一時間前後で行けるためか、いつも予約でいっぱいになっているが、デイキャンプ場には運良く空きがあったらしい。

移動に時間がかからないのがありがたいだけでなく、予約したのはオートキャンプ場のデイユースだということで、テントサイトまで車が乗り入れられる。なにより、荷物の積み下ろしに時間と労力を取られないのはありがたかった。

窓の外を見ながら、花恵が話しかけてくる。

「お天気がよくてよかったですね」

「え、ああ、うん……」

これをお天気がいいと言える花恵はすごい。それが千晶の正直な感想だった。なぜなら頭上の大半は雲に覆われ、青空は隙間からわずかに覗く程度。しかも雲の動きはかなり速いから、この青空もいずれ隠れてしまいかねない。いくら天気予報で降水確率は十パーセントと言われても、その十パーセントの地域に間違いなく入るだろうと思われた。

眉根を寄せている千晶に気付いたのか、花恵が慰め口調で言う。

「前に榊原さんにキャンプに連れて行っていただいたときは、すごくいいお天気でしたけど、週末にあそこまで晴れることってあんまりないじゃないですか」

「そうでもないと思うけど……」

千晶がキャンプに出かけるときは大抵晴れている。ただ、もともと千晶は晴れ女の傾向が強い。あまり考えずに予約を入れても、雨に見舞われない。降りそうな空模様でもなんとか帰宅するまで、あるいはテントを撤収するまでは降り出さないということが多かった。唯一の例外は、キャンプを再開したばかりのころに、やぶれかぶれで行ったときだ。あのときは土砂降りでひどい目にあったが、おそらく千晶が滅入って晴れ女パワーが減少していたに違いない。

今日は特に滅入ってもいないのに……と思っていると、花恵が嬉しそうに言った。

「『推し活』グループでキャンプに行くと、けっこう雨に降られるんですよね」

「そうなんだ……雨でも中止にはしないの？」

「朝からすごい土砂降りだったら中止するんでしょうけど、幸いそこまでのことはありませんでした。なによりみんなが楽しみにしてますし、苦労して予定も合わせてますから、多少の雨なら行っちゃいます」

「大変じゃなかった？」

「それほどでも。降られたっていっても、せいぜい通り雨？　さーっと降ってすぐ止《や》む感じですね。メンバーのみんなは、まるでスコールみたいだ、日本はいつから東南アジアになったんだ！　とか笑ってます。リーダーだけは、地球温暖化がどうとか難しい顔になりますけど」

「そのリーダーさん、ちょっと会ってみたいわ」

「あー榊原さんとは気が合うかもしれませんね。なんかオーラの色が似てますし」

「オーラ……」

そんなものが見えるのか、と唖然とする千晶に、花恵は大笑いだった。

「冗談ですよー。そんなの見えませんし、そもそもあるかどうかすら怪しいです。でも、ただ『似てる』って言うよりも、『オーラの色が』ってついてるほうがそれっぽいじゃないですか」

なにがそれっぽいのかさっぱりわからない。そういう意味では、自分と花恵は『オーラの色』が違うのだろうな、と思っているうちに、車はキャンプ場に到着した。

「まだ十一時過ぎなのにもう着いちゃった！　待ち合わせをしたのって十時でしたよね？　もうちょっとかかると思ってましたけど……」

「そう？　自動車道を使ったからじゃない？」

「自動車道って高速ですか？　じゃあその分の料金を……」

「ご心配なく。途中までは一般道を走ってたし、あの自動車道はもともと高速だったけど無料化されて料金はかからなくなったの。だからお金の心配はいりません」

「あ、そうなんですね。よかったー」

花恵は胸に手を当ててほっとしたように言う。芝居がかった仕草だが、花恵がやると自然に見える。それに自動車道を使ったと聞いて即座に料金を気にする。やっぱり憎めないし、いい子なのよねえ、と思いながら、ふたりでせっせと荷物を下ろす。とはいっても、火を熾して昼ごはんを食べるだけなので、作業はすぐに終わった。

バーベキューコンロを組み立てて炭を入れる。食材が詰まったクーラーボックスもコンロから少し離れたところにセットした。あとは火をつけるだけ、という状態にしてから千晶と花恵は並んで腰を下ろした。

「じゃあ、やってみようか。あ、もうちょっと離れたほうがいいね」

「はーい。これぐらいでいいですか？」

「うん、それで大丈夫。焚き火台セットしちゃおう」

そんな会話を交わしながら、それぞれの焚き火台をセットする。火打ち石での着火に成功したところで、そのまま炭に移すのは難しい。とりあえず焚き火台で消えないぐらいまでに火を育ててから、バーベキューコンロの炭に火をつけるという算段だった。

「風が強くなくてよかったですね」

「ただでさえ火打ち石での火熾しは難しいのに、風まで吹かれたらお手上げだよ。ほぐした麻縄が吹っ飛んじゃう」

「軽いですもんね。まあ、つかなかったらそのときはそのときってことで。ファイヤーライターも着火ライターも持ってきてますから、お昼ごはんは大丈夫です」

「それはそうなんだけど、どうせやるからには成功させたいし」

「私は試せればそれでいいって感じですけど」

「だって、野々村さんはファイヤースターターもクリアしてるんでしょ？　それはちょっと……」

立つ瀬がない、と続けそうになったが、さすがにそれでは悔しがっていることが丸わかりになる。後輩相手に躍起になっているのを知られるのも情けなかった。

ところが花恵は、何食わぬ顔で答えた。

「あーあれ、やっぱりまぐれでした。昨日、家でやってみたんですけど全然つきませんでしたから」

「家でやったの？」

「はい。庭で」

「ちょっと待って……それなら火打ち石も試せたんじゃない？」

ファイヤースターターはマグネシウムやフェロセリウム（鉄とセリウムの合金）などの金属製の棒であるロッドと、アルミもしくは鉄などの金属でできたストライカーを擦《こす》り合わせて出た火花で火を熾す。原理的には火打ち石と同じだから、ファイヤースターターを使えるだけのスペースがあるなら、火打ち石だって試せたはずだ。

わざわざ出かける必要はなかったのでは？ と首を傾げる千晶に、花恵はあっさり答えた。

「火花が散らせられるかどうか試してみただけなんです。まあ、ファイヤースターターがうまくいったら、ちょっとぐらい火打ち石セットのほうも試してみてもいいな、とは思ったんですけど、まーったく駄目でした。やっぱりただの偶然、もしくはリーダーが使ったあとだったからうまくいっただけみたいです」

なにより火花を出せるのと、ちゃんと育てて焚き火にできるのとは大違いだ。火花から火口《ほくち》に移したとたん消える。何度もそれを繰り返してようやく火がつけられるというのに、そもそも火花すら出せないのでは話にならない。

花恵はその時点で、自宅での火打ち石セットへの挑戦は断念したそうだ。

「ちょっと前途多難って感じかな……」

「やってみないとわかりません。もしかしたら、さくっと火がつくかも」

花恵はあくまでも前向きで、いそいそと火打ち石セットを取り出す。メーカーも同じ、使った形跡どころか、開封すらしていないのもまったく同じだが、花恵は手作りらしき巾着袋に一式を収めてある。女子力の違いを見せつけられた気がしたが、火熾しに女子力が必要とは思えないから、この際それは考えないことにした。

「じゃあ、やってみよう……って、あれ？」

火打ち石セットを開けた千晶は、中に入っていたものを取り出して愕然とした。火打ち石や打ち金は予想より若干小さいけれどなんとかなる。問題はチャークロスだった。

「これ、このままじゃ使えないよね」

「え？」

慌てて巾着袋を開けて火打ち石セットが納められた缶を開けた花恵が、絶望的な表情になる。彼女が持っていたのも、千晶同様象牙色の布だ。同じ火打ち石セットなのだから当たり前といえば当たり前だった。

「これ、チャークロスを作るところからですね……」

「うん……チャークロス用の綿の布であって、チャークロスではない。看板に偽りありだわ」

「この缶って、道具入れじゃなくてチャークロスを作るためのものってことですか」

「きっと両方。参ったな……なんで家でちゃんと見てこなかったんだろ。それよりネットで注文するときにもっと画像をちゃんと確認すればよかった……」

チャークロスは端的に言えば綿の布で作られた炭だ。火打ち石の打ち金を叩きつける脇にぴったり沿わせ、散った火花をチャークロスに移す。首尾よく火が移ったら、ほぐした麻や落ち葉などでチャークロスを包み込んで発火させる。それが火打ち石を使った火熾しである。

小さな火花で火を熾すには、ただの布では話にならない。布製の炭だからこそ、経験が浅くてもなんとか火をつけることができるのだ。

「しょうがないね。まず、チャークロスを作ろう」

「そのためには火を熾さないと……」

「うう……」

ここまで来ると、落胆を通り越しておかしくなってくるから不思議だ。どうやら花恵も同じ状態らしく、とうとうふたりしてケラケラと笑いだしてしまった。

「ほんと、なにやってんだろうねえ……」

「着火ライターを持ってきてよかったです。とりあえず、コンロに火を熾して、お湯でも沸かしながらチャークロスを作りましょう」

「だね」

目的は火打ち石での火熾しだったが、どうせチャークロスを作るために火を熾さなければならないのなら、さっさと熾してお茶でも飲みながら待つというのは大正解だった。

金属製の缶に布を詰め込み、火を熾したコンロに入れる。缶に穴を開けなければならず、どうしようかと思ったものの、車に積んであった工具セットに錐《きり》が入っていたので、錐とそこらにあった石でなんとかクリア。無事に準備を調えることができた。

小さな穴から少しずつ出始めた煙を眺めながら、花恵が訊ねてきた。

「これって、どれぐらい時間がかかるんですか？」

「缶も布も小さいから三十分もあればなんとかなるんじゃない？　あと、冷めるのにも少し……両方で一時間もあれば……ってスマホが言ってる」

「スマホが『言ってる』なら間違いありませんね。よかった、一時間なんてあっという間です。三時間とか半日とか言われたらどうしようかと思いましたけど」

「そうだね。まずはお茶を飲んで、なんならもうバーベキューを始めちゃっても……」

「さすがにそれは……お腹がいっぱいになったらなにもしたくなくなるかも」

「あり得る。じゃ、お茶だけで。私、最近コーヒーに凝ってるんだよ」

「あ、じゃあクッキーも一緒に！　昨夜焼いたんですよ」

「手作り⁉　それはうれしい！」

そしてふたりはチャークロスができるのを待つ間、ティータイムを楽しむことにした。

「痛っ！　手にぶつかっちゃった！」

花恵の悲鳴が聞こえる。声こそ上げないまでも、千晶も何度も同じことをしている。

慎重に狙ってもなかなか金属の打ち金を小さな火打ち石に当てるのは難しい。火打ち石よりも空振りして手に当てる回数のほうが多いぐらいだ。千晶より花恵のほうが勢いよく打ち金を振り下ろしているから、その分ダメージも大きいだろう。

それでも、前回一緒にキャンプをしたときほど絶望的な様子はない。あのときよりずっと楽しそうだし、ここに打ち付けても駄目だったから次は別な場所を狙ってみよう、なんて声もする。火をつけるという手順そのものを楽しむ様子が微笑ましい。

とはいえ、呑気《のんき》なことは言っていられない。なんとか成功させたい。花恵の数倍もキャンプに携わっている時間が長いのだから、できれば、彼女より先に火をつけたいという思いでいっぱいだった。

ほぐしたてで盛り上げてあった麻縄をもう一度整え、繊維の一本一本の合間に空気を入れる。火打ち石をじっくり観察し、ここぞと思うところに打ち金を振り下ろす。根拠なんてあるわけがない。ただの勘だし、これまでに何度も失敗している。それでも、こんどこそ！　と信じて打ち付ける。次の瞬間、火花が散り、作りたてのチャークロスに小さな赤い点が浮かび上がった。

「うわっ！」

つけたかったのは間違いないが、本当につくとは思っていなかった。まさに不意を突かれた、といった感じである。それでも懸命に自分を落ち着かせ、火打ち石を脇に置き、チャークロスの赤い点を片手で守りつつ、麻縄繊維の山にそっと置く。

まさかこのまますぐにつきはしないはず。いろいろな動画で予習したが、どのキャンパーも何回も、いや何十回も失敗している。火花をチャークロスに移してからのほうが難しいと感じるほどだった。

とりあえず火花を出して、チャークロスに移せたのだから、頑張れば必ず火はつけられる。駄目でもともと気長にやろう、と思いつつ、火吹き棒でそっと息を送る。

やっぱり駄目だったか、と思ったとき、『ぽっ』というほんの微かな音がして、麻縄が燃え上がった。

「キャー！」

花恵が悲鳴とも歓声ともつかぬ声を上げながら飛んできた。手には細く割った薪を持っている。割ったというよりも裂いたというのが相応しい、割り箸よりもなお細い薪だった。

「これ、使ってください！」

「あ、ありがとう！」

細い薪を受け取り、ナイフを手にする。鉛筆削りの要領で薪にナイフを入れ、羽箒《はねぼうき》のようにしていく。こうしておけばより火がつきやすくなる。これも動画で学んだ知識だった。

麻縄の小山の上に慎重かつ迅速に細い薪をのせていく。固唾《かたず》を呑んで見守る中、火は麻縄から細い薪に移った。あとは少しずつ太い薪を増やしていくだけ、ここまでくれば、あとはいつもと同じように育てられる。この瞬間ににわか雨にでも降られない限り、千晶の火打ち石による火熾しは成功するだろう。

十五分後、千晶は立ち上がって背を伸ばした。ずっと焚き火台にかがみ込んで火を育てていたから、少々背中がだるい。学生時代はこんなことはなかったから、きっと背筋が弱っているのだろう。筋トレが必要だな、と苦笑いしながら、アウトドアチェアに腰を下ろした。

目の前にはいつもと同じ焚き火がある。火打ち石でも、ファイヤースターターでも、着火ライターでもなんら変わらない。どんなつけ方をしようが、火は火だった。

一方花恵は、感極まった様子だった。

「すごいなあ……榊原さん。年季が違うって感じです」

「でも私、火打ち石に挑戦したのはこれが初めてだよ？」

「いやいや、火の育て方がすごいっていうか、無駄がありません」

「そんなの誰がやっても同じでしょ」

「ぜんぜん違いますよ。私が細い薪を渡したとたんに削ったじゃないですか。羽みたいになってるところにパッと火が移って、うわ、すごーいって思いました」

「あーあれ、動画で見たんだ。でも、知ってたんならあらかじめ用意しておけって話だよ。たぶん、私、本当につくとは思ってなかったんだろうね」

「それでも、実際についたらちゃんと対処できて、一発でここまで育てられるのはやっぱりキャリアの賜《たまもの》です」

「そうかもね。でも、これでわかった」

「なにがですか？」

「私には、ブッシュクラフター願望はないってこと」

　苦労に苦労を重ねれば、大きな達成感を得られるかもしれない。けれど千晶の技量では、疲労のほうが大きそうだ。千晶はキャンプに達成感は求めていない。ヘトヘトになって回復に時間がかかり、次のキャンプまで間が空くぐらいなら、楽に何度もキャンプをしたい。いや、焚き火を眺めたい。ただ、それだけだった。

「私のキャンプは、テントを張って焚き火を眺めながら飲み食いできればいい。それに至る方法はなんでもいいんだから、今後も、ありがたく文明を享受して楽にキャンプをするわ」

「楽にキャンプ……それ、いいですね」

「でしょ？　不便を楽しむのがキャンプって言う人がいるし、そういう人のほうが多いかもしれないけど、私はだらだらキャンプを続けるよ」

「だらだらってことはないでしょう。さっきの火熾しはすごかったですから。それに、私が榊原さんと同じようなキャンプをするのは大変です。あ、でも……」

そこで花恵はいったん言葉を切り、まじまじと千晶を見たあと軽く頷いて続けた。

「やればできるのにあえてやらない、ってかっこいいですよね」

「……かっこよくないでしょ。むしろ究極の怠け者」

「いやいや、みんなが困ってるときに、『どうしたのー』なんて言いながらのんびり歩いてきて、当たり前みたいに助けてくれるヒーロー。かっこいいに決まってます」

「そんな機会はないよ。私は基本的にソロだし、たとえ隣のテントサイトの人が困っていても助けに行ったりしないだろうし」

「助けますよ。榊原さんは、隣で困ってる人を放っておけるような人じゃありません」

なぜそこまで断言できる、と不思議だったが、花恵がそう感じてくれるのは嬉しい。

もともと千晶は花恵の教育係だったが、そのころにちゃんと対応できていた証だろう。

「それで、野々村さんはどうする？　もうちょっと続ける？」

「キャンプですか？　私もブッシュクラフターは……」

「じゃなくて、火打ち石」

「榊原さんが成功してくれただけで十分、とは思うんですけど、やっぱりもうちょっと頑張ってみたいかも……あ、でもお昼ごはん……」

　時刻を確かめると、すでに午後一時半を回っている。到着したのが十一時過ぎ、チャークロスができたのが十二時過ぎ、そこからまた一時間以上火打ち石と格闘していたことになる。午前七時過ぎに朝食を食べたきり、コーヒーとクッキーだけしか入っていない胃袋が、そろそろ文句を言い始めそうだ。

　だが、花恵は火打ち石と焚き火台の上の麻縄の小山を見比べている。やはり未練が残っているに違いない。お腹の虫にはもう少し我慢してもらうことにして、千晶は花恵に促した。

「もうちょっと続けたら？　気が済むまでやればいいと思うよ。あ、野々村さんがめちゃくちゃお腹が空いてるなら別だけど」

「大丈夫です。私も朝ごはんをしっかり食べてきましたから」

「じゃあ、続けなよ。その間に、私が昼ごはんの用意をするから」

「……でも、前も榊原さんに作っていただきましたよね？」

前回、花恵はファイヤースターターで火をつけようとしてうまくいかず、半泣きになっていた。見かねた千晶が昼ごはんを振る舞ったのだが、あのときと今ではまったく違う。なにせ花恵は、『推し活』がきっかけとはいえ、今や立派なキャンパーのひとり。ただ『推し』と同じことがしたいというだけではなく、キャンパーとして技量を上げようと頑張っているのだから、できることは何でもしてやりたかった。

「ご心配なく。火はもう熾ってるし、時間のかかりそうなものから始めることにする」

「そういうことなら……あ、そういえばジャガイモを持ってきてます。バターも！」

「ジャガバタができるね」

「北海道産のジャガイモですから、きっと美味しいですよ。なんなら塩辛も……」

「うわあ……最高じゃない。じゃ、野々村さんは火熾し頑張って」

「はーい！　お芋が焼けるまで頑張ります！」

元気な返事とともに花恵は自分の焚き火台の前に座り直す。そして、千晶がやったのと同じように薪にナイフを入れ、羽箒を作り始めた。

「ほっくほくだね」

「ジャガイモってこんなに甘いんですね。お芋の甘さにバターのしょっぱさがなんとも言えません」

「さらに塩辛！　お酒が呑めないのが悔しいぐらいよ」

冷たいビールをグッとやったらどれほど美味しかっただろう。だが、ジャガバタはぎりぎりお酒がなくても耐えられる。問題は、続いて焼き上がったウインナーだった。見たことがないような太くて白いウインナーで、緑色のハーブが混ぜ込まれている。焼く前に袋ごと持ってみたら氷みたいな冷たさだったから、冷凍してあったのがまだ溶けきっていなかったのだろう。

これはジャガイモ同様『時間がかかる組』と判断し、コンロの一番端っこでゆっくりゆっくり焼いた。直火の遠火、遠赤外線効果抜群の焼き方でじっくり火を通した結果、白っぽかった表面に濃い焦げ色が付き、串でも突き刺したら肉汁が飛び散りそうな仕上がりとなった。

このまま齧り付くのはかなり危険とわかっていても、熱々を味わいたくて歯を立てた結果、ふたりして口の中を火傷することになってしまった。

それでも、強めの塩気とハーブの香り、粗挽きとは正反対の滑らかな舌触りの肉が口の中いっぱいに広がり、火傷だらけになってもいいから呑み込まずにしっかり味わいたいと思うほど……これをビールなしで味わえというのは拷問に等しかった。

「これは反則だよ。野々村さんっていつもこんなに美味しいものばかり食べてるの？」

羨ましすぎる、と吠《ほ》えそうになった千晶に、花恵は大げさに手を左右に振った。

「いつもはここまで美味しくありませんよー。やっぱり炭火ってすごいですね」

「食べてること自体は否定しないんだ……」

「それはまあ……父のお気に入りのソーセージで、いつも冷凍庫に入ってます」

「そんなの誘拐しちゃって大丈夫なの⁉」

「誘拐って……大丈夫ですよ。いっぱいありますから、二本ぐらい平気です」

「ならいいけど……」

「お気になさらず。あ、そろそろお肉も焼けたんじゃないですか？」

花恵はご機嫌そのものだ。

結局、火打ち石での火熾しは成功しなかったけれど、何十、何百回と打ち金を振り下ろし、火花を飛ばし、チャークロスに『赤い点』を浮かび上がらせるところまでは成功した。問題はその『赤い点』を火口に移して燃え上がらせることができなかったところだが、本人が『チャークロスまでは行けた！』と納得したのだからそれでいい。あとはバーベキューを楽しんで帰るだけだった。

「ありがとうございました！　すごく楽しかったです」

「いい『推し活』だったね」

「え？」

「この火打ち石セットも治恩くんが持ってるのと同じなんじゃない？」

「実は……」

「やっぱり。同じギアを使って、同じように火熾しに挑戦したんだから立派な『推し活』じゃない？　前にお仲間とファイヤースターターを試したって言ってたけど、あれだって『推し活』だよ」

「そっか……やっぱり、聖地巡礼なんてしなくてもキャンプで『推し活』は可能、今やってることで十分ってことですよね」

「もちろん。そもそも目的はファン同士の交流なんでしょう？　だったら集まって治恩くんの話ができればいいじゃない」

「治恩くんの話……」

「あ、ごめん。その後どうなった？」

「どうにもなってません。対応がひどいって文句を言う人もいます。それで、グループが半分ぐらいの人数になっちゃいました」

「そうだったんだ……。それで、今後はどうするの？　野々村さんは、これからも治恩くんの応援は続けるの？」

「もちろん！　……って言いたいところですけど、正直、ちょっと迷ってます」

「迷う？」

「迷うっていうか、今後の治恩くん次第かなあって」

動画配信者にもいろいろな人がいる。交際が発覚したとたん開き直ってカップルで活動を続ける人もいれば、一切触れずにこれまでどおりの活動を続ける人もいる。

もしも治恩が後者なら、たとえ交際の話が本当でも彼女の存在に目を瞑って応援し続けることができるかもしれない、と花恵は言うのだ。

「一緒にキャンプに行ってた人たちの中にも、同じ考えかも、って思える人がいます。そういう人たちとならキャンプも『推し活』も続けられるんじゃないかと」

そして、その直後、彼女はなにかに気付いたように目を見張った。

「なんだ……私、もうあの人たちと会えなくなるかもしれないことのほうが心配だったんだ……」

治恩のキャンプイベントがきっかけで集まったグループが空中分解してしまうかもしれない。そうなったらキャンプにも行けなくなる。ほとんど可能性がない治恩の彼女になることよりも、あのグループでキャンプができなくなることのほうが辛かった――

花恵がそこまでキャンプに嵌まっていることが、嬉しいと同時に少し不思議な気がした。

「まあそれも交際宣言が出ちゃったらおしまいですけど」

「いっそ、ノーコメントを貫いてくれたほうがいいか……」

「そう思うところもあります。でも、この前も言いましたけど、やっぱり彼女さんが……」

「そうだったね。じゃあ、やっぱりはっきりさせてくれたほうがいいね」

「ですね。さすがにそろそろなにか動きがあるんじゃないかなと思ってます。あ、もうこんな時間……」

　ふと見ると、すでに日が西に傾き始めている。かなり炭をたくさん使ったから、火の始末にも時間がかかる。帰りの渋滞にも引っかかりたくない、ということで、ふたりは撤収を始めた。


「楽しかったですね！　私に時間をくださって、本当にありがとうございます」

　助手席に座る花恵が、嬉しそうに言う。

　また行きましょう、とも、連れて行ってください、とも続けないところからも、彼女の『推し活』仲間の教育のほどがわかる。ソロキャンプ好きの『ひとりの時間』を奪うことの罪深さを叩き込まれたのだろう。

　キャンプの技術だけでなく、人によってキャンプに求めるものが違うことを知り、その違いを尊重することを覚えた。今の花恵となら、ふたりで出かけてもソロキャンプを十分に楽しめるかもしれない。理想的な『ソログループキャンパー』に育ったなあ、と感動すらしてしまった。

とはいえ、いくら各々が自由に振る舞うといってもソロとグループとは違う。まったくの他人ならいざ知らず、たとえ顔見知り程度であっても知人が近くにいる限り気にせずにいられない千晶にとって、やはりひとりきりが望ましい。

人によっては、ソログループキャンプは誰かと過ごす楽しさとひとりの時間の美味しいとこ取りを可能にするのかもしれないが、千晶には無理。今までどおり、完全なる『ソロキャンプ』を続けていくことだろう。

それでも、帰ってきてからお互いのキャンプについて話し合うことはできる。楽しかったことや失敗したこと、役に立つギアや意外に使えなかったギアについての話題は、休憩時間をより楽しくしてくれるに違いない。

「今度『推し活』仲間とキャンプに行ったら、きっとみんなびっくりしますね！　ファイヤースターターどころか、もうちょっとで火打ち石でも火が熾せそうなんですもん！」

花恵は嬉しそうに話し続ける。運転の合間に相槌《あいづち》を打ちながら、千晶は今後、花恵と過ごす休憩時間が増えそうな予感を覚えていた。

第四話

迷える少年

焼き鳥缶
親子丼
紙パック
焼酎
焼酎
3
Solo Camping!
タラコ
メスティン
卵
金串
シェラカップ
薪
ガスバーナー
FIRE
LIGHTERS
ファイヤー
ライター

れない。

なんだか今日は暑い。もしかしたら昨日より三度、いや五度ぐらい気温が高いかもし

さすがに八月や九月ほどではないけれど、時折カレンダーの日付を無視した暑さがやってくる。極端な気温の変化は身体に応える、とうんざりしつつ、千晶はとあるキャンプ場に到着した。

温泉近くにあるキャンプ場で、かつては旅館も営んでいたそうだが現在はバンガロー利用を含めたキャンパー以外の利用は受け入れていない。

ただ、廃材を利用した薪を無償提供してくれるし、川が近いので水遊びもできる。子どもがいる家族が気軽に使えるキャンプ場として人気でもあった。

おまけにこのキャンプ場、直火も許されている。てっきり一、二時間で行ける範囲にあって直火可なんて、美来の叔父が経営するキャンプ場ぐらいかと思っていた千晶は、なんとなくネットで検索していて『直火可』という文字を見つけたときは、思わず

『おーっ⁉』と声を上げた。

　実際に直火で焚き火をするかどうかは、地面のコンディションや気分次第だが、選択肢は多いに越したことはない。そのまま予約サイトに進んだところ、運良く空きがあったので即予約、本日めでたく出かけてきたというわけだった。

　荷物を下ろし、テントサイトに向かう。サイトとはいっても、美来の叔父のキャンプ場と異なり、一区画がけっこう狭い。

　――テントが小さい分、スペースに余裕があるからいいけど、家族用の大きなテント同士が隣り合わせたら、けっこう辛いかも……

　とはいえ、両隣のテントはいずれも小さい。このキャンプ場は、テントのそばまで車を乗り入れられるようになっているが、右隣は千晶同様軽自動車だし、反対側は中型バイクが停まっている。どちらのテントも千晶のものより小さいぐらいなので、スペースの問題は発生しそうになかった。

　今回は一泊なので、大きな車載型冷蔵庫も持ってきていない。たとえ持ってきていたとしても、テントサイトの真ん前に車を停められるから、上げ下ろしにかける労力や、考えたくはないが窃盗《せっとう》の心配をするぐらいなら、と積みっぱなしにしていただろう。

　あの車載型冷蔵庫が登場する機会は、この先もそれほどなさそうだな、と思いながら、いつものクーラーボックスを車から下ろす。続いて寝袋、調理関係のギアを下ろしてテントサイトの隅に置く。大ざっぱに石や木の枝といった安眠を妨げそうなものたちも排除し、マットを設置。寝心地を確かめたあと、テントを張る――ここまでにかかった時間は三十分。我ながら、手慣れたものだった。

「テントOK。マットと寝袋もOK。薪はどうしようかな……」

直火が許されている上に、薪までただでくれるなんて素晴らしい、とは思ったが、受付をしたときにちらっと見た薪はどれもかなり大きかった。

今回は、アースオーブン料理は予定していないし、後始末のことまで考えたら焚き火台と焚き火グリルのほうが楽だ。ただ、あの大きな薪を焚き火台でも使えるサイズに割るのは大変すぎる。

実は、少し前に安売りを見つけてまとめて買ったせいで、薪も炭も残っている。いずれも簡単に劣化するものではないので、無料でもらえる薪を使いたかったけれど、背に腹は代えられない。

「ただより高いものはないって言うけど、それって労力も込みの話よね」

そんな言葉で自分を納得させ、千晶は車から炭が入った箱と薪の束も下ろした。

これで準備は万端だ。いつもなら少し昼寝でもするところだが、今日はそこまで疲れていない。せっかく川の近くに来たことだし、川縁《かわべり》を散歩してみることにした。

川に近づくにつれ、子どもの声が大きくなっていく。

子どもはなにかにつけて声を上げやすい生き物だが、そこに水分を添加するとさらにその傾向が増す。夏みたいな気温の中、ただの水鉄砲だけでも大騒ぎになるのに、そこに無限に流れ続ける川、しかも入ってもいいよ、となったら、騒ぐなと言うほうが無理だ。

水着の子、ショートパンツの子、中には家から着てきた服のままだろ！　と言いたくなるような子もいる。

「ちょっとやめて、それいくらすると思ってるの！　着替えてからにしてー！」

お構いなしに水に突入する子どもを見て、お母さんらしき女性が金切り声を上げている。

子供服のブランドなんて詳しくない千晶でも知っているようなメーカーのロゴが入ったTシャツとショートパンツ、しかもセットアップだから、ずぶ濡《ぬ》れにしたくないのかもしれない。

――あーあ……気持ちはわかるけど、子どもにそんなこと言っても無駄だよね。そもそも、汚されたくない服でキャンプに来るのが間違ってるわ。子どもをキャンプに連れてくるときは、明日とは言わないけど、来月あたりには雑巾《ぞうきん》に格下げ、ぐらいの服にしなきゃ！

件の女性は、声を上げる一方で、しきりに子どもの写真を撮っている。『映《ば》え』を狙うにはハイブランドの服が必要なのかもしれない。

いろいろ大変ねーと思いながらのんびり歩く。十五分ほど行って引き返し、都合三十分の散歩を終えてテントサイトエリアに戻ったところで、千晶は入り口近くの区画に男の子がいるのに気付いた。

小学生ほど表情にあどけなさが残っていないが、体格はまだでき上がっていないからおそらく中学生、たぶん二年生ぐらいだろう。

その区画の利用者かな、と思ったけれど、周りに家族や友だちの姿はないし、なによりテントや大型のギア類がテントサイト内に一切置かれていない。ただふらっと現れたようにしか見えなかった。

少年は、リュックを脇に置いたまま、かがみ込んでなにかをしている。気になって様子を窺っていると、どうやら火を熾そうとしているらしい。だが、無料配布の薪をそのまま使おうとしているせいか、火がつく気配はまったくなかった。

あれでは無理だろうなあ……と思っていると、キャンプ場の職員がやってきた。少年を見つけて声をかける。

「君、なにをやっているの？」

「あ……」

「今日、この区画には予約が入ってないはずだけど」

「え、えっと……」

「この薪、受付の横に置いてあったやつじゃない？」

「ご、ご自由にって書いてあったし……」

「そりゃそうだけど、あれは利用者へのサービスで、予約もしてない人が勝手に使うためのものじゃない」

「……すみません」

「まったく……さっさと出て行って。あ、薪は元の場所に戻していくんだよ」

「はい……」

少年は渋々といった様子で薪を抱えて立ち上がった。ところが、職員が受付のほうに去って行ったのを確かめ、彼と逆方向、つまりさらにテントサイトエリアの奥に向けて歩き始めた。どうやら彼は、火熾しを諦めるつもりはないらしい。

職員は受付に戻ったようだから、もっと奥に行けば見つかることはないかもしれないが、千晶が見た限り、この先のテントサイトはすべて利用者が到着している。つまり、少年が入り込んで火を熾せるような空き区画はないということだ。

あの少年がさらに奥、テントサイトエリア外の山の中で火を熾して、うっかり燃え広がったら大変なことになってしまう。

ただキャンプをしに来ているだけなのに、どうしてこうも面倒そうなことばかり起こるのか。カウンセラーを目指した過去が災いしているとしか思えない。相談者を救うべく、観察力を磨き続けた結果、普通なら見過ごすようなちょっとした出来事にことごとくひっかかるし、誰かが困っているならなんとかせねば！　と妙な力が入る。

もはや、こんな私をカウンセラーにしなかった社会が間違っている、と思えるほどだ。

いずれにしても、目下の問題はこの少年だ。この子が山火事を起こす確率は相当低いけれど、ゼロじゃない限り放置はできなかった。

「ねえ、君！」

千晶が後ろからかけた声に、少年があからさまに首をすくめた。きっと、また職員に見つかったと思ったに違いない。慌てて言い足す。

「大丈夫、私はここの人じゃないよ」

「なんだ……びっくりした」

「ごめん。それより君、さっき火を熾そうとしてたよね？」

「……うん」

「なんで？　ごはんでも作りたいの？」

「違う……ただ焚き火がしたかっただけ」

「焚き火が見たいだけってこと？」

「そう」

「……だったら、私のところにおいでよ。今から火を熾すから」

「でも俺、自分で……」

「火の熾し方って知ってるの？」

「薪を組んで、一番下のところに着火？」

「あーうん、間違ってはないけど、十分でもないね。火はなにでつけるつもり？」

「着火ライター。百均で買ってきた。あと、落ち葉とかで……」

「そっか。着火ライターは持ってるんだ」

これでファイヤースターターや火打ち石にこだわられたら目も当てられないが、どうやら彼の目的は、本当に焚き火を見ることだけにあるらしい。

キャンプの目的が焚き火だけにあると言っても過言ではない千晶としては、『わかるぞ、少年！』だった。

「了解。自分でやりたいなら、それでもいいよ。うちの空きスペースでやって。ただ、その太い薪じゃ難しいとは思うけどね」

「マジ？」

年上に向かって『マジ』はないだろう、とは思ったが、今時の子どもはみんなこんな感じなのかもしれない。

「まず割らなきゃならないけど、あいにくその太い薪を割れるほど大きな鉈《なた》は持ってないのよ。だから、その薪じゃなくて私が持ってきたのを使って」

「いいの？」

「その代わり、火をつけるなら消すところまでしっかりやること」

「わかった。おば……おねえさん、ありがとう」

おば……のあとになにを続けるつもりだったかは明白だ。少年から見たら三十歳オーバー、さらに目下スッピン状態の千晶はおばさんにしか見えないのだろう。とりあえず『おば……』で止めたところに免じて許してやる、と苦笑してしまった。

少年を従えて自分のテントサイトに戻った千晶は、地面の様子を確かめて指示を出した。

「この辺でやればいいよ」

「どうして、ここで？」

「ここだけ草が生えてないからね。たぶん、前に誰かが火を焚いたんだと思う。いくら直火可でもわざわざ今生えてる草を抜くことないでしょ。草だって、ちょっとは地球温暖化を防止してくれてるわけだし」

「そっか……」

案外素直に頷いたあと、少年は千晶が焚き火台を設置する様子を見て言った。

「それ、焚き火台って言うんだよね？」

「そうだよ」

「直火より焚き火台のほうがいいの？」

「手軽だし、直火より自然へのダメージは少なくてすむ。あと、火事の心配もない」

「火事……」

「そう。君、山の奥のほうで勝手に火を焚こうとしてたでしょ？　絶対駄目だよ」

「そんなに奥まで行こうとは思ってなかった。大丈夫そうなところを探すつもりだったし……」

「火事を起こすつもりなのは放火魔ぐらいのものよ。たいていの火事は、大丈夫だと思っててても起きちゃう。テントサイトが整備されてるのは、そのあたりまで考えてのことなんだよ。エリア外ではやっぱり危ない」

「そうなんだ……」

「そうなの。だから、迂闊《うかつ》な場所で火を熾そうとしないでね」

「わかった」

「じゃ、薪はここにあるのを使って。なんならファイヤーライターもあるよ。着火ライターよりさらにお手軽」

「じゃあ……お借りします。燃えちゃうから返せないけど……」

「確かに」

クスッと笑って、千晶は少年にファイヤーライターを渡した。

その後、千晶は焚き火台の上で、少し離れた場所で少年は地面の上での火熾しが始まった。もちろん、先に火をつけたのは千晶だが、経験が違うのだから当然だ。むしろ、少年より遅かったらプライドがズタズタになるところである。

少年が、千晶の焚き火台を見て感嘆の声を上げた。

「早っ！　もうついたの⁉」

「まあね。こう見えて、キャリアはけっこう長いのよ」

「いつからやってるの？」

「キャンプは小学生のころから。とはいってもしばらく中断して、二年前に再開したんだけど」

「小学生……いいなあ……うちはキャンプなんて全然連れて行ってくれないんだ」

「私も家族でキャンプしてたわけじゃないよ」

そこで千晶は、自分が経験したジュニアリーダーについて話した。少年は、ジュニアリーダーについてまったく知らなかったらしく、感心はしたものの、それほど興味を持った様子はなかった。

「そっか……そういうのがあるんだね。でも、俺、ただ火をつけたいだけだから、アウトドア全般まではちょっと……」

「ただ火をつけたいだけ、って本当に危ない人みたいだからやめときなさい。でも、気持ちはわかるよ」

「もしかして、おねえさんも？」

「私は『焚き火でいろいろ飲み食いしたい』っていうのもちょっと入るけど、基本的には君と同じだよ。やっぱり火を見ると癒される」

「だよね！」

うんうん、と頷き、少年はまた火熾しに取り組み始めた。

あの太さの薪で火を熾そうとしたぐらいだから、そう簡単にはつかないはずだ。それでも、自分でつけたいという気持ちが強いらしく少年は慎重に薪を組み合わせている。

それとなく見ていると、ちゃんと空気の通り道も確保しているし、焚きつけ用の落ち葉も杉を選んでいる。これならまあ……と自分の焚き火の世話をしていると、目の隅で少年が尻餅《しりもち》をついたのが見えた。

「うわあ！」

「どうしたの⁉」

火傷でもしたのか、と慌てて駆け寄ると、少年は尻餅をついたまま呆然と薪の小山を見ていた。

「ついた……ってか、なにこれすげえ……」

人間なら、なにがどうすごいのかもっとちゃんと説明しろ、とは思ったが、状況は火を見るより明らか——この表現は実際に火を見ている場合も当てはまるのか？　と首を傾げるも、事実は事実。少年が驚いているのは、ファイヤーライターの威力に違いない。

「大丈夫？」

「うん……こんなに燃えるとは思わなかった……あっという間に枯れ葉が燃え尽きちゃった……」

「焚きつけにしてはちょっと少なかったのかもね。でも、焚きつけに頼らなくてもけっこう燃えるし」

「ほんとだ……もうついてる」

「でしょ？　ファイヤーライターは着火剤付きのマッチだから最強」

「着火剤か……道理で」

「ってことで、無事着火、おめでとう。あとは適当に薪を足していけばいいから」

「ありがとう。俺、しばらくここにいていい？」

「どうぞご自由に。私は私で勝手にやるから」

そしてまた、千晶は自分の焚き火台の前に戻り、夕食の支度に取りかかった。

焚き火台にセットした焼き網の上に、米と水を入れたメスティンをのせる。十五分も放置すれば、ごはんは炊き上がるはずだ。

飯盒《はんごう》に比べてなんて楽なんだろう、と今更ながら感動しつつ、食料を入れたバッグからごそごそと缶詰と卵ケースを取り出す。缶詰は醤油ダレ味の焼き鳥で、温めて卵を絡ませるだけで親子丼が作れる優れものだ。

千晶はキャンプのみならず、家でも丼《どんぶり》物を作ることが多い。おかずとごはんを一度に食べられて便利という以上に丼物、特に親子丼が大好物だからだ。

以前、鶏肉と出汁《だし》を使った『正統派親子丼』を作ったことがあった。あれは最高に美味しかったけれど、今日は手のかかることはやるつもりはない。料理は手早く済ませ、あとは焚き火そのものの世話を焼きたい一心だった。

缶詰の蓋を開けたときの『パッカン』という音で、いつだったかもキャンプでこの缶詰を使ったことを思い出す。

あれは確か、仕事がうまくいかなくて気持ちが落ち込んでどうしようもなかったときのことだ。天気予報は雨だった上に、車まで母に貸してしまって自転車しか足がないという悪条件の中、決行したやぶれかぶれキャンプでこの音を聞いた。

あのときは餃子の具にしたが、キャンプにおける使い方としてはコーンと和《あ》えたり皮に包んだりせずに済む分、親子丼のほうが手軽に違いない。

——それにしても、あのキャンプはひどかった。考えなしにそこらにあった食材をリュックに放り込んできたにしてはまともに食べられたほうだけど、もうああいうのはやりたくないなあ……

かつてを思い出すとしみじみしてしまう。

あのやぶれかぶれキャンプ以降、あそこまでひどい精神状態に追い込まれることはなくなった。天敵かと思われた比嘉次長との和解もさることながら、こうして頻繁にキャンプに出かけてきては焚き火を堪能できることが大きいのだろう。

焚き火を見てストレスを発散し、リフレッシュして仕事に臨むことで失敗も減る。失敗がゼロになることはないけれど、仕切り直すための手段を持っていることの重要さを感じた。

時刻は間もなく四時だ。いつもなら夕食はもっと遅い時刻に取るのだが、今日は焚き火に集中したい。そのためには食事も早く終わらせる必要があった。

ごはんが炊けたのを確認して、メスティンとクッカーを入れ替える。ごはんを蒸らしている間に、親子丼の具を作るという算段だ。

クッカーに焼き鳥缶の中身を入れて温めつつ、シェラカップで卵を溶く。焼き鳥缶は千晶には少し甘いため、持参の白だしを足して味を調える。煮汁が沸くのを待って溶き卵を流し入れ、手早くかき混ぜてすぐにクッカーを火から下ろす。

それではろくに卵が固まっていないではないか、と思われるかもしれないが、心配はいらない。なにせごはんがたった今、火から下ろしたばかりの炊きたてだ。ごはんの熱で卵は固まるし、固まらなかったところで問題はない。具だくさんの卵かけごはんだと思えばいいのだ。

ところが、メスティンの蓋を開けて具をのせようとしたところで、千晶はふと手を止めた。なんだか視線を感じたような気がして横を向くと、少年がこちらをじっと見ている。心なしか、『ぐーっ!』という音まで聞こえた気がした。

千晶が見ているのに気付いたのか、少年がとっさに目を逸《そ》らす。さすがにそのまま知らんぷりで食べ始めることもできず、千晶は諦め気分で少年に声をかけた。

「えーっと……お腹、空いてるのかな?」

千晶の声でまたこちらを向いた少年は、思いっきり頷いた。

ただでさえ、中学生なんて食べたはしから消化する年頃だ。ましてや男の子、慣れない火熾しをしたあとならば腹ぺこに間違いない。

「そっか……じゃあ、こっちにおいでよ」

「でも……」

「いいから!　ただし、半分こだよ」

空腹なのは千晶だって同じだ。焼き鳥缶も炊いたごはんもひとり分しかない。出来立ての親子丼を全部提供するほどのゆとりはなかった。

さっき卵を溶いたシェラカップにメスティンのごはんを半分移し、両方に具をのせる。少し多めにごはんが入っているメスティンのほうを少年に譲ったのは、大人の理性だ。やれやれと思いつつ、クーラーボックスからパック入りの刻み葱を出す。ところが、メスティンの親子丼の上に散らしたあと、少年の顔を見た千晶は、いきなり噴き出した。まるで家の中でありがたくない虫と遭遇したときの母みたいな表情だったのだ。

「葱、嫌いなの？」

千晶の問いに、少年は無言で頷いた。

葱の美味しさがわからないとは、やはり子どもよのう……なんて心の中で呟きつつ、シェラカップを差し出す。

「はい、じゃあこれをどうぞ。ちょっと少ないけど」

「いえ……ありがとうございます」

そう言うと、少年は深々と頭を下げた。こんなにいきなり礼儀正しくなられると戸惑ってしまうが、それほど空腹だったのかもしれない。シェラカップに続けてスプーンを渡すと、少年はもう一度頭を下げて訊ねた。

「あっちで食っていい？」

「もちろん。火を見ていたいもんね」

「うん」

そして少年は自分の火の前に戻っていく。彼が食べ出したのを確認し、千晶も食事を始めた。

半人前の親子丼はあっという間になくなった。白だしを足しすぎたせいか、少ししょっぱかった。少年も喉が渇いたかもしれない、とコップにペットボトルのお茶を注いで持っていってやると、少年はまた深々と頭を下げて言った。

「ごちそうさまでした。めっちゃ旨かった！」

「しょっぱくなかった？」

「えーっと……ちょっと？」

「ごめん。これ、どうぞ」

お茶を渡すと、少年はごくごくと飲み干した。どうやら『ちょっと』ではなく『けっこう』しょっぱかったらしい。

下手に親切心でお裾分けした挙げ句、被害者を増やしてしまったか、と反省しつつ少年の焚き火に目をやると、火の勢いはずいぶん衰えていた。

「消えそうになってるよ。薪を足さないと」

「いいんです。そろそろ消すつもりだったから」

「もういいの？　だってまだ……」

時刻はまだ午後五時にもなっていない。日没は近いにしても、あたりはまだ明るいし、焚き火が本領を発揮するのはこれからだ。

それなのにもう消すつもりか、と思いかけて気がついた。

この子はどう見ても未成年だ。暗くなるまでいられるわけがないし、そろそろ帰宅すべき時刻だろう。

「そっか。帰らなきゃならないんだよね？」

「うん、まあ……」

「家は近いの？」

「えーっと……近い……とは言い切れない……」

「どれぐらいかかるの？」

「自転車で二時間ちょっとあれば」

「二時間⁉」

さすがに声が裏返った。

二時間以上かかるとしたら、今すぐに出発したところで帰宅は午後七時を過ぎてしまう。

この子の家族はどれほど心配するだろう。呑気に親子丼を食べさせている場合ではなかったのだ。

「とりあえず、おうちに連絡しないと」

「連絡……どうやって？」

「スマホとか持ってないの？」

「ない」

「それなのに、こんな遠くまで来ちゃったの？」

「だって火を焚きたかったし、キャンプ場なら大丈夫かなって」

「いや、それはまあそうだけど！　よくここまで来られたね」

「家のパソコンで調べて、地図をプリントアウトしてきた」

「そっか。いや、でも……」

中学生にスマホを与えるか否かは難しい問題ではある。だが、火を焚きたいがために二時間以上もかかるようなキャンプ場にひとりやってくるほど行動力のある少年を、連絡手段も与えずに野放しにするのは恐ろしすぎる。少年同様、保護者もかなり豪胆な人なのかもしれない。

「いつもこんなことやってるの？」

「こんなことって？」

「家族に無断で遠くまで来ちゃうこと」

「わりと。うちの親、たぶん気にしてないし」

「そんなわけないでしょ！」

「えーだって、父さんも母さんも仕事で忙しくて、帰ってくるのも遅いし、俺が遠出してても気がついてないかも」

「土曜日でもお仕事なんだね。何時ごろ帰宅されるの？」

「七時……日によってはもうちょっと遅いかも……」

「お父さんもお母さんも？」

「同じ現場で働いてるから」

現場と聞いてはっとした。もしかしたら、彼の両親は土木建築業に携わっているのかもしれない。それなら帰宅時間が日によって変わるのは道理だし、土曜日だって働くだろう。ただ、目下の問題はそこにはなかった。

「ちょっと待って。もう五時だよ？　今から帰ったら七時過ぎになっちゃう。さすがに心配するでしょ！」

「え、もうそんな時間⁉」

少年の腕には時計なんて嵌まっていない。スマホを持っていなければ時刻もわからなくて当然だ。少年の呑気な様子は、もうすぐ午後五時になることに気付いていなかったからのようだ。

「どうしよ……さすがにヤバいかも」

「お父さんやお母さんはスマホを持っていらっしゃるよね？　電話番号はわかる？」

「覚えてない」

「なにかあったらどうするの⁉」

今まで親に連絡しなければならないことがあったときはどうしていたのだ、と詰め寄る千晶に、彼は平然と答えた。

「そんなこと滅多にないけど、連絡しなきゃならないときは家電《いえでん》からかけてる。キーを押したら勝手にかかるんだ。小学生の時からずっと」

家の固定電話に電話番号を登録しておけば、ワンタッチで電話がかけられる。スマホの普及で固定電話はあまり使われなくなっているようだが、まだスマホを持たない子どもがいる、かつ両親ともに働きに出ている場合はかなり有効な手段に違いない。

だが、今現在その手段は役に立たない。キーを押すだけで繋がる電話番号なんて、少年が覚えているわけがなかった。

「連絡しようがないってことね……まいったな……」

こうなった責任の半分は千晶にもある。なにせ、火を焚かせた挙げ句、食事までさせて帰る時間を遅らせたのは千晶なのだから……

なんとか彼の家に連絡する方法はないか。家の電話番号なら覚えているのではないか、と思ったとき、千晶のスマホがポローンと鳴った。

滅多に聞かない着信音だが、それもそのはず、これは『元』天敵の比嘉次長の双子の息子たちからメッセージが届いたときだけに鳴る着信音だ。

彼らとアウトドアショップで出会ったあと、ギア選びなどキャンプについての相談があるときには連絡してきたけれど、それも途絶えて久しい。高校のアウトドア部に入っているのだから、わざわざ親の同僚に訊かなくても、先輩たちに相談するのが当然だろう。

千晶に連絡せざるを得ないほどまずいことでも起こったのか。まさか比嘉次長が倒れたとか？　と心配しつつメッセージを読んでみる。結果、彼らの用件は、例の会員制スーパーで買い物を頼めないか、というものだった。

特に急ぎではないし、もちろんお金も払うから、とのことで、断る理由もない。引き受けるから詳細を知らせて、と伝えたところで千晶は我に返った。

こんなことをやっている場合ではない。少年の家に連絡する方法がない以上、一分でも早く帰路に就かせたほうがいい。それでも、帰り着くまでの少年の両親の不安を想像したら胸が苦しくなる。千晶の車で送れば、両親の帰宅に間に合うかもしれないが、その場合、自転車はどうなる……

そんなことを考えつつ、少年に目をやると、彼は千晶のスマホの画面を凝視していた。しかも、あり得ない呟きを漏らす。

「カーくん……」

「え？」

「ううん、なんでもない。似た写真を見たことがあるだけ……」

「写真ってこのアイコンのこと？」

「あ、そうそうアイコンだ。その写真が、俺が知ってる人のと似てるんだ」

「カーくんって言ったよね？　その人ってもしかして海人《かいと》くん……比嘉海人くんじゃない？」

千晶には確信があった。この少年が言っているのは、絶対に比嘉次長の次男である海人のことだ。なぜなら、海人がアイコンに使っている写真は、彼自身が撮った海の風景だ。ただの風景ならよくあるけれど、ふざけて兄の陸人《りくと》がぬっと突き出したVサインまで写り込んでいるから間違いようがないのだ。

海人の名前を聞いた少年は、目をさらに見開いた。

「カーくんを知ってるの？」

「私と同じ会社の人の息子さん。双子で、お兄ちゃんは陸人くん。間違いない？」

「うん、その人。近くに住んでて、家も知ってるし、小学生のころからよく遊んでもらってた」

「近く……」

ほっとするあまり、脚から力が抜けて座り込みそうになった。

たとえ海人がこの少年の親の連絡先を知らなくても、家の場所はわかっている。それなら、少年がここにいることも、帰宅が遅れることも知らせてもらえるはずだ。

「よかった……これでなんとかなる。君の家と海人くんのお家はどれぐらい離れてる?」

「マンションの同じ階、ってか隣」

建物から出るどころか、エレベーターすら必要ない。しかも、同じマンションなら、連絡先だって知っているかもしれない。管理組合の名簿などで連絡先を共有している可能性もゼロではなかった。

「ちょっと電話してみるから、君は火を始末してて」

「うん」

メッセージをやりとりするより通話のほうが手っ取り早い。少年が焚き火を太い薪を使って崩し始めるのを見守りながら、千晶は海人に電話をかけた。

数分後、電話を切った千晶は深いため息を吐いた。

海人から聞かされたのは、ある意味ありふれた、なおかつ悲しい話だった。

——この子のお母さん、再婚したんだ。なさぬ仲のお父さんと年の離れた妹か……

海人によると、少年の名は徳島敦《とくしまあつし》、現在中学二年生だそうだ。

敦が小学三年生のときに引っ越してきて、五年生だった双子と登校班が一緒になったのが縁で、放課後いっしょに遊ぶことも多かったそうだ。

ただ、三年ほど前に娘が生まれてから、徳島家の様子が変わってきた。

それまでは親子三人で出かけていくこともちょくちょくあったのに、今ではほとんど見られない。代わりに見られるのは、敦の両親が妹だけを連れている姿だった。

『日曜の午後とかになると、夫婦でベビーカーを押して出かけてました。敦は友だちと遊びにでも行ってるのかな、と思ってたんですけど、俺が出かけるときに部屋の前を通ると人がいる気配があったから、ひとりだけ残ってたんだと思います。本人の意思ならいいんですけど、朝早くに出かけて夜まで帰ってこないこともあったからさすがにちょっと……』

小学校高学年から中学生ぐらいになると、休日だからといって親と行動を共にしたがらない子も多い。敦もそんな感じなんだろうと思っていた、と海人は言う。

そして、本当に辛そうな声で続けたのだ。

『でも、それは俺がそう思いたかっただけかもしれません。日曜や祝日の夜、コンビニで飯を買ってる姿を何度も見ました。一度だけ声をかけたことがあるんですけど、どうしたんだ？　って訊いたら、『母さんたちは外で食ってくるんだ』って……。あり得ないですよね。息子がひとりで家にいるのに自分たちだけ外食なんて』

『敦くんの分だけ家に用意してあるとか、持ち帰りで買ってくるとか？』

『だったらコンビニなんて来ないでしょ……』

スマホから聞こえてきた深いため息が、そんな配慮をする親ではないことを伝えてきた。

『お父さんはそんなふうなのに、お母さんはなにも言わないです。息子があんなに怒鳴られてるんだから、もうちょっと庇《かば》ってやればいいのに、って思うんだけど……』

それは最初からなのか、という千晶の問いに海人はさらに辛そうに答えた。

『最初は庇ってました。でもそうするとお父さんがめちゃくちゃ不機嫌になって、もっともっと敦を怒鳴るんです。しまいにはお母さんにもひどいことを言って……』

再婚家庭が抱える問題のひとつに、連れ子との不和がある。もちろんすべての再婚家庭がそうなるわけではなく、良好な関係を築けている場合も多い。ただ、義理の親子間で不和が生じた場合、配偶者との関係を保ちたいあまり実の親まで子どもの敵に回ってしまうことがある。昨今、マスコミで取り沙汰される児童虐待問題にはそういったケースが多いように思える。海人から見た敦の家庭は、虐待の可能性を感じさせるものなのかもしれない。

勝手に自転車で二時間以上もかかるキャンプ場に出かけた挙げ句に帰宅が遅れたと知ったら、敦の親はどうするだろう。ものすごく怒られたりしないだろうか、と海人は心配していた。

それでも、連絡しないわけにはいかないことぐらい海人もわかっているらしく、敦の親が戻り次第、敦のことを知らせに行くと約束してくれた。どうやら、両親の帰宅が午後七時ごろだというのは本当のようだ。

あわよくば車で迎えに来てくれないか。自転車を積めるような車を持っているなら可能だろう、と思っていたけれど、とてもじゃないがそんなことは望めそうにない。なにより敦の家の車は軽自動車だという。しかも、千晶のようにワゴンタイプではなく軽自動車の中でも一番コンパクトな車種で、下の娘用にチャイルドシートを設置してあるから、家族四人が同時に乗るのもかなり難しい。自転車なんてもってのほかだそうだ。

――まいったな……どうしよ……

千晶は頭を抱えてしまった。

いくら道はわかっているといってもひとりで帰らせていいものだろうか。来たときと違って、あたりはどんどん暗くなっていく。昼間と夜では視界が異なるし、ナビアプリすら使えない状況は不安としか言いようがない。

絶望的な気分で敦を見ると、彼は軍手やタオルをリュックに詰め込んで帰り支度をしていた。

「おねえさん、ありがとう。俺、帰るよ」

「いや、ちょっと待って……」

「大丈夫だよ。道だってそんなに難しくなかったし。それにカーくんが連絡してくれるとしても、早く帰ったほうがいいし」

ここで話しているよりも出発したいに違いない。気持ちはわかるが……と千晶は途方に暮れる。そのとき、千晶の前にひとりの女性が立ち止まった。おそらく二十代前半、もしかしたらまだ学生かもしれない。化粧っ気のない顔と無造作に後ろでまとめた髪、使い込まれたリュックとカラビナにぶら下がったギア類がアウトドア好きを感じさせる。

女性はリュックを背負った敦に目を止め、首を傾げつつ訊ねてくる。

「その子、今から帰るんですか？」

「え？」

いきなり話しかけられて驚く千晶に、彼女は謝りながら続けた。

「ごめんなさい。帰るって言葉が聞こえたんですけど、まだ撤収する感じじゃないし、ひとりで帰るのかなって」

「実はそうなんです。けっこう遠くから来てるみたいで、暗くなったら危ないんじゃないかって私も思うんですけど……」

「どれぐらいかかるんですか？」

「二時間ちょっとかかるみたいです」

「みたいって……ご存じないんですか？」

どうやらこの女性は、千晶のことをあまりにも無責任だと考えて声をかけてきたらしい。自分は撤収もせずに、子どもだけを帰らせようとしているのだから無理もない。

女性はかなりしっかり者のように見えるし、純粋に敦を心配しているようだ。少し迷ったものの、千晶は彼女に事情を話すことにした。

「なるほど……まったくの見ず知らずだったんですね」

それは失礼しました、と女性はまた頭を下げた。

「送って行きたいのはやまやまなんですけど、自転車で来たって言うし、私の車に自転車までは積めそうになくて」

「それは困りましたね……」

そのとき、千晶のスマホが着信を告げた。メッセージではなく通話だったので、慌てて応答キーをタップする。

「あ、榊原さん？　陸人です」

「陸人くん、なにかあった？」

「榊原さんって、今どこにいらっしゃるんですか？」

陸人は千晶の所在を確かめた。先ほど海人にはキャンプ中であることは伝えたが、改めて確認した陸人は、少しほっとしたような声で続けた。

「そっち方面ですか。じゃあ、ちょっとだけ待っていただけますか」

「どうして？」

「俺たちの先輩が、もしかしたらそのあたりにいるかもしれないんです」

「先輩って部活の？」

「はい。とはいってもOBですけど。大学三年生で、時々俺たちのキャンプにも指導に来てくれたりしてるんですよ。その人、この週末にそっち方面にキャンプに行くって言ってたんです。近くにいれば、助けてくれるかもしれません」

「えー……さすがに無理でしょ」

「その先輩は教育学部で、将来は先生になりたいそうです。すごく面倒見がいいし、困ってる子どもを放っておけないタイプ。だから、連絡がつけば八割方イケます」

「その先輩って、車を持ってらっしゃるの？」

「持ってます。めちゃくちゃ古いんですけど、手入れはしっかりしてあるし、ステーションワゴンなので、俺たちがキャンプに行くときは荷物ごと運んでもらうこともあります。あれなら敦のチャリぐらい余裕です」

どうやら双子は、敦がどんな自転車に乗っているかも知っているらしい。その上での提案なら大丈夫だろう。

「じゃあ、一応頼んでみて。でも無理強いは駄目だよ！」

「わかってます。ダメ元上等で」

そして陸人は電話を切った。

いくら近くにその先輩がいたところで、キャンプを切り上げて見ず知らずの子どもを送ってくれるわけがない。しかも連絡を取るのにどれほど時間がかかるかもわからない。それよりはさっさと帰したほうがいいのでは？　と思い始めたころ、また着信音が聞こえた。ただし、千晶ではなく目の前にいる女性のスマホからだった。

「はい。え……あ、そうなの。それは大変……」

女性は通話しつつ、千晶から離れていく。さすがにプライベートな会話を聞かせたくなかったのだろう。千晶は千晶で、彼女と話しているよりも敦を安全に帰宅させる方法を探りたい。このまま行ってしまってくれないかと思っていると、通話を終えたらしき女性が駆け戻ってきた。

「失礼ですけど、お名前をお訊きしていいですか？」

「え？　私のですか？」

「はい」

なぜこの女性に名乗らなければならないのか。そんなことをして大丈夫か、と迷っていると、今度は千晶のスマホが鳴った。もちろん、かけてきたのは陸人だ。

「先輩が見つかりましたー！」

「近くにいたの？」

「同じキャンプ場です！　それで、敦の話をしたら送っていってやるって」

「でも、やっぱりご迷惑すぎる……」

「大丈夫です。ちょうど先輩も帰るところだったそうです」

「え、今から⁉」

デイキャンプだったのだろうか。それにしては撤収時刻が遅すぎるし、泊まりがけで来たのならますますおかしい。いったいどういう事情だろう、と思っていると、その先輩は明日の朝一番でアルバイトがあるらしい。

「急に出られなくなった人がいて、バイトリーダーに頼み込まれてどうしようもなかったそうです。もうキャンプに来てるって言えばいいのに、断り切れないところがその先輩らしいんですよね。そういう人だから、敦のひとりやふたり……」

こんな子どもがふたりもいたら大変だ、とは思ったが、とにかく助かった。

やれやれと思って目を上げると、件の女性がまじまじとこちらを見ている。次の瞬間、千晶はパズルが解けたような気になった。

「陸人くん、その先輩って……」

答えはスマホからではなく、目の前の女性から届けられた。

「たぶん、私のことです。あなたは、榊原千晶さんですよね？」

「陸人くんの先輩……さん？」

てっきり美来の叔父のようなガタイのいい男の先輩だと思っていただけに、千晶はびっくり仰天だった。女性は頷きながら答える。

「はい。陸人くんと海人くんの先輩です。とはいってもとっくに卒業してますけど。じゃあ、この子が敦くんですね？」

「マジかー！」

スマホを通じて彼女の声を聞きつけたらしき陸人が絶叫した。

陸人から聞いた話と本人からの情報はちゃんと一致する。しかも敦や千晶のみならず海人の名前まで口にしているのだから、この人が陸人たちの先輩で間違いない。

なんたる偶然、神様って本当にいるのね……と思いながらもこちらの様子を伝え、電話を切る。話している間も惜しいとばかりに三人で駐車場に急ぐと、そこにはグレーのステーションワゴンが停まっていた。確かに古くてあちこちに傷があるものの、タイヤは真新しいし、なんだかよく走りそうな車だった。

「敦くん、自転車はどこにあるの？」

女性の声で、すぐに敦が受付の横に置いてあった自転車を引っ張ってくる。『敦のチャリぐらい余裕』と陸人が言うだけあって、大人には乗れそうにない小型のロードバイクだった。

彼女は自転車を積み込み、その脇に自分のリュックも突っ込んで言う。

「はいOK。じゃ、行きましょうか」

観音菩薩《かんのんぼさつ》みたいな笑顔に、見ず知らずの人に任せて大丈夫だろうかという心配は秒速で消えた。そもそも、敦にしてみれば千晶だって見ず知らずだ。教師を目指しているぐらいだから、考えなしに敦の帰宅を遅らせた千晶よりも、責任ある行動を取ってくれるだろう。

「ありがとうございます。本当に助かりました」

「いえいえ、陸人くんたちと同じマンションなら通り道なんですよ。なにより双子くんたちが、すごく心配してたんです。『俺たちの弟みたいな子なんです。なんとかお願いします！』って。陸人くんと海人くんからメッセージがバンバン入ってきて……面白いですよね、文面がほとんど同じなんですよ。さすが双子」

ケラケラと笑ったあと、女性は敦を助手席に乗せ、自分も運転席に乗り込んだ。

「じゃ、失礼しますね」

「お気を付けて。敦くん、元気でね」

「ありがと。あ、車なら母さんたちよりも早く帰れる……って、無理だよね」

そこで敦の顔色がわずかに曇る。親よりも早く帰れれば、この騒動について知られずに済むと思ったのかもしれないが、さすがにそれは無理だろう。時刻はすでに午後五時を回った。夕方のラッシュ時でもあるから、そんなに早く帰りつけるとは思えなかった。

千晶と敦の会話をよそに、運転席の女性はナビをセットしている。表示されたルートを確認し、ナビ画面の隅っこに目を走らせたかと思ったら、また何度かキーをタッチした。

「高速を使えば七時までに着けそう。ご両親より早く帰れるかどうかは賭けだけど、とりあえずやってみましょう」

女性は陸人たちから敦の事情を聞いているらしく、また菩薩みたいに微笑む。

陸人が助けを求めたのが大いに納得できる。教師志望だそうだけど、こんな先生がいれば子どもたちはどんなに心強いだろうと思える微笑みだった。

「よろしくお願いします。くれぐれも安全運転で」

「わかってます。間に合っても合わなくても親御さんに事情はお話ししなきゃならないでしょうけど、最大限、敦くんが叱られないよう努めます。たぶん、双子くんたちも来てくれると思いますし」

「三人がかりなら心強いですね」

「……だといいですけど」

一瞬、微かに眉間に皺を寄せたあと、女性は下を向いて車のギアをチェンジする。顔を上げたときにはもとのきれいな笑顔になっていた。

グレーのステーションワゴンを見送ったあと、ゆっくり歩いて自分のテントサイトに戻る。

行く手に、太陽がゆっくり沈んでいくのが見える。これから先は、千晶の時間だ。

敦が無事に帰宅できることを祈りつつ、のんびり過ごすことにしよう。


――なんか最近、キャンプに来るたびに『巻き込まれ事故』が起きるなあ……って、今に始まったことじゃないか。

そもそもカウンセラーを目指した時点で『巻き込まれ事故』多発人生を選択したようなものだ。陸人たちの先輩の女性ではないが、困っている人は捨て置けないし、前世からの因縁としか思えないほどの天敵だった比嘉次長にしても、事情を聞いてあっさり許してしまった。

上司の鷹野に比嘉の妨害工作がなくなった経緯を話した際、彼は文字どおり言葉をなくしていた。どうやら比嘉次長の行為そのものよりも、あっさり許した千晶が理解できなかったようだ。

稀代《きだい》のお人好《ひとよ》しと言われたし、千晶の最初の配属店舗で世話になった彼の妻、鷹野里《り》咲《さ》も同意見だったそうだ。里咲は、それが榊原さん最大の長所でもある、とも言ってくれたらしいが、お人好しは褒め言葉なのか、だとしてもそれ以外に褒めるところはないのか、とちょっと落ち込んだ。

いずれにしても人の好さは折り紙付き、今後もいろいろなことに巻き込まれるに違いない。それもまたよし、という気分で千晶は火を熾し直す。

敦を受付まで送っていく前に消していったが、もともとしっかり火は熾っていたから熾し直しもさほど難しくない。あっという間に火が熾った焚き火台を前に、千晶は首をぐるぐる回した。

究極のソロ活動のはずのソロキャンプでも、これだけ人との関わりができる。無人島にでも行かない限り、ひとりきりで生きることは難しいに違いない。それならば、出会った人との関係はできる限り良好に保ちたい。たとえ一瞬の出会いであっても、気持ちよく別れていけるように気遣いを忘れずにいたい――

そんなことを考えながら、焚き火台に水を入れたクッカーをのせる。

日中暑かったとはいえ、日が沈めば山の中の気温は急激に下がっていく。温かい飲み物を啜りながら時を過ごすのもいいだろう。

――コーヒー……いや、やっぱりお酒にしよう！

焚き火だけを堪能したくてさっさと晩ごはんにしたけれど、結局は半分しか食べられなかった。いくらなんでもこのままではお腹が空いて寝られない。簡単なつまみでも作ってお酒を呑めば、お腹も満たされるし酔いが心地よい眠りに導いてくれるに違いない。

リュックをごそごそ掻き回して、焼酎を取り出す。

とはいっても瓶でも缶でもなく、五百ミリリットル入りの紙パックだ。紙パックの酒はほとんど買わないけれど、持ち運びに便利な上に呑みきれなくても常温保存できるし、ウイスキー同様お湯割りが楽しめる。なにより、この焼酎は紫蘇《しそ》の香りが素晴らしく、普段はあまり焼酎を呑まない千晶が唯一好んで呑む銘柄だった。

——あーいい香り。これ、ロックでもいいんだけど、やっぱりお湯がいいのよねぇ……

シェラカップを鼻先にもってきて香りを確かめる。もともと素晴らしいのだが、ここにお湯を入れるとさらに香りが立つ。胸いっぱいに吸い込みたくなるほどだ。

お湯が沸くのを待ちかねてカップに注ぐ。香りだけでは我慢できなくなり、一口二口啜る。口から鼻に紫蘇の香りが抜けて行く。うっとりしつつ、本当に私の天国は簡単だなあ……と思ってしまった。

しばらくお湯割りだけを楽しんだあと、空腹に気付いておつまみを作り始める。

焼酎という酒はつまみを選ばない。刺身、焼き物、煮物、揚げ物……肉、魚、野菜を問わず、あらゆる料理を懐深く受け入れるから、かえってなにを作っていいのかわからなくなる。もしもポテトチップスの一袋でも持ってきていれば、それだけで呑み続けることだってできたはずだ。

それはそれでよかったのかも……と思いつつ、クーラーボックスからタラコのパックを取り出す。ナイフで切ってそのままつまみにするのが簡単だが、せっかく火があるのだから炙ることにした。

片腹のタラコに金串を突き刺し、焼き網の上にのせる。

問題は火の通し加減だ。タラコは、生でも軽く焼いてもしっかり焼いても美味しい。焼酎同様、懐の深いつまみだが、今日は軽く炙って食べたい気分なので、タラコから目が離せない。目だけではなく、タラコの粒が爆ぜる音を聞き逃さないように耳も傾ける。

最初の一粒がパチリ、ではまだ早い。もう一粒パチリ……まだまだ。続けて三粒、四粒、五粒目がはじけた辺りでひっくり返し、皮に軽く焼き目を付けたところで火から下ろす。これで、外側がきれいに乾き、中はレアな炙りタラコの出来上がりだった。

――これこれ、これが最高なんだよね！　焼酎が紫蘇の香りじゃなければ、焼き立てを大葉にくるんでもいいんだけど、本物の紫蘇が登場しちゃったらさすがに焼酎も立つ瀬がないもん。この熱々をそのままいただくとしますか！

中はレアでも外側はそれなりに熱を持っている。慎重に口の中に入れてガブリ、すかさず焼酎をゴクリ……

微かとは言いがたい塩気と磯の香り、そこに『ちょっと失礼』とばかりに紫蘇の香りが通過していく。熱が通った皮のあたりを噛みちぎったあと、レアな中身に至ったときのふわりとした食感がなんだかほっとさせてくれる。

千晶は、天国のさらに上、それっていったいどこだ！　と言いたくなる場所に到達した。

――し、幸せすぎる！　スーパーで特売のタラコと紙パックの焼酎でここまで幸せになるとしたら、シャンパンとキャビアなんて出された日には……だめだ、そんなの美味しさがわかりっこない……

分相応って大事だ、と悲しい納得をしつつ、千晶なりの『天国のさらに上』を堪能した。

翌日、千晶の目覚めはいつものキャンプの朝より少し遅かった。

昨夜、焼酎とタラコで『天国のさらに上』の場所に到達したあと、残った片腹のタラコを焼くかどうか悩んでいたところに海人からメッセージが届いた。

敦が無事に帰宅したことを伝えてくれたのだが、その際のやり取りがあまりよくなかった。双子たちは、マンションの前で敦が戻ってくるのを待っていたらしいが、タッチの差で敦の父親のほうが先に帰ってきてしまったそうだ。

先というよりもほぼ同時で、双子たちの先輩の車がマンションの前に停まったと思ったら、前方から敦の父親が歩いてきたのだという。

いっそやり過ごそうかと思ったけれど、先輩は翌日バイトなのだから早く帰って休んでもらいたいし、マンションの前にいつまでも車を停めているわけにもいかない。やむなく先輩と三人がかりで敦の自転車を下ろした。

当初、敦の父親は双子の姿を見ても、素知らぬふりで通り過ぎようとしたが、グレーのステーションワゴンから下ろされた自転車、さらに助手席から出てきた敦に気付いて目をつり上げた。

「敦、なにやってんだ！」

父親がそんな声を上げたところに、敦の母も帰ってきた。海人によると、ベビーカーを押していたから保育園に下の子を迎えに行ってから帰ってきたのだろう、とのことだった。

義理の父はともかく、実の母なら少しは庇ってくれるだろうとほっとしたのもつかの間、母親は自宅のベランダを見上げるなり、敦を責めたそうだ。洗濯物が乾いたら取り込んでおくように言ったのに、まだ出しっぱなしじゃないの！　と……

その後、敦は両親に引きずられるように家に戻っていった。もちろん、双子や先輩が事情を説明しようにも、聞く耳なんて持っていない。エレベーターを待つ間も聞こえてくる両親の語気の荒さが、普段の敦の生活を物語っているようで辛かった、と海人は伝えてきた。

さらに、普通なら息子を送ってくれた先輩に礼のひとつぐらい言うだろうにそれすらなしだった、と海人は憤慨する。先輩どころか、心配してあれこれ手を尽くした双子にも一言もなかったそうだから、かなり常識をわきまえない人たちなのだろう。

送ってきてくれた先輩が、心配そうに言ったそうだ。あの子は、身体に危害を加えられこそしていないようだが、心理的にはかなりの虐待を受けているのではないかと……

先輩はひどく後悔していたという。

あの子の父親があまりにも荒々しくて、話をするのが恐くなってしまった。仮にも教師を目指す身ならば、子どものためにもっと踏み込んで話ができなければいけないのに、と……

海人は海人で、先輩を巻き込んだことを悔いていたが、すべての発端は千晶だ。千晶が敦に声なんてかけなければ、双子やあの菩薩みたいな女性が嫌な思いをすることなどなかったはずだ。

『ごめんなさい。全部、私が悪かったです。今後はこんなことにならないように、気をつけます』

そんな千晶の恐縮しきったメッセージに、返ってきたのはとても優しい言葉だった。

『榊原さんが声をかけてくれなかったら、敦は本当に山火事を起こしていたかもしれません。先輩にしても、大きな課題が見つかった、子どもを守るためには、もっともっと強くならなきゃ！　って言っていましたし、悪いことばっかりじゃなかったと思います』

こうして海人とのやり取りが終わったものの、その後も千晶はかなり長い間、眠れなかった。

先輩の懸念はおそらく当たっているのだろう。

両親と妹が出かけて自分だけが残るときも、留守番を強いられているのかもしれないが、それ以上に、敦自身が一緒にいないほうが楽だと思っているからのような気がする。お金は与えられているのだから、と自分に言い聞かせ、コンビニで買い物をする。ひとりぼっちでおにぎりやカップ麺を食べる敦の姿を想像すると、涙が出そうになる。

比べること自体が間違っているのかもしれないが、敦に比べれば学校に居場所がなくても家族の愛に包まれている美来のほうが、遥《はる》かに幸せに思える。

障害がなにひとつない人生なんてあり得ない。ただ、障害物の大きさや数は様々だ。いったい、誰がどうやって決めているのだろう。神様は、乗り越えられない試練は与えないと聞いたことがあるが、それならいっそ神様に、この人には試練を乗り越える力なんてない、と思われたほうが楽ではないか。

障害を乗り越えてこそ成長するなんて余計なお世話だ。成長する方法なんて、ほかにいくらでもあるはずだ。少なくとも、子どもが家族に虐げられることでしか得られない成長なんて必要ない！

ただ黙って焚き火を見つめていた少年――彼の中にある切ない思いにどうして気付いてやれなかったのだろう。これでよく『私をカウンセラーにしなかった社会が間違っている』なんて言えたものだ。

それに、やっぱり自分が送って行けばよかった。あの自転車なら、千晶の軽自動車にだってなんとか積めた。自転車のサイズを知らなかった、なんて言い訳だ。まずそれを確かめて、自分でなんとかできないか考えるべきだったのだ。そうすれば、双子の先輩を悩ますこともなかった。

千晶は、大学三年生の彼女と違って三十一歳、しかもかつてはスーパーの売場に立っていた人間だ。語気が荒かったり、理屈の通らないことを言ったりする客には慣れている。モンスタークレーマーだと割り切って、それなりの対応ができたはずなのだ。

自分で勝手に声をかけて、挙げ句の果てに他人に無茶振り。みんなに嫌な思いをさせてしまった。そんな後悔からなかなか寝付けず、ようやく眠れたのは明け方近く……それが朝寝坊の原因だった。

時刻はすでに九時だ。キャンプでこんな遅い時刻に起きたことはない。

このキャンプ場のチェックアウトタイムは午前十一時だから、さっさと動かないと朝ごはんも食べられない。いっそ食べずに撤収という手もあるが、やはりお腹は空いている。

手のかかる料理はしないというのが今回のポリシーだから、持ってきた食材も手早く作れるものばかりだ。大急ぎで作ればなんとかなるだろう。

昨日敦が驚いた以上のスピードで火を熾し、焚き火台に焼き網をのせる。クッカーに水を入れ、沸くのを待って塩を盛大に振り入れる。

ちょっと多すぎ？　と思うぐらいに振り込み、一瞬沸き立った湯が落ち着くのを待ってマカロニを投入。律儀にスマホで測ってきっちり三分、マカロニを穴あきお玉で掬いだした。

家でなら、流しの上で笊《ざる》に空けるだけで済むのだが、キャンプ場ではそうはいかない。ただの水ならまだしも、熱湯の上にたっぷり塩が入っている。そこらにぶちまけて草が枯れたら大変だ。

笊とセットになったパスタ鍋というものがある。パスタに限らず、野菜でも豆でも笊に入れて茹でて、笊だけ上げれば水切り完了という優れものだが、このクッカーにぴったりサイズの笊が発売されないだろうか。それなら、あとで残ったお湯だけ洗い場に捨てに行けば済むのに……などと、横着なことを考えながらマカロニをメスティンに移す。

昨夜、食べるかどうか迷った挙げ句、結局残したタラコをマカロニの上でほぐし、マヨネーズを搾る。かなり塩気が強いタラコだったから塩は少しでいい。あとは、ぐるぐる混ぜるだけ、あっという間に朝ごはんが出来上がった。

本当はただ茹でたマカロニをマヨネーズで和えて食べるつもりだったのだが、タラコが残っていたからちょっと豪華になった。マヨネーズだけでも黒胡椒をたっぷりきかせれば十分美味しいが、タラコがあればなお良し。タラコパスタならぬタラコマカロニは、手軽にできるのに贅沢な朝食だった。

焼酎の紫蘇風味を台無しにしそうだから、などと言わずに、大葉を持ってくればよかった。そうすればこのタラコマカロニがもっと美味しかったかもしれない。いや、大葉じゃなくてもいい。せめて味付け海苔《のり》の一枚でも……などと思いながら完食。文句を言ったわりにはすごいスピードだった。

時刻は間もなく午前十時、洗い物を含めてギアの片付けはほぼ終わった。あとは折りたたみ式のテーブルと椅子を残すのみだが、チェックアウトまで一時間ある。コーヒーぐらいは飲んでいこう、と千晶はお湯を沸かし始める。

火を熾す必要もなく、さっと取り出して使えるガスバーナーはやはり便利だった。ガスバーナーの青白い炎を眺めつつ考える。

今ごろ敦はどうしているだろう。今日は日曜日だから、家族はみんな家にいるはずだ。叱られたにしても、せめてすべてが昨夜のうちに終わり、両親共々気分を切り替えてすっきりと朝を迎えられていればいい。だが、そんな願いは虚しいだけだともわかっている。

さっと叱って切り替えることができるような両親なら、敦はこんな山奥までやってこない。敦は無意識に焚き火に最大の癒しを求めていた——千晶にはそうとしか思えなかった。

いっそ、朝から妹を連れて出かけてくれればいい。そのほうが敦だって落ち着けるはずだ。昨日海人から送られてきたメッセージの端々に、敦を心配する気持ちが窺えた。そうせざるを得ないほど、敦への両親の対応はひどいものだったのだろう。

もしかしたら、千晶に詳細は告げないまでも、部屋の外まで叱る声が響いてきていたのかもしれない。顔を見合わせて、困ったようにため息を漏らす双子の姿が目に浮かぶ。

その後飲んだコーヒーは、柔らかさがほしくてたっぷり入れたはずのミルクポーションや砂糖はいったいどこに消えた、と思いたくなるほど苦かった。

そんなことがあってから十日ほど経った火曜日の午後、千晶は本社でおこなわれるクリスマス用の新作デザートの試食会に赴いた。

クリスマスと言えばイチゴをふんだんに使った鮮やかな色彩のデザートが主流だが、近年イチゴは値上がりが著しい。本来春から夏が旬であるイチゴを冬に提供するためには温室に頼らざるを得ないし、燃料の高騰が続く中、安くしろと言うほうが無理だ。

それに加えて、バターや生クリームなどの値上がりも続き、五百円玉ではショートケーキをひとつ買うのがやっと、という有様。消費者の買い控えは著しく、デザート業界は息も絶え絶えになっているのだ。

それでもクリスマスぐらいは財布の紐《ひも》を緩めてくれるのではないか。なんとかして緩めてもらいたい、という期待を込めての新作デザートに、商品開発部一同は気合いを込めまくっていた。

千晶が提案するデザートは、クリスマスらしい赤を主体とした鮮やかな彩りと、購入しやすい価格の両方を実現すべく、輸入物の冷凍ベリーを用いたソースをスポンジの表面全体にかけた。スポンジは二層になっており、層と層の間にはこれまた輸入物のキウイを使ったソースが挟み込んである。容器には透明なプラスティックカップを使っているので、真横から覗けば、表面のベリーソースの赤、スポンジのクリーム色、キウイソースの緑、そしてまたクリーム色の重なりが目に入る。

さらに、表面のベリーソースの真ん中に生クリームをほんの少し絞り、ミントの葉とスライスしたイチゴを添えた。けっして斬新なデザインとは言えないが、真上ばかりか横から見てもクリスマスらしい色合いを実現しているし、小型のプラスティックカップを使ったおかげで価格は税込み三百円もしない。コンビニでショートケーキを買うより財布への負担ははるかに抑えられるはずだ。

商品開発部の狙いどおり、クリスマスぐらいは……と奮発する人はいるだろう。

だが、千晶にはその気持ちのすべてがデザートに向けられるとは思えなかった。特に、『ＩＴＳＵＫＩ』の食品売場でクリスマス用の買い物をする人たちは、食事や飲み物、プレゼントにもお金をかけたいけれど、デザートだってやっぱり外せない、という人が多いのではないか。そういった人たちの選択肢になればいいと考えて作った商品だった。

かくして臨んだ試食会で、千晶が持ち込んだデザートは満場一致とまではいかなかったが、八割の賛成を得て商品化されることが決まった。

やはり、豪華一点主義ではなく、すべてをほどほどに満たしたい客層を狙ったのが正解だったのだろう。

――八割の賛成か。もうちょっと低いかと思ってたから嬉しいなあ……これはもうお祝いだ！

時刻は間もなく午後五時だ。課長の鷹野からは、どうせ夕方までかかるだろうし、そのあと商品開発部に戻ったら終業時刻を過ぎてしまうから、と直帰の許可を得ている。

さっさと帰って祝杯を挙げよう、と千晶はエレベーターに乗り込んだ。ところが、エレベーターを降りた千晶は、玄関ホールで外から入ってきた比嘉と鉢合わせした。

「あ、榊原さん！　試食会は終わったの？」

「はい。ついさっき」

「その様子を見ると、商品化は決まったのね？」

「なんとか決まりました」

「よかったじゃない。これで何連勝になるの？」

「いえ、ハロウィンで惨敗してますから、連勝じゃないです」

「そうだったっけ？　でも、それまでは連続通過してたわよね？」

「まあ……でも、一度でもしくじると恐くなります」

「なるほどねえ……でも大丈夫、失敗は成功の母って言うし」

「そう思うことにします。じゃあ、私はこれで……」

和解したとはいっても、もともとは天敵だ。なにより、早く帰って祝杯を挙げたい千晶としては、わざわざ苦手な相手と話し込む理由はない。試食会の首尾を報告しただけで十分だ、と玄関に向かおうとした。

ところが、一礼して比嘉次長の顔を見た瞬間、あの一件が頭に浮かんだ。双子同士もそっくりだが、そもそもその双子は比嘉にそっくりだ。比嘉の顔から双子を連想するのは当然だろう。

双子が敦の件を母親に報告したかどうかはわからない。ただ、勝手に彼らに面倒をかけた以上、母親にも一言断っておいたほうがいい。

「次長、お聞き及びかどうかはわかりませんが、半月ほど前に息子さんたちにお願い事をしてしまいました。勝手にお使い立てして申し訳ありませんでした」

改めて頭を下げると、比嘉は大きく頷いて言った。

「話は聞いたわ。息子じゃなくて私に連絡してくれればよかった……とは言っても、私は私で留守だったんだけどね」

「お出かけだったんですか？」

「知人の不幸があって夫とふたりでお通夜に出かけていたの。で、帰ってきたら息子たちがやけに難しい顔をしていて、どうしたの？　って訊いたら……」

「難しい顔……」

「そう、難しい顔。家では呑気極まりないあの子たちにしては、珍しかったのよ」

幼いころはもちろん、高校生になった今でも暇さえあればじゃれ合っている。大きな図体《ずうたい》でじゃれ合うから、あっちこっちにぶつかって大変だ。まるで悪戯《いたずら》好きな犬を二匹飼っているようなものだ、と比嘉は笑う。

だが、すぐにはっとしたように表情を引き締めて言った。

「ごめんなさい。うちの近所の子を助けてくださったのよね。むしろ、お礼を言うのはこちらのほうだったわ」

「いいえ、私が引き留めて帰りが遅くなっちゃったんですから、無事に帰すのは私の責任です。息子さんたちばかりか、息子さんたちの先輩にまでご面倒をおかけして、本当に申し訳なかったと……」

「それは仕方ないわよ。そんなタイミングで連絡を入れたあの子たちが悪いわ。しかも、お願い事をしたんでしょう？　因果応報、あるいは飛んで火に入る夏の虫よ」

「そんなことはありませんって。いずれにしても、私はほとんどなにもしてません。敦くんが無事に帰れたのは、海人くんたちのおかげです」

「海人に敦くんのことを知らせたことで任務の六割は完了よ。海人から陸人、そして先輩への情報伝達に一割、先輩の方が敦くんを送っていってくれたことが三割。うちの子たちなんてただのメッセンジャー」

「息子さんに厳しすぎますよ。なんと言っても、あの近くに先輩がいることを思い出して探してくれたのが最大の功績です」

「かもしれないわね。まあ、それはどっちでもいいわ」

どっちでもいいんかい！　と突っ込みたくなったが、上役相手にできることではない。ぐっと言葉を吞み込み、千晶は話を双子たちの『難しい顔』に戻した。

「それで、海人くんたちはどうしてそんなに難しい顔をしてたんですか？」

「うちのマンション、見かけはお洒落なんだけど、賃貸のせいかかなり壁が薄くてね。壁越しにけっこう話し声が聞こえてきちゃうのよ」

「もしかして、敦くんがひどく叱られてたとか……ですか？」

「そうらしいわ。叱られてたって言うより、怒鳴られてたって感じ。あのお父さんは叱ったりできない人なの。ひたすら怒って怒鳴るだけ」

　まあ、娘には甘いけどね、と比嘉は不快そのものの表情で続けた。

「典型的な『我が子だけがかわいい』タイプ。しかも娘ときたらもう、目の中に入れても痛くないって感じ。で、その娘がけっこう敦くんに懐いていてね。どうかしたらお父さんよりもお兄ちゃんが好きみたい。お父さんはそれも気に入らないんでしょうね」

『それが』ではなく『それも』という表現が、敦の苦境を表していた。

「それであの……お母さんは？」

　せめて庇ってやっていてほしい。そんな千晶の望みも虚しく、比嘉は首を横に振った。

「だんまりみたい。お母さんの声は聞こえない。ときどき妹さんの声はしてるみたいだけど」

「妹さん……なんて？」

「『にーに、にーに』って……それでやっと、お父さんの声が止むらしいわ。たぶん、妹さんが敦くんにしがみついてるんじゃないかしら……健気《けなげ》よね」

　比嘉によると、敦の妹は三歳だそうだ。それでも、大好きな兄が父親に怒鳴られているのが辛くて立ち塞がる。自分の行為が一時的に父の声を止める効果があることはわかっているのだろう。ただ、それがさらに父親を苛立《いらだ》たせることまでわかるわけもなく、父親の敦への不快感はどんどん増していく……

「あの……それって通報レベルですか？」

「難しいところね。たぶん身体的虐待はない。休日の留守番も、中学生ならネグレクトって言い切れるかは微妙。買い食いするだけの最低限のお金は与えてるようだし」

「でも、怒鳴られてるんですよね？」

「ええ。ただ毎日毎日ではないの。多くても週に一日、半月ぐらい静かなときもあるわ。悪いことをしたから叱ったたって言われれば、引き下がるしかないのかも」

この前の土曜日にしても、親に無断で遠出した挙げ句、他人に迷惑をかけたという事実に間違いはない。それを咎《とが》めないほうが親としておかしい、という理屈は十分通るだろう、と比嘉は辛そうに言った。

「じゃあ、どうにもならないってことですか？」

「今のところ……。実際、反対隣の人が一度通報したことがあったらしいの。でも、結局は様子見ってことになったみたいで、そのあとその人は引っ越しちゃった。いわゆる言い逃げ？」

「やむを得ないというよりも、それが最上策なのかもしれませんね」

こういった通報は、隣人関係を危うくさせる。それがわかっているだけに、近隣住民は通報をためらう場合が多いが、引っ越しが決まっているのであれば気にする必要はない。敦のために、と奮起してくれた可能性が高いと千晶は思った。

比嘉も頷いて答える。

「そうね……きっとそうなんだろうと思う。でも、実際はなにも変わらなかった。一時的にはお父さんの声が小さくなったけど、しばらくしたら元通りだったし」

「どうにかならないんでしょうかね……」

通報では誰も動かない。事件になって初めて慌て出す。対策を怠った関係部署が記者会見で平謝りするけれど、同じような事件が何度でも繰り返される。悲しい実情だが、その裏には圧倒的な人員不足がある。関係部署の人たちだって、好きで放置しているわけじゃない。なんともやりきれない話だった。

「とにかく、息子たちはお隣の様子に気を配るって言ってるわ。盗み聞きみたいですごく感じ悪いけど、どうせ聞きたくなくても聞こえてきちゃうんだし。あ、それと、敦くん、すごく感謝してたわよ」

「え？」

「榊原さんのおかげで焚き火ができたし、親子丼も美味しかった。焼き鳥缶と卵だけであれだけ美味しい親子丼ができるとは思わなかった。あれなら自分にも作れそうだ、って」

「そっか……コンビニに行かなくても、自分で作ればいいいんですよね」

「そのとおり。で、それを聞いた海人がキャンプに誘ったそうよ」

自転車でも一時間ぐらいで着ける場所にキャンプ場がある。デイキャンプならテントも寝袋もいらないし、利用料だって安いから一緒に行こう、と誘ったらしい。

「デイキャンプ、それはいいですね！」

「でしょ？　敦くんは焚き火をしたがってるし、キャンプなら料理も覚えられて一石二鳥って思ったんでしょう」

おそらく、日帰りなら保護者の承諾も必要ないと考えたのだろう。さらに、ひとりだけ置き去りにされるよりも、自分は自分で出かけるほうが心理的にも楽に違いない。

「キャンプに行くことで一時的に家から離れられるってことも？」

「それもあるでしょうね。海人は、必要ならお母さんには『俺たちが一緒に行くから』って話してやるとも言ったそうよ。ちょっと見直したわ」

「いっぱい見直していいと思います。海人くんも陸人くんも、すごく優しい……。きっと敦くんも心強いでしょう」

「そうね。現に敦くん、たっぷり楽しんだみたいだし」

「え、もしかして、もう行ってきたとか？」

比嘉は『楽しみにしている』ではなく『楽しんだ』と言った。過去形になっているところをみると、少なくとも一度はキャンプに行ったのだろう。あまりの早業に、千晶は驚いてしまった。

唖然とする千晶に、比嘉はクスクス笑いながら答える。

「ええ、先週の日曜日。朝早くから肉や野菜を持って出かけていったわ。おかげでうちの冷蔵庫が空っぽになっちゃって、予定外の買い物に行く羽目になったけど」

敦が楽しんだのならかまわない、と比嘉は言う。『元』天敵の太っ腹な一面を見せられて、すごくいい人じゃない……などと思う自分の単純さがおかしくなった。

そのあと比嘉は、双子たちから聞いたデイキャンプの様子を伝えてくれた。

まずごはんを炊き、キャンプ料理の基本とされるカレーを作った。それだけでは寂しいからとウインナーを焼き、サラダも添えた。デザートに焼いたマシュマロをビスケットに挟んで食べようとしたのだが、火が強すぎて焦げまくって大変だったという。

「すごく楽しそうですね」

「ええ。とっても楽しかったみたい。敦くんはもちろん、息子たちも先輩風を吹かせられるのが嬉しかったんじゃないかしら。もうすでに、次はいつにしようって相談が始まってるわ」

「よかった……あ、でも敦くんのご両親は大丈夫だったんですか？」

「それがね！」

そこで比嘉は、一際嬉しそうな顔になって続けた。

「キャンプから帰ったあと、敦くんは家でも作ってみたんですって。それがけっこううまくできたみたいで、お母さんばかりかお父さんも大喜び!」

双子とのキャンプと同じように、カレーと焼きウインナー、サラダを作ってみた。もちろんごはんは電気炊飯器だし、カレーもウインナーもガスの火、サラダも生野菜を切って市販のドレッシングをかけただけだったけれど、十分な食事である。

仕事でクタクタになって帰ってきた敦の母親は、すでに夕食ができ上がっていることに感動すらしていたし、父親はもともとカレーが大好きだからガツガツ食べたという。

「食べ終わったあと、敦くんに『うまかったよ』って言ってくれたそうよ。妹さんでも食べられるように甘口にしたのがよかったみたい。あんなにすごい声で怒鳴るくせに、カレーは甘口が好きなんて笑っちゃったわ」

「ほんとですね……」

一時的にでも家族団らんらしきものが生じた。両親が喜んで食べてくれたという事実が、どれほど敦を助けたことだろう。これなら、双子も骨を折った甲斐《かい》があったというものだ。

「息子さんたちのおかげですね。この状態がずっと続くとは限らないのが心配ですけど」

「そうね。でも、敦くんは焚き火だけじゃなくて料理にも興味が出てきたみたいだし、それで家族が喜んでくれるなら、案外いい方向に行くような気もするわ」

「そうだといいですね」

「ね。それに、うちの子たちも『俺たちも家で料理しなきゃなあ……』なんて言い出したわ。敦くんのおかげよ」

「陸人くんたち、今までは家でお料理しなかったんですか？」

「ぜーんぜん。あの子たち、キャンプのときはそれなりにお料理しているらしいのに、家ではなんにもしないの」

「……耳が痛いです」

そういえば、千晶も学生時代はそれほど家で料理を作らなかった。それどころか、キャンプでさんざん子どもたちの面倒を見て疲れ果て、帰宅後、シャワーどころか着替えすらせずにベッドに潜り込もうとして母に叱られた記憶まである。

あれは確か、日曜日の夕方だった。よく晴れた日で、母は朝から千晶のシーツを洗って布団もしっかり干してくれたらしい。そんなベッドに、煙臭いなりで潜り込まれたらたまったものではない。

倒れそうになりながらシャワーを浴び、すっきりしてベッドに入って爆睡。『ごはんよー』という母の声で目を覚まし、料理でいっぱいになった食卓につく――それが千晶の学生時代の夏休みだった。

千晶の母は常々、『美味しい料理はみんなを幸せにする。たとえ美味しくなかったとしても、誰かが作ってくれたというだけでも温かい気持ちになれる』と言っている。それはきっと千晶の母だけではなく、家庭の台所仕事を担う人すべての気持ちだろう。

今にして思えば、母は、よその子の面倒を見るぐらいなら少しは家事を手伝って、と考えていたのかもしれない。キャンプで身につけた技能を家族のために生かせ、と……なんとも申し訳ない話だった。

「私も、もうちょっと親孝行するようにします」

「そうしてあげて、ってことで、引き留めてごめんなさい」

「いいえ。私も、あのあとどうなったか気になってましたから、様子が聞けてよかったです。もう少ししたら息子さんたちに連絡してみようかな、とまで……」

「榊原さんはうちの子たちが優しいって言うけど、あなた自身、相当面倒見がいいものね。キャンプ好きの人ってみんなこうなのかしら……」

そんな呟きを漏らしつつ、比嘉はエレベーターのボタンを押した。すぐにドアが開いたところを見ると、ずっと一階に止まっていたらしい。

じゃあまた、と手を振りつつ乗り込んでいく比嘉を見送ったあと、千晶は踵を返した。

玄関から出て、駅への道を歩きながら考える。

比嘉は『海人に敦くんのことを知らせたことで任務の六割は完了』と言ってくれたけれど、実際に敦を救ったのは双子たちだ。

もしも自分がカウンセラーの道を辿っていたら、もっと敦の役に立てたのだろうか。

いくら採用枠が小さくても、ゼロではなかった以上、能力があればちゃんと就職できたはずだ。足りない能力を補う努力を放棄し、流通業界への就職を決めたのはただの逃げだったのではないか……

それでも、とため息を振り払うように千晶は顔を上げる。

あらゆる経験と出会いが、今の千晶を作ってくれた。『五木ホールディングス』に勤めていなくても、いずれはキャンプを再開したかもしれない。だが、鷹野夫妻がテントを譲ってくれなければ、再開はもっと先になっていただろうし、そのタイムラグのせいで美来にも敦にも出会えなかった気がする。

花恵にしても、いくら『推し』の動画配信者がキャンプ好きだったとしても、身近にキャンプを繰り返している千晶がいなければ、手ほどきしてもらえば自分にもできるかもしれない、なんて考えなかっただろう。

『ＩＴＳＵＫＩ』の『アウトドア食材コーナー』に少量パックとレシピを置くことを提案したおかげで、ひとり分の料理を作りやすくなったと喜んでくれた客もいる。アウトドア活動とは無縁な客であるにもかかわらず、である。

今も『アウトドア食材コーナー』の売れ行きは好調だし、他店舗にも展開していこうという動きまである。あれこそ、千晶が流通業に関わったからこその成果だ。

カウンセラー以外の道に進んだからこそ今がある。カウンセラーじゃなくても、誰かの役に立つことはできる。話も聞けるし、千晶と過ごすことで笑顔になってくれる人だっていたのだ。

焚き火の前で、飲み食いしながら話す。カウンセラーとしての能力不足を、焚き火や料理が持つ『癒す力』に補ってもらっている気もする。だがそれがなんだというのだろう。自分が精一杯楽しんでいれば、その楽しさが伝わって、周りだって楽しくなるかもしれないではないか。

——あんた、今の自分が嫌いじゃないでしょ？　そりゃあ、不満はいろいろあるけど、それなりに楽しく暮らしてるじゃない。だったらこれでいいのよ。私は私なりのやり方で進んでいく。それで誰かの役に立てれば御の字じゃない！

千晶はそう自分に言い聞かせ、すっきりとした顔で横断歩道を渡り始めた。

第五話

高圧的な管理人

3
Solo Camping!
焚き火グリル
懐中電灯
BEER
生
ヒートブロック
マット
ビール
焼きそば
ミニプレート
お好み焼き
お好みソース
ホットサンド
メーカー

十一月初日の昼前、千晶は鷹野里咲に呼び止められた。

本社ビルにある社員食堂でのこと、千晶はすぐ近くにある大型店舗の食品売場に新作デザートの売れ行きを調べに売場に行ったあと、昼食を取るべく立ち寄ったところだった。ちなみに里咲は、千晶と同じタイミングで主任から係長に昇進していた。

「久しぶりね、榊原さん！」

「あ、鷹野係長……お久しぶりです。会議ですか？」

「そうなの。なんだか最近、売場を空けることが多くて嫌になっちゃう」

里咲は根っから売場が好きらしく、後方部署への異動を打診されても断ってばかりいると、鷹野課長からも聞いている。会社としても、里咲のように接客技術に長《た》けた販売員は後輩の手本になるので、無理に異動させることもないと思っているのだろう。

それでも、社歴が長くかつ有能となれば、引き受ける責任も、会議に臨むことも増える。販売という仕事が好きで、できるだけ売場にいたいのにいられない、という嘆きは、里咲の本音中の本音に違いない。

「お忙しそうで大変ですね……」

「忙しいのはみんな同じだけどね。榊原さんもこれからごはん？」

「はい。まだお昼にはなってないし、混み合う前に社食を使わせてもらおうかと……」

この食堂は『五木ホールディングス』の本社ビルの一階に設置されてはいるが、従業員だけではなく一般の利用者にも開放されている。従って、正確には『社食』とは呼びがたいのであるが、食事時には席の大半がスーパー『ＩＴＳＵＫＩ』の従業員で埋まってしまうため千晶の認識上ではほぼ『社食』だった。

「食券は買った？」

「はい、さっき買いました」

里咲の言葉に、食券を買っておいてよかったと思う。さもなければこの優しい係長は、千晶の分まで一緒に買おうとしかねない。ただでさえ鷹野夫婦にはお世話になっているのに、社食とはいえ食事までご馳走になるのは心苦しかった。

「じゃ、一緒に食べましょうよ」

そう言いながら里咲は列に並ぶ。

この食堂では常時、五種類の定食が用意されている。

唐揚げ定食と焼き鮭《ざけ》定食は必ず、あとは麻婆豆腐《マーボーどうふ》のような中華風の料理、牛丼、親子丼といった丼物に日替わり定食が加わる。どれもグルメ垂涎《すいぜん》の味とは言い切れないけれど、低価格かつ短時間で提供されるため、コストパフォーマンスのみならず、タイムパフォーマンスもいいと好評だった。

千晶たちの前には七、八人、いずれも制服姿の従業員たちが並んでいたものの、列は順調に消化され、五分もしないうちにふたりは広い食堂の片隅の席に並んで腰掛けていた。

千晶は唐揚げ定食、里咲の前には日替わり定食が置かれている。どうやら今日の日替わり定食はミックスフライ、タルタルソースが添えられているのは魚のフライだろう。

「魚が入ってる……私もそっちにすればよかったなあ……」

「榊原さんってば……」

里咲がクスクス笑う。

どうやら、心の中に留めたはずの声がしっかり外に出てしまったらしい。自分が頼んだものより同席者のものが美味しそうに見えるのはよくあることだが、さすがに声に出すのは恥ずかしすぎた。

「すみません、つい……」

「いいのよ。このフライ、ものすごく美味しそうよね。珍しく」

「珍しくって……」

「珍しいわよ。魚フライでここまで厚みがあるのは。それにタルタルソースもいつもよりもったりしてる。卵もタマネギもしっかり使ってあるんでしょうね」

「え……このタルタルソースって手作りなんですか？　市販のを使ってると思ってました」

「市販のときもあるけど、今日は手作りみたい。なんだか気合いが入ってるわね」

どうしたのかしら、と訝《いぶか》しがりつつも、里咲は早速魚のフライに箸をつける。利用者が多い時間帯に、のんびり話し込んでいるのは迷惑過ぎる。さっさと食べてしまおうということだろう。

サクッという軽い音を聞いて、さらに残念な気分になりながら、お椀《わん》を持ち上げる。味噌汁《みそしる》を一口飲んだ千晶は、馴染みのない味にちょっと驚いてしまった。

「お味噌、変えたんだ……」

「鋭いわね」

さすが商品開発部、と里咲は褒めると冷やかすが半分半分のようなことを言う。ただ、これだけ『方向性が違う味』なら、商品開発部でなくても気付かないほうがおかしいだろう。

「わかりますって。前のお味噌汁はもっとシャキーンとした塩気がありました。でも、このお味噌汁は塩気よりも甘さが目立ちます」

「こういう味は嫌い？」

「いいえ。なんだかほっとします」

「塩気が強いお味噌も美味しいんだけど、甘いお味噌もそれはそれで素敵よね」

「はい。でもどうして変えたんでしょう？」

「正確にはこれは今週だけらしいわ。来週には、また塩気が強いお味噌になるみたい」

「今週だけ、ですか……この唐揚げの鶏肉も、めちゃくちゃジューシーで深みがある味なんですよね。衣が薄くてカリッとした揚げ方も大分《おおいた》っぽいし……もしかしたら鯵《あじ》も九州産とか？」

「え……あ、そうかも」

千晶の言葉に、里咲ははっとしたような顔になった。

「そういえば、このお味噌汁、九州で人気のお味噌の味みたい……じゃあ、鯵も？」

九州は味噌も醤油も甘みが勝つが、鯵もたくさん獲《と》れる。しかも、今里咲が食べているような肉厚で大型のもので有名でもある。ただ、鯵については日本中の至る所で獲れるから定かではないが、少なくとも鶏肉は九州産のような気がした。

「社食で九州尽くし……どうしてそんなことに……」

「あーもしかしたら……」

里咲は首を傾げているが、千晶には思い当たることがあった。

確か先週、関東一帯の『ＩＴＳＵＫＩ』で九州物産展がおこなわれていた。九州で大人気の味噌も、冷凍の鯵フライや鶏肉も販売されたはずだ。この食堂で使われた食材が九州物産展の売れ残りとまでは言い切れないが、まとめて仕入れれば原価を抑えられる。そこまで考えてメニューを決めていたとしたら、この食堂の担当者はかなりの切れ者だった。

だがしかし！　と千晶はそこで拳を握った。

「本当にそこまでやったとしたら、チキン南蛮にしてほしかった！」

この鶏肉でチキン南蛮を作ったらさぞや美味しかっただろう。タルタルソースだってあるのに、と悔しがる千晶に、里咲がとうとう噴き出した。

「本当に榊原さんって面白いわね。あなたがいると退屈しないって言われてるのがよくわかる」

「だ、誰がそんなことを……」

「もちろん夫よ。あなたが部下になったときから、ずいぶんいろいろ聞かせてもらってるわ」

「うう……鷹野課長、ひどい……」

「別に悪口じゃないからいいじゃない。それにしても、こんなに面白い人なのに、どうして……」

「え？」

「あ、なんでもないわ。早く食べちゃいましょう」

思わず口から漏れた、という感じの言葉を吐いたあと、里咲は慌ててまた食べ始めた。

里咲がこんなふうに話を途切れさせることは珍しい。なにかよほどまずいことを言いかけたのか、と気になって仕方がないが、ふと見るとさっきまでちらほらあった空席はすべて埋まっている。とにかく席を空けなければ、ほかの従業員が休憩時間中に食事を終えられなくなる恐れがあった。

その後、ふたりは十分ほどで食べ終わった。食器がのったトレイを返却口に戻しに行ったあと、腕時計を見ながら里咲が言う。

「十二時五分か……。榊原さんはまだ時間はある？」

「大丈夫です」

「じゃあ、コーヒーでも飲まない？　とはいっても、休憩室の自販機だけど」

「ご一緒します」

そしてふたりは従業員用の休憩室に向かった。

いつもご馳走になっているばかりでは申し訳ないので、という千晶の言葉を里咲は珍しくすんなり受け入れた。もっとも、さっさと自動販売機に電子マネーカードをタッチされては断りようがなかったのだろう。

休憩室の椅子に並んで腰掛け、とりあえずコーヒーを啜る。最近は自販機のコーヒーと言っても侮れないわね、などと笑い合いながら三分の一程飲んだところで、里咲が真面目な顔で口を開いた。

「悪口だと思わないでくれると嬉しいんだけど……」

そんな言葉とともに始まったのは、食事をしていたときの『こんなに面白い人なのに、どうして……』の続き、かつ千晶にとってはかなり『痛い』話だった。

「『恐い』ですか……。私、そんなふうに言われてたんですね」

「たぶん、ごく一部の人だとは思うんだけど、私が聞いたときはその場にいた子がみんなして頷いてたの。あ、でも五人、五人だけよ！」

『ごく一部』と『五人』の整合性は取れているのだろうか、とぼんやり思う。

得意か苦手かと訊ねられたら苦手と答える人が圧倒的に多いであろう某昆虫は、一匹いたら百匹いると思え、と噂されている。真偽は定かではないが、同じように千晶を苦手と思う人間が五百人ぐらいいそうな気がしてならなかった。

里咲は、普段の千晶の様子からそこまで落ち込むとは思っていなかったのだろう。もしくはわかっていても言わざるを得なかったのかもしれない。そして彼女は、極めて静かに付け加える。

「でもね、その場の雰囲気でつい頷いちゃった子もいたはずよ。それを言い出した子は、グループリーダー的な立場だったし、わざわざその子に反論してもめ事を起こしたくないって気持ちはあったと思うの」

「ありがとうございます。でも、少なくともひとりは、あえて話題にするほど私のことを恐がってるってことですよね」

「確かに『恐い』とは言ってたけど、本当の意味で恐がってるかっていうと、ちょっと違う気がするの。ただ……」

「ただ？」

「問答無用っていうか、反論の余地なしって感じが苦手なんじゃないかな。でも、あの子たちはどうしてそんなふうに思ったのかしら。部署だって全然違うし、接点なんてないはずなのに」

「『あの子たち』って言うからには、若い子ですか？　あ、やっぱりいいです！」

そういった判断をするからには、どこかに接点があったのだろう。もしかしたら、今も関わりがあるのかもしれない。特定するとその子への接し方が偏りかねない、と言う千晶に、里咲はひどく優しい眼差しで答えた。

「本当にあの子たちの気持ちがわからないわ。こんなに配慮がある人なのに……」

「それを配慮と取ってくださるのは、係長がもともと私に好意的だからでしょう。先入観なしで見たら、ただの自己防衛と取られかねません」

「そうかしら……」

「そういうものですよ。とにかく、少なくともひとりの人間を恐がらせるような言動を私が取ったってことに間違いありません。今後は気をつけるようにしないと……」

「原因がわからなければ、気のつけようがないでしょう」

「まあ、それはそうですけど」

「榊原さんは、面と向かって悪口を言われても感情的になったりしない人だと思う。これは私だけじゃなくて、夫も同じ意見だから信じてほしい。でね、それを前提に言うんだけど……」

そして里咲は、千晶を『恐い』と話していたのがどんなグループだったかを教えてくれた。それによるとその場にいたのは全員が男性、売場経験を経て後方支援部署に異動になったばかりの社員グループだったそうだ。てっきりそういう噂話をするのは女性だと思い込んでいた千晶こそ、自分の先入観に『がっかり』だった。

「あー……なんとなくわかりました」

千晶は文字通りがっくり頭を垂れた。

名前まで知らされなくても『言い出しっぺ』の顔まで浮かぶ。十中八九、商品部の若手、千晶が新商品開発のために、食材の調達ルートを確かめに行ったときに応対した男子社員だろう。

「商品部の子じゃないですか？」

「かもしれない……なにか思い当たることがあるの？」

「あります。半月ぐらい前に、商品部でいくつか質問しました」

「質問しただけ？」

「はい。ただ、私は質問のつもりだったんですが、彼にしてみれば問い詰められた、もしくは叱責《しっせき》されたって受け取ったのかもしれません」

「叱責⁉」

「なにを聞かれても答えられなければ、叱られてるような気になるでしょう？」

あのときは、確か外出する直前だった。これぐらいの時間があれば用は足りると思って質問に行ったのにろくな答えが返ってこず、時間だけが過ぎていった。イライラして口調はどんどんぶっきらぼうになっていったし、おそらく表情にも出ていたのだろう。

話を聞いた里咲が、呆れ顔で言う。

「そんなの答えられないほうが悪いでしょうに」

「異動してきたばかりなら、答えられなくても当然かも」

「だったら、わかる人に引き継げばいいだけの話でしょう？　売場だって経験したはずだし、それぐらいのことできなくてどうするのよ。ちょっと待って、さっき商品部って言ったわよね？」

「はい。おそらくこの秋に異動になった子だと」

「もしかしたら小西《こにし》くんって子かも……」

不意に里咲が目を泳がせた。

どうしたのだろうと思っていると、大きく息を吐いて言った。

「それが本当に小西くんだとしたら、売場にいたときに、何度も大きなクレームを起こしていた子よ。お客様からのお訊ねに適当に答えて叱られて、その次は『わかりません』って言い切ってまた叱られたらしいの。教育係が何度も、わからないならお客様に『確認して参ります』ってお断りして、わかる人に引き継ぎなさいって言ったんだけど、ちっとも直らなかったんですって」

これ以上、売場に置いておくわけにはいかない、と広報部に異動させた。通常なら二年は売場に立たせるのに、一年での異動だったそうだ。しかも、広報部でも勝手な思い込みで仕事をした挙げ句、大間違いの折り込みチラシが出来上がるところだった。上長チェックで気がついたからよかったものの、あのまま印刷されていたら、該当店舗は大混乱に陥っただろう、と里咲は言う。

そんな大きなミスが続き、この九月に商品部に異動することになったそうだ。現在の商品部は優秀なベテランが揃っているから、なんとかしてくれるだろう、と人事部は考えたらしい。

「強者《つわもの》ですねえ……」

「そうなの。私も話しか知らなかったんだけど、そうか……あの子が小西くん……」

噂の『小西くん』はもっとおどおどした感じの子だと思っていた。まさかリーダー的な側面を持っているとは思いもしなかったが、見かけたときの様子から察するに自分の所業を棚に上げて『榊原主任は恐い』と言いふらしかねない。叱られておどおどするタイプのほうがまだマシだ、と里咲は憤った。

「よくわかったわ。榊原さんは全然悪くない。ただの責任転嫁よ。叱られるようなことをしている自分が悪い癖に、なにが『恐い』よ」

「でも、小西くんだけならまだしも、その場にいた他の子たちも頷いたんですよね。私、ほかにもなにかやらかしちゃったんでしょうか……」

思い当たるのは小西だけだが、昇進してからとにかく忙しくて、会社内外を問わずに走り回っている。その途中で、うっかりつっけんどんな対応をしたのかもしれない。

眉根を寄せて考え込んでいると、里咲が慰めるように言ってくれた。

「きっと大丈夫。たとえそうだったとしても、榊原さんがただ忙しいだけで、恐い人なんかじゃないことはわかってる。私はもちろん、商品開発部の人も。ただ、そこまであなたが走り回らなきゃならない状況は問題よ。これは上司の管理不行き届きね。課長が悪いのかしら？」

　その『課長』はあなたの夫ですよね、と突っ込みたくなる。もちろん里咲は百も承知、千晶を笑わせるためにそんな発言をしたに違いない。

　さらに里咲は詫びる。

「変なことを聞かせてごめんなさい。もっとよく確かめてから話せばよかった」

「とんでもないことです。それに小西くんが私を『恐い』と思ったことに間違いはありません。時間がなかったからなんて、それこそ言い訳。今後は気をつけます」

　言葉は多すぎても足りなすぎても問題になりますから、と続けた千晶に、里咲はほっとしたように言う。

「なんか本当にしっかりしたわね、榊原さん。主任になっただけのことはあるわ」

「『課長』のお仕込み、お引き立てです」

「あら……」

　里咲の顔がぱっと明るくなる。夫を褒められてこんなに嬉しそうな顔になるのだから、鷹野夫婦は相変わらず円満なのだろう。

「じゃあ、私はこれで」

「そうね。私も売場に戻らなきゃ」

　そしてふたりはエレベーターで一階に降り、里咲は店舗へ、千晶は駅へと向かった。

──『恐い』か……。なんか、久しぶりに聞いたからびっくりしたけど、昔はよく言われてたよね……進歩してないっていうか、いったん言われなくなったあとで復活したならむしろ退化？

ゆゆしき事態だ、と思いながら電車に乗り込む。

高校から大学にかけて、クラス替えや後輩を迎えるたびに『榊原さんって案外面白い人なんですね』と言われた。『案外』という言葉に、第一印象の恐ろしさが表れている。当時は、大人ぶって難しい話ばかりしようとしていたし、『シニカル』とか『ニヒル』という言葉が持つ印象に憧れていた。

今にして思えば、愚かとしか言いようがないが、『恐い』すなわち『一目置かれている』と同義だとまで思っていたのだ。

その愚かさに気付いたのは心理学を学び、しっかり自己分析をした結果だ。誰かに認められたいとか一目置かれたいという意識そのものが、劣等感の裏返しだと悟ったおかげで、恐がられるより頼られる、困っている人を助けられる人になりたいと考えるようになれた。今になって学生時代に逆戻りなんて目も当てられない。

そこまでは簡単に導き出せる答えだ。けれど、問題は今後どうすればいいか、具体的にどんな言動が、小西に『恐い』と思わせたか、である。

まさか小西本人を捕まえて問い詰めるわけにはいかない。そんなことをしたらますます恐がられるだけだ。あの日、商品部で彼と交わしたやり取りを思い出そうとしてみたが、詳細な記憶はない。ただ残っているのは、非常にイライラした、という思いだけだった。

――これは時間をかけなきゃならない問題だ。今そんな時間はない。どうせ今週末はキャンプに行くから、そのときにでもゆっくり考えることにしよう……

いったんこの話はストップ、と決め、千晶は思考を次の企画商品の材料調達問題に切り替えた。

十一月第一土曜日の午後、千晶はキャンプ場に到着した。

今回予約したキャンプ場はテントサイトまで車を乗り入れられない。車を駐車場に停めたあと、チェックインしようと管理棟に向かった千晶に聞こえてきたのは、管理人と話している先客の声だった。

話すというよりも言い合いに近い問答に、思わず足を止める。

「いちいちそれぐらいのことで文句を言わなくていいだろ！」

「それぐらいのことじゃありません。それにたとえ些《さ》細《さい》なことだったとしても決まりは決まりです。『それぐらいのこと』ってみんなが守らなくなったら、めちゃくちゃになります」

「キャンプ場はもともと火を使う場所じゃないか。打ち上げならともかく、一分も保《も》たないような手持ち花火が禁止されてるほうがおかしい。それとも花火は夏しかやっちゃ駄目だとでも言うのか⁉」

「場所と時間が決められてるだけで、禁止されてるわけじゃありません。管理棟前の広場で、午後八時までならＯＫです」

「テントサイトからここまで来るのに、どれぐらいかかると思ってるんだ。そんな決まりを作るならテントサイトまで車を乗り入れられるようにしとけ！」

「とにかく決まりは決まりです。それを守らなかったあなたたちが悪いんです。それに、あなたたちが花火を始めたのって、夜中の十時ですよ？　それから一時間以上騒いでたそうじゃないですか。決まりがなくても常識外れです」

「十二時前には終わらせた。キャンプに来たらそんなもんだろ」

「うちのキャンプ場の規則は全部ホームページに書いてあります。午後十時以降はお静かに、って記載してあります」

「あんなに細かい字でずらずら書いてあるのを全部読んでられるか！」

「細かい字だって知ってるってことは、記載があること自体はわかってたんですよね？　ちゃんと読まなかったあなたが悪いんじゃないですか？」

「なんだと！」

「それと、チェックアウトタイムはとっくに過ぎてます。延長料金を払ってください」

「延長料金だあ⁉」

「それもホームページにちゃんと書いてあります。一時間ごとに千円、チェックアウトタイムは午前十一時、現在時刻が午後一時五分、三時間経過ですから三千円ですね」

「三時間じゃなくて二時間五分だろ！　五分ぐらい負けとけよ！」

「延長時刻は一時間単位です。二時間一秒でも二時間五十九分五十九秒でも三千円です。それと一泊二日で二回も規則違反がありました。あなたたちは、もう二度とうちには来ないでください」

「誰が来るか、こんなとこ！」

捨て台詞《ぜりふ》を吐き、先客が管理棟から出てきた。おそらく四十代半ばから後半ぐらい、無精なのかあえてなのか判別しづらい感じの髭面だった。ポケットに財布を突っ込みながらだから、延長料金は払ってきたのだろう。

先客は、管理棟の前で立ち止まっている千晶に気付いて言う。

「あんた、今から？」

「あ……はい」

「悪いことは言わないからよそに行けよ。せっかく自然の中でのんびりしたいと思ってきたのに、あんな管理人がいるようじゃ全然楽しめない。規則、規則ってがんじがらめにされるぐらいなら、家でテレビでも見てるほうがマシだぞ!」

周囲に轟《とどろ》くような声で言い残し、男は駐車場に向かう。車の助手席の窓から心配そうにこちらを見ている女性、そして後部座席には小学生ぐらいの女の子の姿も覗いている。おそらく家族でキャンプに来て、深夜まで花火を楽しんだ挙げ句、寝過ごしてチェックアウトタイムに間に合わなかった、というところだろう。

言いたいことだけ言った先客は、そのまま足音高く車に歩み寄り、すごい勢いで去って行った。空ぶかしまでしていたから、相当腹を立てていたに違いない。帰り道で事故を起こさないことを祈るばかりだった。

『せっかく自然の中でのんびりしたいと思ってきた』ことに間違いはないが、台無しにしたのは管理人だけではない。あの先客も同罪、むしろ規則を守ってさえいればあんな騒動にはならなかったことを考えると、先客のほうが罪が重そうだった。

いずれにしても、せっかく予約して出かけてきたのだからこのまま引き返すのは愚の骨頂だ。とにかくチェックイン手続きをしよう、と千晶は管理棟に入っていった。

中にはさっきの髭面の男と同年代らしき女性がいた。細身で神経質そうに見える。おそらくこの人が管理人だろう。

「予約しました榊原ですが……」

「榊原なにさん?」

「あ、榊原千晶です」

「榊原千晶……ああ、あるわ。じゃあ、利用料三千円ね」

「車で来ましたから、駐車代もいっしょにお願いします」

「車のサイズは？」

「軽自動車です。ナンバーは……」

そこで自分の車のナンバー、ついでに色も一緒に告げると、寄りっぱなしだった管理人の眉間の皺が少しだけ伸びた。

「了解です。じゃあ、これは領収書。私の携帯番号も書いてあるから、なにかあったらそこに連絡して。テントサイトは十一番、直火は禁止。焚き火台とか焚き火グリルはどんな感じ？」

「脚の長いタイプですが、焚き火シートは使うつもりです」

「脚の長さはどれぐらいあるの？」

「折りたたみの椅子に座って使えるぐらいの高さです」

「折りたたみ椅子って言ってもいろいろあるわよ。脚の長さは？」

「たぶん三十センチぐらいかと」

「三十……まあ大丈夫だとは思うけど、念のためにヒートブロックマットを使って。そこにあるのを持っていっていいわ」

「あ……はい」

領収書を財布にしまい、管理人が指さすほうを見る。そこには大小二種類のヒートブロックマット――焚き火シートの下に敷いて、より地面を熱から守るための黒いマットが置いてあった。

どちらのサイズを使うべきか迷っていると、管理人がまた口を開いた。

「ソロキャンプで、脚が三十センチあるなら小さいほうでいいわ。大きいのは重いし」

「そうですか。じゃあ、お借りします」

「壊さないようにしてね」

そう簡単に壊れるような素材じゃないだろ、と口の先まで出かかったけれど、なんとか呑み込む。とにかくこの管理人はうるさすぎる。やり取りすればするだけ言葉の端々に引っかかる。さっきの客が悪いのは間違いない。それでも、この管理人が相手でなければあそこまで腹を立てなかった気がした。

だがまあ、一般的に管理人と会うのはチェックインとチェックアウトのときぐらいだ。よほどのトラブルにでも見舞われない限り、撤収するまで彼女に会うことはないだろう。

ところが、一時間もしないうちに、千晶はそれが希望的観測に過ぎなかったことを思い知らされることになった。

――また見回ってる……

テントサイトに面した道を歩いてくる管理人の姿を見つけ、千晶は唖然とした。

これでもう何度目だろうか。少なくとも二時間に一度、もしかしたら一時間半に一度ぐらいは姿を見ている。はじめは、テントサイトエリアの先に事務所か倉庫でもあって、管理棟とそこを行ったり来たりしているのかと思ったが、彼女の様子から察するにただの見回りである。

いや『ただの』なんかじゃない。『念入りな』見回りと言うべき行動だ。なぜなら管理人はテントサイトごとにいちいち立ち止まり、利用者の様子を観察している。おそらく規則違反をしていないか確かめているのだろう。その所作は、まるで拘置所や刑務所にいる刑務官のようだった。

そんなことを考えている間に、隣のテントサイトの利用者が声をかけられた。

「それじゃあ焚き火シートが小さすぎる。地面が焼け焦げちゃうから、管理棟からヒートブロックマットを取って来て」

「今からですか？　管理棟ってけっこう遠いですよね。気をつけますから、今日はこの焚き火シートで勘弁してくださいよ」

「だめだめ。そんな小さいシートで、焚き火グリルの高さだってすごく低いじゃない。ヒートブロックマットを置かないなら、火は使わないで」

「火を使わないでって……そんなの無理でしょ」

「だったら取って来て。今すぐよ」

「……わかりました」

隣の利用者は焚き火シートの上に焚き火グリルをセットして、火をつけようとしていたところだった。バーベキュー用の肉や野菜もサイドテーブルの上の皿に用意されているし、さあ今から、というときだったに違いない。このタイミングで管理棟まで行かなければならないなんて、気の毒すぎる。

それでも利用者は、とぼとぼと管理棟に向かって歩き出す。管理人の厳しい表情を前に従わざるを得なくなったに違いない。

歩み去る利用者を見送った管理人が、満足げに歩き出した。

幸い千晶のテントエリアは一瞥《いちべつ》しただけで通り過ぎたが、三つほど先の区画でまた立ち止まる。そんな感じで、あっちこっちの利用者に注意を促しまくっている。

キャンプ場のみならず、利用者の行動すべてを管理し尽くしたがっているとしか思えない。しかも、まったくお目こぼしなしなのだ。

管理人が要求しているのは、アウトドア活動では基本とされることばかりで、千晶にとっては当たり前、守って当然のことである。ただ、それは千晶が子どものころからジュニアリーダーとして活動し、『正しいキャンプのルール』を心身に叩き込まれているせいで、キャンプの楽しさだけを追求してきた人には窮屈だろう。

千晶としても、キャンプが楽しくなくてどうする、道徳の授業を受けているわけじゃないんだからお説教ばっかりなんて勘弁してほしいという気持ちは十分理解できる。

これでは楽しむどころか、息抜きにすらならない。利用者が『二度と来ない』と吐き捨てて帰るのは当然だった。

——そりゃあ、規則は守らなきゃならないし、大目に見てばっかりいたら意味がないこともわかる。でも、あそこまで徹底する必要はあるのかな……てか、なんであんなに杓子定規《しゃくしじょうぎ》なんだろ……

あまりにも行きすぎた管理人の振る舞いに、彼女の心情が気になってならない。これもきっと心理学を学んだ影響だろう。彼女は心の奥底になにかとてつもなく大きな問題を抱えているのではないか。ただ、たとえそうだったとしても、今のままでは彼女の問題は解消されるどころか、度重なる利用者との『バトル』によって、より大きく深くなりかねない。

千晶は、いたたまれない気持ちでいっぱいになってしまった。

それからあとも、管理人の巡回は続いた。

ただ、よく考えるとそれはすべての利用者が到着するまでの時間だったのかもしれない。テントエリアがくまなく埋まったあと、彼女は姿を見せなくなり、周囲の利用者たちも思い思いに楽しみ始めた。これからしばらく、いわゆる消灯時刻である午後十時までは何事もなく過ぎていくに違いない。

——そもそも、キャンプ場に消灯時刻があるのがおかしいんだよね。まあ、消灯というよりは『お静かに』ってことなんだろうけど……

焚き火は人を落ち着かせる。パチパチという焚き火の『歌声』ほど心地よいものはないと千晶は思っているが、火には正反対の作用もある。火を見て猛《たけ》る人だっているし、集団が大きくなればなるほどその効果は高くなる。グループキャンプで焚き火を囲むうちに、ついつい声が大きくなって周りに迷惑をかけることも多い。それならいっそ、こんなふうに『十時以降は焚き火禁止』と決めてしまったほうが平和なのかもしれない。

日が落ちて、あっちこっちに小さな火が見える中、千晶も自分の焚き火と向かい合う。なんだか妙に高さがしっくりくる。ヒートブロックマットを敷いた分、いつもより焚き火グリルの位置が高くなったようだ。

マットの厚さは二センチ以上、もしかしたら三センチ近くあるのかもしれない。手頃な価格のヒートブロックマットは、厚さ一センチに満たないものが多い。これだけの厚みがあるからには、それなりに値も張るはずだ。そうではなかったとしても、必要枚数を揃えるにはけっこうお金がかかる。それを無料で貸し出すのはすごい。信じられないほど小煩《こうるさ》い管理人だが、そこまでして環境を守ろうという気持ちは評価すべきだろう。

——いつもより二、三センチ高いだけでこんなに使いやすくなるんだ……。地面を熱から守れるだけじゃなくて、焚き火グリルの高さもちょうどよくなるなら、ヒートブロックマットを買うって手もあるな。畳めるし、重くもないから持ち運びに困ることもないし……

料理をするにはもう少し火が落ち着くのを待たなければならない。その間に、と千晶はスマホを取り出し、ヒートブロックマットの値段を検索してみた。

その結果、ちょっとお洒落なランチを二、三回我慢するだけで買える値段だとわかり、即座に『購入する』キーをタップする。在庫ありと表示されていたから、次回のキャンプまでには届くことだろう。

スマホから焚き火グリルに目を移すと、炭火はちょうどよく落ち着いている。これで料理に取りかかれる、と千晶は焚き火グリルにホットサンドメーカーをのせた。

ホットサンドメーカーが温まるのを待つ間に、材料の準備をする。

今日はホットサンドメーカーでお好み焼きに挑戦する予定だ。とはいっても、キャベツはすでに刻んであるし、豚肉も切る必要はない。本当はバラ肉の薄切りにしようと思っていたのだが、三十パーセント引きの上にさらにでかでかと貼られた半額シールに負けて焼き肉用を買ってしまった。焼き肉用だからかなり厚みがあるが、バラ肉に違いはない。厚い肉はそれだけで神！　と信じて購入した。あとは溶いた粉と一緒にホットサンドメーカーで焼けば、大阪のお好み焼きの出来上がりだった。

ところが、ボウル代わりのクッカーに粉と水を入れ、キャベツも入れようとしたところで、千晶は不意に手を止めた。

キャベツがずいぶん細かい。それもそのはず、このキャベツはサラダコーナーで買った千切りなのだ。もちろんこれも半額シールつきだ。買い物は昨日の夜に済ませたが、その時点でキャベツ四分の一個が九十八円だったのに対して、千切りは五十四円。千切りを選ぶのは当然のなりゆきだった。

焚き火グリルの上のホットサンドメーカーに目をやる。いつも肉や魚を焼くときはミニプレートや浅型のクッカーを使っているが、お好み焼きには表面積が小さすぎる。これならひっくり返すのも簡単、とホットサンドメーカーを持ってきたが、フライ返しで苦労してひっくり返す必要がないなら、もっと冒険してもいいのではないか……失敗したところで困るのは自分だけだ、という確信のもと、千晶は粉を溶いたクッカーにさらに水を足した。

――こんなもんかな……あ、ミニプレートもいるな……

ミニプレートを焚き火グリルの隅っこにのせたあと、緩く溶いた粉をホットサンドメーカーに流し込み、その上に千切りキャベツを盛り上げる。その上に天かすと刻み葱をたっぷり、さらに豚バラ肉をどかどかのせて、クッカーに残っていた粉をたらり……

蓋をしてしばらく焼いたあと、えいやっとひっくり返す。気合いを入れてひっくり返したあと、そんなに気張る必要はなかったと自嘲する。ホットサンドメーカーなんだからどう考えたって失敗するわけがない。問題はこの先だ。

温めておいたミニプレートに油を引き、焼きそばをのせる。一袋全部は入りきらないから半分だけにして、塩胡椒とソースで味付けをする。ただし、あまり濃い味付けはいらない。いっそなくてもいいぐらいだが、やっぱり少しは味がついていてほしいというだけの話だ。

炒め終わった焼きそばを片隅に寄せて、空いたスペースに卵を割る。

あとはホットサンドメーカーの中身とドッキングさせれば、広島のお好み焼きの完成だった。

――これぞ『予定は未定』の典型ね。理論上は間違ってないはずだけど、ホットサンドメーカーとミニプレートの合わせ技で、簡単に広島のお好み焼きが作れるとしたら快挙！　これなら家でもできそう……

千晶はこれまで、広島のお好み焼きを家で作ったことはなかった。

もちろん、広島のお好み焼きが嫌いなわけではない。野菜たっぷりかつ麺まで入った広島のお好み焼きは、一枚でお腹がいっぱいになるし、断面が芸術的だとすら思う。一方、大阪のお好み焼きの魅力はいわゆる『カリトロ』、表面がカリッとしていて中身がトロトロという食感にある。じっくり焼いてカリカリになった表面にたっぷりソースを塗り、染みこむスピードに負けまいと齧り付く。長時間加熱されたからこそのカリカリさと熱さ——舌を焼かれそうになって慌ててビールを流し込む。

広島であろうと大阪であろうとお好み焼きはお好み焼き、どっちも神だ！　というのが千晶の持論だった。

それでもなお、家では大阪のお好み焼きしか作らない。作らないのでなく、作れない。千晶の手に負えるのは、具材はキャベツと豚肉と卵だけというシンプルな大阪のお好み焼きがせいぜいなのだ。

だからこそ、広島のお好み焼きへの憧れが募る。あれが家で作れたらどんなに素敵だろう。今日は大阪、明日は広島、たまには俺も食べてくれ、と東京のもんじゃ焼きに文句を言われる日々……素晴らしいではないか。

憧れの広島のお好み焼きが自分の手で作れるかもしれない。千晶は興奮のあまり、息が荒くなりそうだった。

ホットサンドメーカーを開けて、まず焼きそばを移す。続いて卵だが、こちらはまだ白身が透き通ったままで、半熟ですらない。気にせずえいやっと移すと、焼きそばの上で決壊し、黄身がたらりと流れ出した。

このまま蓋をして火にかければ卵はすぐに固まる。広島のお好み焼き完成まであと一分、といったところだろう。

一分後、どうか焦げ付いていませんように！　と祈りながらホットサンドメーカーを開けた千晶は、歓声を上げた。

「やった、大成功だー！」

周りのキャンパーたちが何事かとこちらを見た。

すみません……と軽く頭を下げたものの、興奮は収まらない。ホットサンドメーカーを持ったまま、踊り出したい気分だった。

――ひっくり返すのを失敗しないってだけで、こんなに簡単になるんだ！　餃子だって焼けるし、お好み焼きも作れる。形にさえこだわらなければたこ焼きだっていけるんじゃない？　ホットサンドメーカーってすごい！　買ってよかった！

もはやホットサンドメーカーなしのキャンプはあり得ない、とすら思う。ネットニュースやアウトドア雑誌で紹介されまくっているのも納得だった。

とはいえ、感動し続けている場合ではない。さっさと食べないと冷めてしまう。大急ぎでお好み焼きソースとマヨネーズを絞り、箸を持とうとした手を止める。広島であろうが大阪であろうが、お好み焼きにはビール。それが千晶の鉄則だった。

クーラーボックスから缶ビールを取り出し、プルタブを引く。溢れそうになった泡を一口啜り、満を持してお好み焼きを頬張る。濃くて、ちょっぴり甘くて、ところどころでスパイシーなソースが、口中に広がった。

——あーうん、君はやっぱり広島の子なんだね！

そんな思いが湧く。

おそらくこのソースは、広島だけではなく日本全国、もしかしたら海外でも使われているかもしれない。それでも、やっぱり広島のお好み焼きにかけたときが一番魅力を発揮する。ソースそのものが大喜びしている気がするのだ。

それと同時に、少し反省をする。

広島のお好み焼きに広島で作られたソースがぴったりなのは当然だ。それなら大阪のお好み焼きも大阪で作られたソースで食べるべきではないか。広島のソースをかけても十分美味しいけれど、もしかしたら大阪のソースをかければもっともっと美味しいのかもしれない。

大阪のスーパーのソース売場は信じられないほど広いという。千晶は実際に見たことはないが、お好み焼きだけでなく、焼きそば専用、たこ焼き専用、串かつ専用……それぞれが何種類も並べられているそうだ。しかも、どれも同じぐらい売れているというからすごい。大阪は粉物文化と言われるが、同時にソース文化でもあるのだろう。

——今度大阪に行くことがあったら、大阪のソースを買ってきて生粋《きっすい》の大阪の『豚玉』

を作って食べてみよう。それが公平ってものよ！

なにが公平なんだ、と自分でも笑いながら、千晶はお好み焼きを食べ続ける。

お好み焼きを完食したあと、半袋残った焼きそばを塩胡椒と鶏ガラスープで味付け、最後に醤油を一垂らしして風味をつける。ソースから塩味への焼きそばの味変で四分の一ほど残ったビールを呑み干し、千晶の夕食は終了した。

後片付けと就寝準備を済ませた午後九時二十五分、千晶は焚き火グリルの中の炭火をぼんやり見ていた。

キャンプは焚き火のためにある、薪が生み出す炎と歌声こそが至高、と豪語する千晶だが、最近は炭火もなかなかだと思うようになってきた。

炭火は火を熾して落ち着いたあとは、ただただ静かに燃える。照明の役割はほとんど果たせないけれど、炭は火をつけやすいばかりではなく、遠赤外線効果まである。もちろん、炭火焼きならではの香りもつけてくれる。

料理をし尽くしたあと、炭火が消えていく様子をのんびり眺める。夏の盛りを過ぎて、夜の気温低下がありがたさから不安に変わり始めるころ、炭火を見守る時間がどんどん心地よくなっていく。もしかしたらこの無口な明かりは、焚き火の歌声よりも癒しをくれるのかも、と思うほどだった。

どちらか一方で十分用は足りる。だが、薪も炭もそれぞれの持ち味がある。だからこそ荷物になるのは承知で両方持ってきてしまう。

祖母が譲ってくれた軽自動車のありがたさをしみじみと感じる。ほかにも孫は何人もいたし、あのころの千晶はキャンプを再開していなかった。それでも、あえて千晶に車を譲ってくれた祖母の先見性に頭が下がる思いだった。

祖母は今、特別養護老人ホームに入居している。両親は時折訪ねているようだが、千晶はこのところご無沙汰だ。近いうちに会いに行きたいなあ……と思ったところで、遠くのほうから甲高い女性の声が聞こえてきた。

チェックインしてから何度となく聞いたから覚えている。間違いなく管理人の声だ。きっと消火を確認して回っているのだろう。

「そろそろ火を消してください」

「まだ九時半にもなってないのに？」

「ご存じないならお教えしますが、焚き火ってすぐには消えないんです。十時に完璧に消火するためには、今から消してもらわないと」

「夜食用にお芋を焼いてるところなんです」

「それは関係ありません。時間までに焼き上がるようにしなかったあなたが悪いんです。とにかくさっさと消火してください」

千晶のテントサイトから姿は見えないが、管理人が仁王立ちで利用者に火を消させている様子が目に浮かぶ。利用者は苦虫を嚙み潰したような顔で火を消しているに違いない。

周りのテントサイトでまだ焚き火を楽しんでいた利用者たちが、ごそごそと動き始めた。どうせ消さなければならないなら、文句を言われる前に片付けようということだろう。

やれやれ……とため息を漏らしつつ、焚き火グリルを覗き込む。

早い時刻に夕食を済ませたあと、最小限の炭しか足さなかったおかげで、千晶の焚き火グリルは、灰の中に小さな炭がふたつ残っているだけだ。炭には火がついているけれど、この大きさならあと十分もあれば燃え尽きるはずだ。

あっちこっちのテントサイトで声をかけまくっていた管理人が、千晶のところにもやってきた。

炭火グリルを覗き込んで言う。

「あなたは大丈夫そうね」

「あとちょっとで消えます。今、九時三十五分ですから十時までには消火完了します」

「助かるわ。みんな、火が消えるのにかかる時間まで全然考えてないんだもの」

そんなことを言われても、こんなに厳密な消灯時刻があるキャンプ場は珍しい。制限されない限り、火なんて燃え尽きるまで放置する人のほうが多いのだから、消火にかかる時間なんて考えるはずがなかった。

「『この時刻までに消せ』と言われるところは少ないのかも……」

少なくとも私は聞いたことがない、と思いながらも、管理人を刺激したくなくて控えめな表現に留める。

ところが、千晶の配慮も虚しく、彼女は怒濤《どとう》の勢いで言い返した。

「それが信じられないのよ！　こんな燃えやすいものばかりがある山の中で、野放図に火を焚くなんて、山火事を起こしてくださいって言ってるようなものよ！」

「え……でも、みんなそれなりに気をつけてますし、管理人さんも夕方しっかり注意して回られてたじゃないですか」

「それはみんながまだ素面《しらふ》のときの話。お酒を呑んで気持ちよくなったら、ついつい火の管理が疎かになりがち。どうかしたら、火なんて消しもせずに寝ちゃう人だっているのよ」

「大丈夫なんじゃないですか？　だって焚き火台とか焚き火グリルを使ってるんですし」

「急に風が強くなったらどうするの？　強風で焚き火台が倒れるってこともあるでしょ？　燃えやすいものが飛んできて焚き火グリルの上に落ちて火がついちゃうかもしれないし」

「そう……ですかね」

　そんな確率が何パーセントあるというのだろう。しかも、焚き火台や焚き火グリルが倒れるほどの強風なら、テントだって無事とは思えない。さすがに寝ているキャンパーだって気になって起き出すし、その時点で火の始末をするに違いない。

　それでも管理人の口調は一向に緩まず、『心構えの足りない』キャンパーを罵り続けた。どれも正論なのでただ聞くしかない。それでもあまりの勢いに、この人はなにかよほどのトラウマでも抱えているのではないか、と思い始めたころ、ようやく管理人は次のテントサイトに移動していった。

　――これ……私は別にかまわないけど、ほかの人は相当不快だろうなあ……

　こうやって片っ端から利用者に『二度と来ない』と思わせていたら、いつかこのキャンプ場に来る人はいなくなる。キャンプ場だってボランティアではないのだから、経営が立ちゆかなくなって閉鎖するしかなくなる。

　ただでさえ、ハイシーズンは予約が取れなくて大変なのにこれ以上キャンプ場が減るのは勘弁してほしい。特にこのキャンプ場は、千晶のアパートからぎりぎり一泊二日で利用できる距離にあるだけに、閉鎖してほしくなかった。

　炭は燃え尽き、灰の始末もしっかり済ませた。

　あとは寝るだけ、とテントに潜り込んだものの、まだ時刻は午後十時をすぎたばかりで眠気はない。むしろ、あの管理人はなぜあんなふうになってしまったのだろう、という疑問で目が冴《さ》えきってしまった。

やむなく千晶は暗闇の中でスマホを取り出し、検索を始めた。

途中で流れてきたニュースが気になって読んでみたり、毎日ちょっとだけやっているゲームアプリにログインしてみたり……という寄り道をしつつも、キャンプ場の名前を検索窓に打ち込み、結果に目を走らせる。

キャンプ場のホームページを筆頭に、利用者によるレビューがずらずらと並ぶ。ほとんどがあまりいい評価ではないが、中には『設備も管理も充実していて安心できるキャンプ場』という評価もある。キャンプの基本と常識がしっかり身についているキャンパーにとっては、このキャンプ場のルールを守ることは難しくないのだろう。

ただ、そのあといくらレビューを読んでも、管理人のトラウマの原因を見つけることはできなかった。そう簡単に謎解きはできないか、と諦めかけたとき、とあるレビューに行き当たった。それによると、ここは、五年ほど前まで違う場所にあったキャンプ場が名称を変更して移転してきたものらしい。

――ふうん……名前を変えたんだ……前のキャンプ場はどうなったんだろ……

そのまま、変更になる前のキャンプ場の名前を検索窓に入力する。

その結果、千晶はかつて起こった山火事について知ることになった。

今から六年前、とあるキャンプ場で火事が起こった。

深夜、キャンプ場の倉庫から出火して敷地内の木々を何本か燃やしたらしい。怪我人が数名出たという記録もあるものの、晴天続きで乾燥していたし、場合によっては大規模な山火事になりかねなかった、よくぞこれで済んだものだ、と言われたそうだ。

火事が起きたキャンプ場の経営者と、今千晶がいるキャンプ場の管理人は同じ苗字《みょうじ》だった。親子、兄妹、もしかしたら夫婦かもしれない。

いずれにしても山火事で恐い思いをしたにもかかわらず、あの管理人は今なおキャンプ場で働いている。このキャンプ場は経営者が管理人を兼ねてもいるから、移転にあたって経営を引き継いだに違いない。もともと彼女もそこで働いていたのか、移転後に働き始めたのかは定かではないが、けっして平坦《へいたん》な道ではなかっただろう。

あれこれ調べているうちに、ただでさえあるとは言えなかった眠気が消え失せてしまった。おまけに寝る直前に飲んだ水のせいか、お手洗いに行きたくなってきた。

やむなく起き上がり、少し離れたところにあるトイレに向かう。その途中で、千晶は足の裏に違和感を覚えた。パキッという音も聞こえたし、どうやらなにかを踏んで壊してしまったようだ。

持っていた懐中電灯で照らしてみると、千晶が踏んだのはボールペンだった。

——あーあ……やっちゃった。でも、こんなに暗い道の真ん中に落ちてたら避けようがないよね。誰のものかは知らないけど、ごめんなさいってことで……

元はボールペンでも、この状態ではゴミでしかない。ゴミを道の真ん中に落としておくわけにはいかない、と拾い上げる。これはむしろ、美化運動ではなく証拠隠滅では？　などと疑いながらよく見ると、『元』ボールペンにはキャンプ場の名前が書かれた小さなシールが貼られている。どう考えてもこのキャンプ場の備品、おそらく見回りの際に管理人が落としていったものだろう。

しらばくれることはできる。このまま放置したところで、千晶が踏んで壊したなんて誰にもわからないし、ゴミとして持ち帰ってしまえばほぼ完全犯罪だ。

心の中で『謝りに行きなさい』という天使と、『ばっくれろ』という悪魔が争い始めた。だが、ここで悪魔に軍配を上げられるようなら苦労はない。律儀というか、損な性格だよねえ……と諦め気分で、千晶は管理棟に向かった。ただ、管理棟に管理人がいるとは限らない。もしもいなければ、この一件はなかったことにしよう。たとえ天使が口をへの字に曲げようと、一応努力はしたのだから許されるはずだ。

ところが、管理人の不在を期待しつつ行ってみた管理棟には煌々《こうこう》と明かりがついていた。ガラス戸の向こうに、机に両肘《りょうひじ》をつき、頭を抱えている管理人が見える。その姿勢から、彼女を包む不安、あるいは苦悩らしきものが伝わってくるようだった。

どうしよう……と思ったとき、管理人が頭を上げてこちらを見た。やむなく引き戸を開けて声をかける。

「こんばんは」

「どうしたの⁉　なにかあった⁉」

目は見開かれ、苦悩が動揺に変わる。こんなに驚かせるぐらいなら、すっとぼけておくのだったと後悔するほどの狼狽《ろうばい》ぶりだった。

「なにもありません！　いや、あったのはあったんですけど、そこまでのことじゃないというか……ごめんなさい！　これ、踏んづけちゃいました！」

一気にまくし立てたあと、千晶は『元』ボールペンを両手で掲げて深々と頭を下げる。

何事かと近づいてきた管理人が、力が抜けた顔で言う。

「ボールペンか……見当たらないと思ってたけど、外で落としてたのね」

「私のテントサイトからお手洗いに向かう途中に落ちてたんですけど、気がつかなくて思いっきり……」

「わざわざそれを知らせに来てくれたの？　こんな古びたボールペンなのに？」

「はい……記名がありましたし、もしかしたらすごく思い出がこもったものかもしれないし……」

心の中の悪魔が、管理人がいなかったらしらばくれるつもりだったくせに、と嘲《あざけ》り笑いをする。そんな悪魔を無視してボールペンを渡すと、管理人はあっさり答えた。

「平気よ。こんなの保険会社のノベルティーだもん。思い出なんてこもってないし、そんなものはないほうがいい」

『そんなもの』という言葉に込められた過去への否定感がすごい。

『元』ボールペンは返せたし、謝罪も済ませた。もう十分だから引き返せ、という悪魔と、こんなに辛そうな人を置き去りにするつもり？　という天使がまた争い始める。結果を待たなくても、勝者は明白だった。

「あの……ひとつお訊ねしていいですか？」

「なに？」

「キャンプ場の仕事がお好きなんですか？」

好きだからやっているに決まっている――千晶が知っているキャンプ場の管理人、たとえば美来の叔父である鳩山宏《ひろし》なら即答するだろう。彼ほどキャンプが好きで、利用者にもキャンプを好きになってほしがっている管理人はいない気がするが、辺鄙《へんぴ》な場所にありがちなキャンプ場で仕事をするからには、大なり小なりキャンプが好きじゃないとやっていられない。

けれど、この管理人に限っては、キャンプが好きそうには見えない。少なくとも、利用者を楽しませよう、キャンプを好きになってもらおうという気持ちは限りなくゼロに近い気がしたのだ。

管理人の返事は、質問に質問で答える形だったが、意図は明白だった。

「好きなように見える？」

「……あんまり」

「でしょうね。じゃなきゃ、そんな質問は出ないものね。でも、どうしてそんなことを訊くの？」

「キャンプが好きじゃないのに、キャンプ場で働くのって辛いんじゃないかと思って」

「辛い……そうね、辛いわ。でも、私には責任があるの」

「責任ですか？」

「そう。キャンプが原因で、危ない目にあったり怪我をしたりする人が出ないようにする責任。うちに来た人にはとにかく無傷で帰ってほしい、ただそれだけよ」

どんなに楽しい時を過ごしたとしても、怪我をしたら台無しだ。ちょっとした切り傷や火傷ならまだしも、病院に駆け込まねばならないような怪我は論外だ。ありとあらゆる危険を防ぎ、無事に帰宅させること——それが管理人の最も大事な仕事だ、と彼女は主張した。

「ちょっとした怪我なら、笑って済ませられるときがくるかもしれない。でも大きな怪我は駄目。とにかくなにより大事なのは安全なの」

そこで管理人はぎゅっと目を瞑る。あまりに苦しそうな様子に、千晶は反射的に口を開いた。

「ごめんなさい！　余計なことを訊いてしまいました」

「もしかして、あなた、前のキャンプ場のことを知ってる？」

「さっき……検索してて見つけちゃって」

「そう……それでもこんなことを訊くなんて、あなたは相当神経が太いわね」

「本当にすみません」

「まあいいわ。そういう人もいるのね……でも、訊いてどうするつもりだったの？」

「どうって……ただ気になったというか、管理人さんがあんまり辛そうだから……」

「辛そう？　煩いとか鬱陶しいとかじゃなくて？」

「それも思いましたけど」

「正直ねえ……」

管理人は小さく笑ったあと、千晶に椅子をすすめて言う。

「そこまで突っ込んできたなら、話を聞いてもらうわ。ちょうど、やりきれない気分でいたから。実はね、今日は夫の命日なの」

「旦那さま、亡くなられたんですか？」

「そう。あの火事が原因で」

「えっ……」

慌てて記憶を探る。探るもなにも、ついさっき目にしたばかりの情報だから、そこまで大変ではない。ここに移転してくる前のキャンプ場で火災が起きたのは、今から六年前のゴールデンウィークのことだった。怪我人については書いてあったが、亡くなった人がいるとは書いてなかった。火事が原因で、という意味がわからなかった。

管理人は深いため息を吐いて言う。

「もちろん、あの火事についての報告には含まれてないわ。火事から三ヶ月以上も経ってたし、客観的に見たら原因は火事そのものじゃないってこともわかってる」

「あの……亡くなられた原因は……」

「本当に、訊きにくいことをぐいぐい訊く人ね！　でもいっそ清々《すがすが》しいかも」

呆れ果てたように笑ったあと、管理人は彼女の夫が亡くなった経緯について話し始めた。

「あの火事が、思ったより被害が少なかったって言われてるのは知ってるわよね？」

「はい」

「どうしてそうなったかわかる？」

「え……消防署の人の懸命な努力とか？」

「もちろんそれもあるわ。たぶん、それが筆頭。でもね、夫がものすごく頑張ったの」

「というと？」

「チェーンソーを持って走ったの。すごくない？」

とにかく延焼を止めなければならない、と判断した管理人の夫は、電動ノコギリで出火元近くの木を片っ端から切り倒したそうだ。幸い大半の木はキャンプ場の敷地内かつ開業した際に経営者が植えたものだったのでそう太くはなく、案外簡単に切り倒せたという。敷地の外まで燃え広がったあとでは、即座に切り倒すなどという判断はできなかったに違いない、と管理人は静かに語った。

「すごいですね……判断の速さもそうですが、どんなに細くても生木を切るって大変でしょうに」

「でしょ？　おかげで倉庫や管理棟は燃えたけど、敷地の外まで火が広がることはなかった。でもね……その火事で夫は怪我をしたの」

「怪我……確か怪我人が何人か出たことは書いてありましたが……」

「その中で一番重傷だったのが夫。最後に切り倒した木を身体で受け止めた感じ？」

これさえ切ってしまえばもう大丈夫、と安心したのだろう、と管理人は当時の夫の心中を推測する。安心が油断を呼び寄せ、木を倒す方向を間違えた。しかもその木は、彼ができれば切りたくないと考えていた木、要するにキャンプ場のシンボルツリーだったそうだ。

「それは安心したんじゃなくて、落胆したんです。シンボルツリーなんて切りたくないに決まってます」

思わず口をついた言葉に、千晶は自分でぎょっとする。相手の言葉をストレートに否定することなんて滅多にない。気心が知れているならともかく、ほとんど知らない相手を頭から否定してかかるなんてあり得ない。明らかに間違っている発言であってもまずは同調、それから相手が悟ってくれることを願いつつやんわりと……というのが千晶、いやカウンセラーとしての常道だった。

今日に限ってどうしてこんなことを……と自分でも疑問に思いながら謝る。

「すみません……旦那さんは経営者として、切らなきゃならないって思ったんですよね」

「……それはそうなんだけど、もっと早く切っておくべきだったのよ」

管理人が絶望的な眼差しで言った。もしや……と思っていると、案の定、シンボルツリーを後回しにしたのは妻の言葉に従ってのことだったそうだ。

「シンボルツリーは大丈夫だと思ったの。火元の倉庫からけっこう離れていたし……でも、突然すごい風が吹き始めてあっという間に火がついたわ。シンボルツリーと隣の木は枝先が触れるか触れないかぐらいの間隔だから、これは切らなきゃ駄目だって……」

幸か不幸か、まだ枝先が燃え始めたばかりだった。今のうちに、と大慌てで切り倒そうとした結果、倒す方向を間違えたそうだ。

「下敷きですか⁉」

シンボルツリーと言うからには、かなりの大きさだったのではないか。しかも枝先とはいえ火がついている木の下敷きなんて、想像するだけで足が震えそうになる。

けれど幸いなことに、管理人は小さく首を左右に振って答えた。

「倒れてきた木にぶつかりはしたけど、なんとか逃げられた。だから下敷きにはなっていない。でもね、最初にぶつかった場所が悪すぎたのね。背中にドーン、だもの」

「背中⁉」

「そう、背中。でも、そのあとも夫は普通に動けていたわ。たぶん興奮状態だったんでしょうね。火が消えて、警察や消防署の調査とかも全部済ませたころ……一ヶ月以上経ってから夫が言い出したの。手が痺《しび》れるって……」

「手だけですか？」

「最初はね。それがだんだん広がって肩までおかしくなって、その次は足も痺れだした。お医者さんに早く診てもらえばよかったのに、病院は遠いし、そもそも夫はすごい医者嫌いだったのよ」

湿布《しっぷ》を貼ったり、マッサージ器を使ったりで誤魔化していた。そのうち治るだろうと思っていたのに、症状は悪化するばかり……そしてある朝、彼女の夫はとうとうベッドから降りられなくなったそうだ。

「足が動かなくなってた。そこで初めて、私は夫が木の下敷きになりかけたことを知ったの」

「え、知らなかったんですか⁉」

　シンボルツリーを切ったとき、彼女もその場にいたとばかり思っていた。ところが、彼女は彼女で動揺する利用者を落ち着かせて避難させるのに懸命だった。転んで怪我をした人の手当もあり、シンボルツリーを切る夫を見ている暇などなかったのだそうだ。

「さっき私が言ったのは、全部あとから夫に聞いた話。私はその場にいなかった。いなかったっていうよりもいたくなかった。夫がシンボルツリーを切ることを決めたあと、逃げ出したのよ。切られるところを見たくなくて……。でもちゃんとあの場にいれば、あんなことにはならなかった。もっと早く、引きずってでも病院に連れて行ったのに」

　管理人は、夫の不調をあの火災と結びつけることができなかった。足が動かなくなって病院に行き、そこで初めて夫が背中に負傷していたことを知った。消えないどころか日に日にひどくなっていく痺れと痛みに悩まされながら、『年かなあ』などと言いつつ今までどおりに動いていたという。

「それから、このあたりでは一番大きな病院に入院して大急ぎで検査を始めたの。でも、大きな病院は患者さんも多いし、夫の状態もあまりよくなかったから検査がゆっくりしか進まなかった。お医者さんは、検査そのものが身体に負担をかけかねないから、って言ってたわ。検査結果が揃わないと原因が確定できず、治療もできない。そうこうしてるうちに夫は虹の橋を渡ってしまった」

手が痺れると言い出してから二ヶ月、足が動かなくなってから一ヶ月しかたっていなかったそうだ。

死亡診断書には『窒息』という文字があったという。検査がすべて終わらなかったから病名は特定できないが、おそらく呼吸神経の麻痺《まひ》によるものだろう、と医師は語ったらしい。

「入院してたのにそんなことがあるか、って夫のお父さんがめちゃくちゃ怒ってた……でも私はそんな気力すらなくて、ただただ自分を責めた。全部私のせいだ。最初からシンボルツリーを切っておけば、目を逸らさずに切るところまでちゃんと見ていれば……って」

「でも、利用者の安全確保は大事です。好き勝手に避難させてたら、もっと大変なことになったでしょうし」

「夫もそう言ってくれたわ。深夜であたりは真っ暗だったのに、利用者は慌てて転んで膝を擦《す》りむいたぐらいで、怪我人はほとんど出なかった。利用者の避難を最優先したおまえのおかげだって褒めてくれた」

「ですよね？　ご夫婦ともにキャンプ場の経営者として最善を尽くしたんですから

……」

「経営者としてはね。でも私は妻としては失格よ。自分で言い出すまで、夫の不調にまったく気付いてなかったんだから。それどころか、管理棟も倉庫も燃えてしまった、これからどうしよう、って落ち込むばかり。火事の後始末も夫に任せきりだった」

背中を負傷している身で、倉庫や管理棟の後片付けをするのはどれほど大変だっただろう。もしかしたら、背中の打撲《だぼく》そのものはそれほど大したことはなかったのに、後片付けで無理をしたために症状を悪化させたのではないか。神経についた傷がどんどん悪化してとうとう呼吸に関わる神経まで――そんな考えが頭を離れず、管理人は夜も眠れなくなったそうだ。

直接的には火事が原因とは言えない。本当は打撲だって関係なかったかもしれない。ただ、ストレスほど病気に悪いものはない。あの火事さえなければ、あんなに急激に悪化することもなかったのでは……と思ってしまう。そんなふうに自分を責めるのはこの管理人だけではないだろう。だが、その考えが正しいかどうか判断する材料がない以上、千晶にできるのは否定することだけだった。

「管理人さんの責任なんかじゃありませんよ。おふたりともが、自分がすべきことをしていた。その結果、不幸な事故が起きた。それって、どうしようもないです。怪我をしたことを隠したのだって、旦那さんの意志です。お話を伺う限り、旦那さんはものすごく責任感の強い方ですよね？」

「そうね……夫は責任感のかたまりみたいな人だった。私がどれだけ感情に流されそうになっても、やるべきことをやるべきタイミングでちゃんとやる。自慢の夫だった」

「でしょう？　そしてたぶん、旦那さんも奥さんのことを同じように思ってた」

「そんなはずないわ。だって私、シンボルツリーをなくしたくなくて、切らなくていいって言い張ったぐらいだもの。前のキャンプ場を開くことになったとき、あの木の場所を前提に管理棟や倉庫の位置を決めたわ。大木じゃない、かといって細すぎもしない伸び盛りの若木だった。この木と一緒に俺たちも育っていこう、って夫は言ってた」

熱心に手入れをし、新たに苗木を植えるときもシンボルツリーの生育を妨げないように配慮した。結果としてどんどん育ったのはいいが、あとから植えた苗木を圧倒する勢いで、釣り合いが取れなさすぎて、なんとかしなければと思っていた矢先に火事が起こったらしい。

「そんなに大事にしてきたシンボルツリーを切りたい人なんていませんよ。でも、旦那さんが管理人さんを信じていたのは間違いありません。だからこそ、利用者の避難を管理人さんに任せて、延焼を防ぐことに専念できたんだと思います。ふたりで開いたキャンプ場をふたりで守る、そんな気持ちだったと」

「そうだったのかしら」

管理人の辛そうな眼差しは変わらない。

やむなく、千晶はさらに続けた。

「それに、旦那さんの身体の麻痺が火事での怪我が原因だったかどうかなんてわからないでしょう？」

病名は症状につけられるものに過ぎず、診断が下されたからといって原因が特定できるものばかりではない。ましてや診断に必要な検査すら終わっていなかったのだから、火事での負傷との関わりなんてわかるわけがないのだ。

「でも、すぐに病院に行っていれば！」

「結果論です」

一言で答えた千晶を、管理人はあっけにとられたように見返した。まさかここで、こんなふうに断言されるとは思わなかったに違いない。

「結果論って……すごい切り捨て方ね」

「すぐに病院に行っていたとしても、ぱぱっと触ってレントゲンを撮って『どこも折れてません』って湿布を出されておしまいだったかもしれません」

「でもレントゲンって神経は写るそうじゃない？　傷があれば……」

「少なくともしばらくは普通に動けていたんですよね？　レントゲンではっきりわかるほど神経に傷がついていたら、火事の後片付けなんてできますか？」

椎間板《ついかんばん》ヘルニアは、骨と骨の間にある軟骨が飛び出して神経を圧迫することで痛みなどを生じさせるらしいが、ただの圧迫でも相当な痛みを感じる。神経そのものが傷つていたらとてもじゃないが普通には動けないだろう、という千晶に、管理人は即座に反論した。

「それは『火事場の馬鹿力』ってやつよ」

「『火事場の馬鹿力』って、そんなにいつまでも続きます？　旦那さんが手が痺れたって言い出したのって、火事からしばらく経ってからのことですよね？　それまで普通に動けていたこと自体が打撲とは無縁だったことの証明じゃないですか？」

「じゃあ、やっぱり別な病気だったのかしら……それにしたって、もっと早く大きな病院に行っていれば……」

「だから、それこそが結果論です。大きな病院に行ってもわからなかったかもしれない。わかったとしても治療ができたとは限りません。偶然は必然って私は思います」

しまった、と思ったときはすでに遅かった。管理人の両目から大粒の涙がこぼれ始めていた。

「要するに、夫はあの時点で亡くなる運命だったたってことよね……私がなにをしてもしなくても……」

「ごめんなさい……言い過ぎました」

「いいの。たぶんそれが事実。だからこそ、私は夫のキャンプ場を作り直した。いつか、夫が目指した『楽しめるキャンプ場』を作るために」

「『楽しめるキャンプ場』……？」

本当に？　と続けそうになった。この管理人のやっていることはむしろ逆だ。楽しさとは無縁で、安全性だけを重視しているようにしか見えない。

そんな千晶の気持ちを察したように、管理人は言う。

「そうは見えない、って言いたいんでしょ？　でも、いつかはいつか。今すぐじゃなくていいって私は思ってる」

「今すぐじゃなくていい……」

「そう。楽しむためには、なによりも安全が必要。まずしっかりルールを整えて、みんなに守ってもらう。楽しさを求めるのはそのあとでいいってわかったの」

「『わかった』って、前は違ったんですか？」

「夫はいつも、キャンプの楽しさをひとりでも多くの人にわかってもらいたい、そのためにはルールは最低限でいいって言ってた。それがあんな火事を引き起こすなんて思ってもみなかったんでしょうね」

『ルールは最低限』の対象には、テントを張る場所から火を焚く場所まで含まれていた。

うちのキャンプ場に来たからには、なんでも自由に挑戦してほしい、多少危ない目にあってもそれが楽しさに変わることは多い、というのが管理人の夫の持論だったという。

「夫はよくセーフティネットの中の冒険なんてちっとも楽しくない、って言ってたわ。でも、それが通るのは、ちゃんと知識を持っている人相手のときだけ。なにが危ないかすらわかっていない人たちに好き勝手させるのは大間違い。特に、火の始末すらしっかりできない人間に夜中まで焚き火をさせるなんて危険極まりないわ」

「それが火事の原因ですか？」

「そう。炭捨て場がちゃんとあるのに倉庫の裏に炭を捨てるなんて思わなかった。しかもその炭はちゃんと消えきってなかった上に、倉庫の近くには木の枝がたくさんあった」

「枝……ですか？」

「木が伸びやすいように払った枝。少し乾かせば焚き付けにできるからって広げてあったの。周りに火の気なんてないから大丈夫だと思ってた。もちろん、風もなかった。でも、風なんていつ吹き始めるかわからないもの。夜中過ぎから強い風になったわ」

「その風で枝が飛んだとか……？」

「そのとおり。倉庫の裏にろくに消えてない炭を捨てて、その上に風で飛ばされた枝がのっかるなんて誰が思う？　あの子たちが捨てた炭だって、風さえ吹かなければちゃんと消えていたとは思う。でも実際は、風に煽られて炭火は息を吹き返し、乾ききっていた枝を燃やした。そして、その火が倉庫に……」

そのあとはネットに出ている情報のとおり、と管理人は遠い目になって言った。

「それで、あんなに細かくルールが決まってるんですね」

「そう。なにもかもきっちり決めて、利用者に守ってもらう。それができない人は、来てくれなくていい。キャンプの楽しさを知ってほしい気持ちはあるけど、それ以前に安全じゃなければ意味がない。特に火に関わることは……」

　寝ている間に気象状況が変わることはよくあることだ。だからこそ、午後十時以降は絶対に火を焚かせない。管理人自身がテントサイトを回り、すべての火がしっかり消されていることを確認する。それでもなお、利用者が寝静まるまで自分が眠りにつくことはない。そんな管理人の日常を思うと、千晶はため息が止まらなくなった。

「やめることは考えなかったんですか？」

「キャンプ場を？」

「ええまあ……」

「まったく。夫と過ごした時間のほとんどすべてがキャンプに関わっていたようなものだったからね」

「場所を移して一から作り直すのは大変だったでしょうに……」

「ここは一から作ったわけじゃないわ。ほとんど居抜きみたいなものよ」

　経営者が年を取って閉めざるを得なくなったキャンプ場を買い取った。そのあと安全対策をしっかり施し、詳細なルールを決めてからリニューアルオープンさせたのが、このキャンプ場だそうだ。

「名前はもとの経営者が使ってたままにした。夫とやっていたキャンプ場の名前を引き継ぎたかったけど、火事を起こしたことはネットに書かれているし、それならいっそもとの名前を使わせてもらおう、それなら過去はバレないからって。ずるい考えよね。それでいて、夫との時間を思い返せることが嬉しいなんて最悪」

ふたりで作ったキャンプ場の思い出は捨てられない。薄れさせたくもない。だからこそ、キャンプ場の仕事を続けたい。この管理人にとって、夫と過ごした時間を追体験したい気持ちは千晶の想像以上に大きかったのだろう。

管理人は遠くを見つめて言う。

「夫はキャンプが大好きだった。私はそんな夫が大好きだったし、夫と出会ったのもキャンプ場だった。だからキャンプから離れたいとは思わないし、キャンプの楽しさを伝えたいっていう夫の遺志は継いでいく。ただ、それにはまず『安全』が大事だし、人の迷惑になるようなことをする利用者なんていらないのよ」

出禁上等、と管理人は吐き捨てた。

「でも……あんまり厳しすぎるとこのキャンプ場に来る人がいなくなっちゃうんじゃないですか？　それはそれで旦那さんが悲しまれるかと……」

「大丈夫。キャンプブームのおかげか、平日でも予約はそれなりに埋まってるし、週末は取り合いよ。しばらくは、利用者がいなくなるなんてことはないと思う」

そのキャンプブームはいつまで続くのだろう、という疑問が喉元まで出かかる。

少し前に、大手アウトドア用品メーカーの利益が激減したというニュースが話題になっていた。マスコミはいよいよキャンプブームの終焉《しゅうえん》だと騒いでいたが、キャンプ場の利用状況を見る限り、そこまで悲観的ではないにしても山場を過ぎた感は否めない。

それ以前に、ただ亡き夫との時を重ねて生きるには、彼女の今後の人生は長すぎるのではないか。ただ、それも彼女の選択だ、赤の他人が口出しすることではないと言われれば、返す言葉はない。

管理人は記憶を探るような表情で言う。

「夫は本当にキャンプが好きな人だった。キャンプがっていうよりも、アウトドア全般かしら……。町中の人や物でごちゃごちゃした暮らしが合わなくて、いつも苦しそうだったわ」

「それでキャンプ場を？」

「そう。昔からの夫の夢だったからね。結婚する前からずっと言ってたし、私も彼のためにできる限り協力した。だから、キャンプ場を開けたときは本当に嬉しかった。あの人の眉間の皺もすっかり伸びて生き生きとしてたっけ……」

それから十年、キャンプブームの到来にも助けられて経営は順調だった。大変なこともたくさんあったけれど、こんな暮らしがずっと続くと信じていた。それなのに……と管理人はまた涙を一粒こぼした。

利用者に食ってかかるような口調で、気に入らないなら帰れ、そしてもう二度と来るな、と言わんばかりだった。それなのに、本質的にはこんなにもろい人だったのか、と千晶は驚く。

だが、内面に危ういものを抱えていればいるほど防御が増す。踏み込まれて傷つけられないように、自分の周りに壁を巡らせるのはよくあることに違いない。

とはいえ、こうやって毎日文句を言っては利用者をぶった切るようなことばかりしているのはやはり辛いのではないか……

そんな思いから、千晶は口を開かずにいられなかった。

「旦那さんはどう思っていらっしゃるんでしょうね……」

「キャンプ場を続けていることを喜んでくれてると思うわ」

「管理人さんの今の姿を見ても?」

「私の今の姿？」

「はい。私から見て、管理人さんはあんまり楽しそうに見えないんです。旦那さんの遺志を継ぐのは素敵なことですし、楽しむためにはまず安全って考え方も間違ってません。でも安全を重視するあまり、キャンプの楽しさが失われるのは残念すぎませんか？」

「でも！　前のキャンプ場みたいなことになったら！」

「わかります、わかってます！　だけど、旦那さんの一番の目的はキャンプを好きになってもらうことだったんじゃないですか？　今のままでは好きになるどころか、もうこりごりって人ばっかりになっちゃいません？」

「そんなことはないわ。ちゃんとしたマナーが身についている人は十分楽しめてるし、リピーターにもなってくれてるもの」

「ですから……それってただの現状維持じゃないですか？」

「現状維持？」

管理人が怪訝な顔で問い返す。千晶の意図するところがまったくわからないのだろう。ちゃんとしたマナーが身についている人は、当然のことながら初心者ではない。キャンプの危険性も楽しさも十分わかっているはずだ。そういう熟練者が何度来てくれたところで、キャンプが好きな人を増やしたことにはならない。

初めてのキャンプで頭ごなしに叱られてばかりでは、安全にキャンプをすることはできても、キャンプを好きになんてなれないだろう。

そんな千晶の話を管理人は黙って聞いていた。だが、話し終えても彼女の表情は変わらない。納得していないことは明らかだった。

「夫もあなたと同じようなことを言ってた。まず楽しんでもらわないと、って。でも、その結果どうなった？　ルールもマナーもお構いなしのキャンパーに火事を起こされて、すべてを失った。あんなことはもう二度とごめんだわ」

「ルールを守ることと楽しむことって同時にできないんでしょうか……」

「できる人もいればできない人もいる。私の注意を素直に聞いてちゃんとやってくれる人だっているんだもの。うちのキャンプ場にはそういう人にだけ来てもらえばいい。言ってもわからない人はお断り」

あまりにも頑なな管理人の姿勢に、千晶は言葉を失った。

これ以上話していても彼女の考えは変えられない。最初のキャンプ場を閉鎖したあと、場所を変えて開き直しただけでもすごい。彼女の夫だって喜んでいるだろうし、今の彼女にそれ以上を望むのは酷だと考えているかもしれない。

「ほかの利用者に迷惑をかけるような自分勝手なキャンパーが百人増えるより、マナーがよくてキャンプ好きなキャンパーがひとり増えるほうがいい。今すでにキャンプが好きな人を、キャンプ嫌いにさせないことだって大事。そういう意味では現状維持上等よ」

今度こそ本当に返す言葉がなかった。

夜はどんどん更けていく。千晶は、どうしようもない無力感とともに立ち上がった。

「遅くまでお邪魔しました。そろそろ休まないと、明日の朝寝過ごしちゃいそうです」

「そうね。寝過ごして延滞料金がかかったら大変よね」

「延滞料金は自業自得ですけど、私のチェックアウトが遅れることで次の利用者さんに迷惑をかけたくないので」

「日曜日からチェックインする人はあんまり多くないから大丈夫だけど、そういう気遣いは大事よね。あなたみたいなキャンパーさんばっかりだったら私も楽なんだけど」

「私、案外いい加減ですけどね。じゃ、これで……」

それを最後に、千晶は管理棟を出た。

立ち並ぶテントはいずこも静けさに満ちている。時折漏れてくる声もあるにはあるが、楽しそうには聞こえない。

キャンプ場に漂う不満と寂しさが彼女のこれからを思わせ、千晶はただただ気が重くなる。

早く朝になればいい。晴れ渡る青空を見れば、少しは明るい気分になれるに違いない。その一心で、千晶は自分のテントに着くなり寝袋に潜り込んだ。

翌朝は、千晶の期待通りの晴天が広がった。

木から木へと鳥が飛び交う。魚にはマヅメという餌取りに忙しい時間帯があるが、鳥も同様なのだろうか。いや、子育てしないもののほうが多そうな魚と違って、一日中雛《ひな》に餌を運ばなければならない鳥にはマヅメなんてないのかもしれない。

そんなことをぼんやり考えながら、ガスバーナーで湯を沸かす。

火の始末をしくじるなんて思いたくないが、昨日の管理人の話を聞いたあとでは、スイッチひとつで簡単に消せるバーナーに堪らない安心感を覚える。

焚き火のためだけにキャンプをしていると豪語して憚《はばか》らない身としては、なんとも情けない話だが、そもそも焚き火の醍醐味は日が沈んだあとにある。どれほど巨大な焚き火を作ったところで、燦然《さんぜん》と輝く太陽には勝てないことぐらいわかっていた。

日光はすべてを浄化してくれる。生き物、少なくとも脊椎《せきつい》動物にとっての日光は元気の源——これまでそう信じて生きてきたけれど、ちょっと懐疑的になってしまう。

昨夜、千晶はあの管理人と三十分以上話していた。それでも彼女になんの影響も与えていない。悩みを抱えているとしても、『話を聞いてくれるだけで十分』と言う人もいる。

それでもこちらが返す相槌や短い言葉の中に、解決策を見つけてくれる人も多い。こちらにはアドバイスするつもりなど皆無、むしろ漫才の突っ込み的に返した言葉ですら、受け取りようによっては光明になることもあるし、悩みを吐き出し、共感を得ることで歩き出す力を得る人もいる。

あの管理人は明らかに違う。彼女は話すことで考えをより強固にし、間違っていないと自分自身に信じ込ませたがっている。遠回しであろうと直接的であろうと、現状から抜け出したいとか、違う道を探したいなんて考えていないのだろう。

千晶自身、悩んでいる人にそうそう有効な助言ができるなんて思ってはいないけれど、同じ言葉でも受け取る人間の考え方ひとつで役に立つことだってある。受け入れる気持ちがない限り、どんな言葉も砕け散ってしまう。

全力で降り注ぐ日光をもってしても払拭しきれない虚しさは、おそらくそれに起因しているのだろう。

楽しみ方を知らない人が、楽しみ方を教えることはできない。誰かを楽しませたいと思ったら、まず自分自身が楽しまなくてはならない。あの管理人は、夫が亡くなる前はもっとキャンプを楽しめていたのだろうか。それとも、キャンプ場を営むという仕事は、彼女にとってただの生活の糧《かて》、そこに夫がいることだけが大切だったのだろうか……

そんなことを考えているうちにお湯が沸いた。

こんな朝こそコーヒーだ、と近ごろ愛用している折りたたみ式のドリッパーをシェラカップにセットする。少しずつ丁寧に湯を注ぐと、コーヒーの粉が膨らみ、一気に香りが立つ。レギュラーもインスタントも大差ないという人もいるけれど、少なくとも香りは段違いだ。できたコーヒーがポトポトと落ちる音に耳を傾け、時々ドリッパーを除けて溢れないか確かめる。覗き込んだコーヒーの深い色合いににっこり笑う。

コーヒーを淹れるという単純な作業すら、こんなに楽しむことができるのに……とまた、管理人を思ってため息を吐く……

これまでキャンプで迎えた中で、一番と言っていいほど気が重い朝だった。

それ以上なにをする気にもなれず、コーヒーだけを飲んで撤収作業を始める。チェックアウトタイムは午前十一時だったが、千晶がキャンプ場を出たのは午前八時半、これまた過去一番の早さだった。

受付に管理人はいなかった。正直、自分の無力さを思い知らされる気がして会いたくなかっただけに、受付に設置された返却箱に利用許可証を入れるだけで済んだのは幸いだった。

車を走らせていても、管理人の厳しい表情が目に浮かぶ。

夫と過ごした時間を忘れたくないから、とキャンプ場の仕事に関わりながらも、夫が掲げていた『キャンプの楽しさを教える』という目標は遥か彼方。むしろ、安全こそが大前提、現状維持上等と開き直る。

あの人は、今日も明日もテントサイトを見回って、ルールを破る人たちに注意し続けるのだろう。どれだけ嫌がられても、腹を立てられても、正義は我にありと信じて……もちろん、彼女は間違ってはいない。あのキャンプ場でキャンプを楽しめる人だってたくさんいる。それでもなお、彼女の中には虚しさと寂しさが満ちている。心が悲鳴を上げている気がしてならない。

それなのに、自分は彼女の気持ちを軽くするような言葉を、ひとつも見つけられなかった。あの人を助けることができなかった。ほんの少しでも、あの人の目に輝きを取り戻させてあげられれば、もっとすっきり帰れただろうに……

そこで千晶は愕然とする。自分の中にある、あまりにも自分勝手な思いに気づいてしまったからだ。

――私って、結局自分のことしか考えてないんだ……

誰かの力になってあげたい、少しでも元気づけてあげたいという気持ちはある。だが、その『あげたい』という表現にぞっとする。相手より自分のほうが上だという考えの表れにほかならず、純粋に困っている人を助けたいのではなく、自己肯定感を上げるため、いい気分になるために動いているとしたら、こんなに醜いことはない。

仕事にしても、どうせやるからには結果を出したい。その底にはきっと『誰かに勝ちたい』という気持ちがある。主任になれたのがあんなに嬉しかったのも、同期の中では一、二を争う早さだったからではないか。

自分は、常に結果を求め、誰か、あるいはなにかに勝つために生きているのではないか。だからこそ、ソロキャンプに行きたがる。争いに疲れるあまり、誰とも競わず、焚き火だけを相手に過ごせる時を求めて……

さらに千晶は、自販機のコーヒーを飲みながら交わした里咲との会話を思い出す。

商品部の若い社員たちが『恐い』と表現したのは、千晶の中にある『そんなこともわからないのか』とか『私ならもっと仕事ができる』という気持ちが透けて見えたからではないか……

『恐い』という言葉は『畏怖』に通じる。多少なりとも尊敬の念がこもっているように受け止められなくもない。『嫌い』とか『鼻持ちならない』ではなく『恐い』と言ったのは、彼らのせめてもの良心だったのかもしれない。

そんな考えに至った直後、あのキャンプ場の管理人の顔が目に浮かんだ。

ルールは守れて当然、守れないなら二度と来るなと切り捨てる彼女と、こんな質問にも答えられないのかと苛立つ自分は同じ目をしていたのではないか。己だけが正しいと信じ、何者も寄せ付けないような眼差しを、自分は彼に向けたのではないか——千晶は穴があったら入りたいどころか、穴を掘ってでも潜りたくなってしまった。

そのとき、進行方向の信号が黄色に変わった。いつもなら直交する道路の信号から黄色に変わるのを察して止まるのに、ブレーキが間に合わずそのまま通り抜ける。

道路交通法上はぎりぎりセーフなのかもしれないが、平常心ではないことは明らかだ。こんな状態で運転を続けたら事故を起こしかねない。いったん止まって気持ちを落ち着かせるべきだろう。

いつの間にか、窓の外を流れる風景は山から町に変わり、少し先にファミレスの赤い看板が見えてきた。時刻は午前九時を回ったばかりだから、ほかに開いているのはハンバーガーショップぐらいのものだろう。なにより今は止まることが大事、と考えた千晶は迷わずウインカーを上げた。

幸いファミレスはそれほど混み合っていなかった。女性従業員に、お好きな席にどうぞ、と言われた千晶は、入り口から少し進んだ壁際のボックス席に座った。

はあ……とため息をひとつ漏らし、テーブル上のタブレットに目をやる。

最近はこういったタブレットやスマホで注文する店が増えた。すぐに注文を決められない、あるいは今の千晶のように考えられない状況にある者にとって、とてもありがたいシステムだなあ……などと考えながら、延々画像をスライドしていく。

ファミレスのモーニングメニューなんて滅多に見る機会はない。美味しそうなスクランブルエッグやベーコンのセット、目玉焼きをのせたハンバーグ、パンケーキなどもある。いつもなら嬉々《きき》として眺め、どれにしようか迷いまくるだろうに、一切食指が動かない。もうドリンクバーだけでいいか……と思い始めたころ、いきなり頭上から声が聞こえた。

「やっぱり千晶か！」

「え……あ、お兄ちゃん⁉」

『お兄ちゃん』とは言っても、千晶に兄はいない。声をかけてきたのは母の妹の息子、つまり従兄の柏木斗真《かしわぎとうま》だった。

「見覚えのある車が停まってると思ったら……。おまえ、こんなところでなにしてるんだよ？」

「キャンプの帰り」

「まだ九時だぞ？」

「いいでしょ、別に。そういう日もあるよ。それより、お兄ちゃんこそなにしてるの？」

「俺はこの先の駅まで行ってきたとこ」

「まだ九時だぞ？」

言われたばかりの言葉をそっくり返す。気心の知れた従兄の登場で、少し元気が出てきた。嬉しくなってさらに続ける。

「もしかして徹夜で遊んで、誰かを送ってきたとか？」

「送ったのは間違いないけど、遊びじゃなくて仕事だよ」

「お兄ちゃんって車の整備会社で働いてるんだよね。ディーラーでもないのに日曜日も仕事があるの？」

「しょうがなかったんだよ。お得意さんから連絡が来て、どうしても出かけなきゃならないのにエンジンがかからないって言われてさ」

「それは連絡するところが違うのでは？」

整備会社ではなくロードサービス会社に連絡すべきだ、と言う千晶に、斗真は苦笑いだった。

「そのロードサービスが二時間待ちだったそうだ。出かけなきゃならない時刻は迫るし、エンジンはうんともすんとも言わない。もちろん、タクシーも空車がなくていつになるかわからないって言われたそうだ。タクシーも運転手が足りなくて大変らしい」

「それでお兄ちゃんが？　お兄ちゃんの家からここまでってけっこうかからない？」

「電話が来たのは朝の七時。高速でぶっ飛ばして八時に到着。どうせバッテリー上がりだろうと思ってたら案の定で、とりあえずお客さんを最寄り駅まで送ってきたとこ」

「お客さんを駅まで送ったの⁉」

「だって出かけなきゃならないんだから仕方ないだろ。さすがに目的地までは……」

「いやいや、バッテリー上がりってすぐに直せないの？　ポータブル電源か別の車のバッテリーに繋いで復活させるとか……」

「一時的にはそれでなんとかなるけど、バッテリー自体の劣化が激しかったから、エンジンを切ったらまたかからなくなる可能性のほうが高かったんだ。出先でそれは困るだろう、ってことで、電車で行ってもらうことにした」

「車はどうするの？」

「新しいバッテリーを持ってきたから、このあと戻って交換する。でもその前に朝飯ぐらい食おうと思って駐車したら、隣におまえの車があった」

「……お疲れ様です」

それしか言葉が出ない。

なんというお人好し、と思うが、斗真は子どものころから困っている人を見ると放っておけない性格、かつ車輪さえついていれば一輪でも四輪でも大好きという人だ。整備工場なんて天職としか思えないし、お客さんのであろうとなかろうとそこに壊れた車があるなら馳《は》せ参じる、という感じだったのだろう。

休日なのに呼び出された恨みなど微塵《みじん》も感じていない。しかも、斗真には千晶のような薄汚い承認欲求なんてない。そう確信できるほど、斗真は嬉々としていた。

「バッテリーを交換するついでにあっちこっち見てやろうと思ってるんだ。仕事の日は、次の予定が詰まってるしてどうにもならないけど、今日は休みだから思う存分やれる。あの車、手入れさえすればまだまだ走れるからさ」

「そうだったんだ……。えーっとお兄ちゃん……朝ごはん、私がご馳走しようか？」

「なんで？」

「なんでって……なんとなく『その意気や良し』的なご褒美？」

「わけがわかんねえよ。それに、千晶のくせに俺にご褒美なんて生意気すぎる」

「『千晶のくせに』ってどういうことよ！」

「言葉のとおりだよ。それより、注文はしたのか？」

「まだ」

「さっさとやれよ」

そのまま斗真は当たり前のように千晶の向かいに座った。

千晶としても、斗真に会うのは久しぶりだし、じゃあこれで、なんて去られるほうが寂しい。なんといっても斗真とは子どものころから兄妹《きょうだい》みたいに育てられた仲なのだ。

重い気分を吹き飛ばすおしゃべりの相手に打ってつけ、心なしか、行方不明だった食欲まで戻ってきた気がした。

虚しくスライドさせ続けていたタブレットを斗真に渡す。

「お兄ちゃん、お先にどうぞ」

「お、サンキュ。えーっと……スクランブルエッグにウインナーとベーコンがついたセットとピザにしようかな」

「スクランブルエッグのセットはトーストがついてるよ？」

「知ってるよ。でもそんなんじゃ足りねえからピザ追加……あ、待てよチーズハンバーグでもいいな。それなら白飯がつく。あと、サラダも食っとくか」

数秒考えたあと、斗真はチーズハンバーグセットにサラダとヨーグルトを追加して注文を終えた。

「朝からめちゃくちゃ食べるね。お腹を壊したりしないの？」

「肉体労働者の胃袋を舐《な》めるなよ。これぐらい全然平気だし、食うはしから消化する」

「了解。じゃ、私はお兄ちゃんが頼まなかったスクランブルエッグのセットにする」

タブレットを斗真から奪い取り、自分の注文を済ませる。すぐに斗真がドリンクバーに向かい、ふたり分の飲み物を持って帰ってきた。

「はいよ。野菜ジュース」

「ありがと。でもなんで野菜ジュース？」

「冴えねえ顔してるから。まずこれを飲んでビタミンを補給、あとは好きにしろ」

——あーもう……言葉はめちゃくちゃ失礼なんだけど、すごく優しいんだよね。これだから嫌いになれない。もともと嫌いになる要素なんてまったくないけどさ……

そんなことを思いながら、千晶は野菜ジュースをゴクリと飲んだ。

「で、大好きなキャンプに行ったってのに、こんな時間に引き上げてきた理由は？」

斗真はストレートに訊ねてくる。あの管理人ではないが『いっそ清々しい』とはこのことだ、と思いながら、千晶は事情を語った。子どものころから千晶をよく知っている相手の『一を聞いて十を知る』という感じがとてもありがたかった。

「それで心が痛んで逃げ出してきたってわけか」

「それもあるけど、自分の薄汚さが嫌になった」

「は？」

きょとんとする斗真に、千晶は自分の心情を吐露する。穴を掘ってでも隠れたいような恥ずかしさも、兄妹同然の斗真にならば素直に告げることができた。

「管理人がすごく辛そうなのになにもできない。そこから自分自身の勝手すぎる動機に気付いて落ち込みまくりってことか」

「そんな感じ。あーあ……」

ところが、俯いた千晶に、斗真はひどくあっさり答えた。

「気にしすぎだよ」

「そんなことないよ。私、カウンセラーの資格まで持ってるのに、なにもできなかったんだよ？　最低じゃん」

「どんな有能なカウンセラーでも、助けられたくないと思ってる人を助けることなんてできねえよ」

「助けられたくない？」

「今の話を聞く限り、そうとしか思えない。旦那さんが亡くなっても、ぐじぐじと泣き続けないでさっさと次のキャンプ場を見つけた。しかも、確固たる信念の下、それなりにしっかり経営してる。彼女には、現状を変えたい気持ちなんてないんだよ。周りがどうこう言うことじゃない。ほっとけよ」

千晶は、斗真の顔をまじまじと見返す。きっと不満そうな表情をしていたのだろう。彼はふっと笑って続けた。

「……ってわけにいかないのが千晶だよな。なんとかして気分を軽くしてあげたいのに、自分にはその力がない。どうしようもない無力感がどばーっ……で、今まであったことまで振り返って、結局私自身がいい気持ちになりたいだけじゃん、ってか？」

やっぱりこの人は私のことをよくわかっている。同じ血が流れているだけのことはあると痛感する。そして、そのあと続いた斗真の言葉は、さらに千晶をすくい上げるものだった。

「千晶はなにもしてあげられなかったたって言うけど、その管理人は、旦那さんが亡くなったのは自分のせいだと思い込んでた。そうとは限らないって言ってあげただけでも十分だと俺は思うけど」

「そうかなあ……あの人がそれを信じたとは思えないんだけど」

「人は信じたいものしか信じないよ。でも、そういう考え方をする人がいるってわかっただけでも救いになる。百歩譲って、たとえ今回なにもできなかったとしても、過去のことまで否定することはない」

「でも私がやってきたことって、全部の動機が純粋に『誰かを助けたい』じゃなくて自己満足……要するに『私ってすごい』って自己肯定感を求めてのことなんだよ？　もしかしたら助けた人に対して優越感すら覚えてたかも……」

「あほか、おまえは」

斗真が浴びせてきたのは、漫才の突っ込みみたいな台詞だった。何年も大阪で働いていたから染みついてしまったのかもしれない。関東には『ばか』より『あほ』と言われるほうが傷つくという人が多いそうで、どちらかといえば千晶もそうだ。だが、斗真の口から出た『あほ』という言葉は、なんだかとても柔らかくて心地よかった。

「あほ……なんだ私」

「あほだよ。それで誰かに迷惑をかけたのか？」

「迷惑……どうだろ」

「それすら疑問なのか。マジで困ったやつだな。伯母さん経由で母さんから聞いてるぞ。不登校の女子高生とか、推し活に夢中の後輩とか。みんなおまえに助けられたんじゃないのか？」

「まあ……でも、私自身がそれで気持ちよくなって、得意にもなってる。とてもじゃないけど、褒められたもんじゃないよ」

千晶は野菜ジュースが残ったグラスを手にする。飲むわけでもなく、ただゆらゆらと揺する千晶を斗真は黙って見ている。しばらくそうしていたあと、彼は話し始めた。

「相手が救われたならそれでいいんだよ。たとえ、救えなかったとしても仕方ない」

「だって……」

「おまえは全知全能の神なのか？」

「違うよ。でも……」

「『だって』だの『でも』だのうるせえよ。いい加減、諦めろ。諦めるっていうより己を知れ」

「己を知ったからこそ恥ずかしくなってるんだってば！」

「動機が薄汚いから？　いいんだよ、薄汚かろうがどっぷり汚れてようが。俺の座右の銘を知ってるか？」

「なにそれ」

「『やらない善よりやる偽善』」

あれこれ考えてなにもしないぐらいなら、さっさと行動する。たとえ動機が『自分が得したいから』とか『周りからよく思われたいから』だったとしても、大切なのは行動がもたらす結果だ、と斗真は力説した。

「俺がなにかをする。それで誰かが助かる。その間にあるものなんてどうでもいいんだよ。現に、今、俺がここにいるのだって清廉潔白な理由ばっかりじゃねえよ」

「え、そうなの？　純粋にお客さんの役に立ちたいだけだと……」

「それもある。でも、それだけで日曜の朝っぱらからこんなとこまで来るかよ」

「じゃあなに？」

「そこの娘さんが、めちゃくちゃ好みなんだよ！」

「目がまん丸で、髪は真っ黒でショートボブ。色白で愛想がよくてちょこまか動く？」

「なんで……」

そんなに詳しく話したことあったっけ？　と首を傾げる斗真に、千晶は笑いながら返した。

「お兄ちゃんが付き合ってきた子ってみんなそうじゃん。めっちゃわかりやすいよ」

「そうか……まあいい、とにかくそういうこと。日曜、しかも朝早くなら会えるかもしれない。俺だって下心満載なんだよ」

「私だけじゃないんだ」

「おまえだけでも俺だけでもない。多かれ少なかれみんな似たようなもんだ。だから、下らねえこと気にすんな。俺はへこみまくってる千晶も、心配する伯母さんや伯父さんも見たくねえ」

なるほど……と千晶は妙に納得してしまった。

確かに、千晶が悩みを抱えていると両親、とりわけ母は敏感に察する。なにを悩んでいるの？　なんてストレートに踏み込んできたりはしないけれど、こちらの様子を窺っていることはわかるし、食卓にはいつもよりずっとたくさん千晶の好物が並ぶ。父は父で、普段はニュースやドキュメンタリーしか見ないのに、千晶の好きなエンタメ番組にテレビのチャンネルを合わせる。そして、お笑い芸人の突っ込み合戦に大笑いをする千晶を見て、ほっとしたように新聞を開くのだ。

斗真は子どものころからそんなふうに、両親が千晶を大切にしてきたことを知っている。千晶の悩みはそのまま両親の悩みになりうるし、斗真としては我が子同然にかわいがってくれた伯父夫婦の困り顔は見たくないに違いない。

「はいはい、私よりお父さんやお母さんの心配なんだね」

「いい年こいて拗《す》ねるな。どっちも心配してるさ。でも、伯母さんたちにはガキのころから本当にお世話になったからな」

「そりゃそうか……」

「伯母さんたちが俺を預かってくれたからこそ、うちのおふくろは働けた。おかげで俺は、シングル家庭の悲哀なんてほとんど感じなかった。あのころは当たり前みたいにお世話になってたけど、大人になったらありがたさが身にしみたよ」

たとえ甥《おい》とはいえ、よその子を預かるのは大変だ。しかも、たまにではなく週に何日も、という状態が、斗真が中学生になるまで続いたのだ。斗真が恩を感じるのは当然だろう。

「あんまり難しく考えるな。あ、でも……」

そこで斗真はいきなり真面目な顔になった。なにかと思ったら、両手の人差し指を口の前で交差させて言う。

「俺たち、ちょっと口を慎《つつし》む必要はあるかもな」

「口……」

「慎むっていうより、言葉の使い方の問題かも。親子とか親戚同士ならいいけど、よその人と話すときはむしろ言葉を惜しまず、必要な説明はちゃんとするとかさ」

「確かに、結果だけ突きつけるのはまずいよね。ぶっきらぼうに聞こえるし、親切じゃない……あ……」

そこで千晶は、あの管理人の冷たい印象を作っている原因に気付いた。

彼女は圧倒的に言葉が足りない。さらに調子が強い言葉を使いがちだ。日本語はとても多様だ。言葉の選び方によって相手に与える印象はいくらでも変えられる。ルールを守らせたいにしても、もっと柔らかい言葉を使い、そのルールが作られた理由までしっかり説明すれば、もっと利用者の理解を得やすいのではないか。

さらに千晶は自分自身を省みる。

商品部に食材の調達ルートを訊ねに行ったとき、確かに千晶は急いでいた。だが、急いでいる理由はおろか、急いでいること自体も伝えなかった。こんなこともわからないのかと苛立った挙げ句、強い言葉や厳しい表情で彼を困惑させ、『恐い』という印象を招き寄せた。急いでいたのは千晶の事情だし、同じことを訊ねるにしてももっとほかの言葉を選べば『恐い』なんて思われなかったかもしれない。

「根っこは同じ問題か……」

ぽつりと呟いた言葉に、斗真が眉を片方だけ上げた。

「なにか思い当たることがあるのか？　なんならそれも聞こうか？」

「もう十分だよ。あとは自分でなんとかする」

「あんまり頑張りすぎるなよ」

「ちょっとは頑張らないと、進歩しないよ」

「ちょっとでいいんだよ。遥か上を目指さなくても」

「ちょっとの積み重ねが大幅な飛躍を生むんだよ。千里の道も一歩からって言うじゃん。大きな目標がないと、まあいいかーって妥協の連続になっちゃうもん」

「理屈ばっかり捏ねやがって！」

最後は、伸ばした手に頭を叩かれる。もちろん軽く。それが子どものころからずっと続いてきた斗真とのやり取りの終わり方だった。

「とにかく、あんまり無理はするな。おまえは救世主じゃない。困ってる人を全員救うわけにはいかないし、おまえのおかげで助かった人は確実にいるんだから」

そこでまた美来や、花恵、比嘉次長の隣人である敦の顔が浮かぶ。ほんの少しかもしれないが、誰かの役に立てていることに間違いはない。それで満足しておけ、と言われればそのとおりだった。

「わかった……あの管理人さんのことは気にしないようにする。キャンプ場が潰れちゃ困るから、機会があったらまた行こうとは思うけど」

「それがいい。その管理人にとっては、キャンプ場を続けることが一番大事なんだろうから」

「だね……」

軽く頷いたところに、賑《にぎ》やかなメロディーが聞こえてきた。

最近いろいろな店で見かけるようになった給仕ロボットが、ふたりの朝食を運んでくる。斗真がロボットから次々と料理を取り出す。先に千晶の分を出してくれるところが、やっぱり優しい。本人は、ただ手前にあっただけ、なんて言うのだろうけれど……

「俺はさっさと戻らなきゃならないから爆速で食うけど、千晶はゆっくり食えよ」

言うが早いか、斗真は本当にすごいスピードで食べ始める。叔母か母がいたら『もっとよく嚙みなさーい！』なんてお説教されるだろうな、と思いながら、千晶もカトラリーボックスからフォークを取った。

トーストの端っこにスクランブルエッグをのせる。柔らかいスクランブルエッグとカリッと焼けたトーストを同時に頬張れる幸福、しかもどちらも自分で作らずに食べられる。ベーコンは柔らかめの焼き上がりで、トーストのカリカリ感と張り合ったりしない控えめさが嬉しいし、スクランブルエッグの向こう側に置かれた生野菜もちょうどいい量だ。醤油ベースのドレッシングできれいに平らげ、最後に残したウインナーに齧り付く。焚き火で焼いたときよりも温度が低い。きっとまとめて調理して保温してあったのだろう。だが、それすらも口の中を火傷する心配がなくてありがたいと思えた。

斗真は『爆速で食う』と宣言したとおり、ものすごい勢いで食事を進めたが、チーズハンバーグセットにサラダとヨーグルトだったため、食べ終わったのは千晶とほぼ同時だった。

斗真がタブレットの会計キーにタッチする。

「私の分は払うよ」

「支払いを分けるのは面倒くさい。それに、年下の従妹《いとこ》に朝飯も奢《おご》れないのか、って母さんに怒られる」

「黙ってればいいじゃない」

「めちゃくちゃ温かい家庭に恵まれてるから無理だ。おまけに親族間の風通しも抜群」

母親同士のコミュニケーションが良好すぎてなんでもかんでも伝わってしまう。現に、千晶がこの秋に昇進したことも、相変わらずキャンプ三昧のこともちゃんと知っている。もちろん千晶も、斗真と叔母がいつ会って、どんな話をしたのかまで聞かされていた。

「お母さんたち、めちゃくちゃ仲良しだもんね」

「そういうこと。よし、完了」

話している間に、斗真は支払いを終える。タブレットで注文から支払いまで済ませられ、料理はロボットが運んでくる。あまりにもキャンプとは異なるハイテク仕様で、感心を通り越して戸惑ってしまう。朝一番でガスバーナーで湯を沸かした身としては、異世界に紛れ込んだ気分だ。便利なことに間違いはないけれど、これはちょっと寂しいかな、なんて思ってしまう千晶だった。

「さて、行くか」

「ありがとう、お兄ちゃん。ご馳走さま」

「どういたしまして。じゃ、俺はこれで。伯母さんたちによろしく。気をつけて帰れよ」

「お兄ちゃんもお仕事頑張って。娘さんに会えるといいね」

「だな。あ、そうだ……」

そこで斗真は、急になにかを思い出したように言う。

「昔からおまえの言うことって、聞いた瞬間はムカつくけどあとからジワジワくる、みたいなとこあるよな。ボディーブロー型っての？」

「なにそれ……ってか、だからなに？」

「おまえを落ち込ませた管理人もさ、今ごろいろいろ考えてるかもってこと」

かもよ」

「わかんないけどな。何日かしたら口コミとか見てみたら？　案外『おーっ』ってなる
「えー……そうかな……」

そして斗真は、社名の入ったライトバンに乗り込み、颯爽と走り去っていった。

たとえ休みでも呼ばれたら駆けつける。客にしてみればこんなに心強いことはないけれど、斗真本人はしっかり休めているのだろうか……

――困っている人を放っておけないのは、お兄ちゃんも私も同じ。これってたぶん、遺伝なんだろうな。しかもうちって、お父さんもそんな感じだし……

斗真の父親がどんな人だったかは知らないが、たぶん似たり寄ったりなのではないか。両親から受け継いでしまった『放っておけない』遺伝子のせいで、斗真も千晶も苦労しっぱなしだ。けれど、誰かのために骨を折ることは気持ちがいい。だから人助けをするのか、なんて薄汚くて自分勝手なんだ、と落ち込んだけれど、斗真のおかげで救われた。

――動機なんてなんだっていい。大事なのは結果。それに、腹を割って話したら誰だって似たようなものかもしれない。ただし、話すときはもっともっと気をつけて言葉を選ぶようにしよう！

思いがけなく従兄に会えた喜びとちょうどよく満たされたお腹……千晶は入ってきた

ときと打って変わった明るい表情で車に乗り込む。

そして、エンジンをかける前にスマホを取り出した。斗真は『何日かしたら』と言っていたけれど、なんとなく気になって例のキャンプ場の口コミ欄を開いてみる。

口コミ欄は以前見たときと変わっていない。ところが、念のためにとリロードしたとたん、新しい書き込みが出てきた。隅っこに表示された時刻から、まさにたった今書き込んだものとわかる。

『リピーター。前回はとにかく管理人が厳しくてうんざりさせられたものの、ほかに空いているところがなくてやむなく利用。だが、以前とはちょっと様子が違った。夜の火の管理に厳しいのは同様にしても、今回、朝に限ってはそこまでではなかった。前回は、チェックアウトの一時間も前に『早く火を消せ』と仁王立ちされたが、今回は『チェックアウトするときには完全に消していってください』と言われただけ。言葉遣いもなんとなく優しい気がした。こういう感じならまた利用したいと思う』

千晶はスマホを助手席に置き、両手でハンドルを握り締める。

管理人は今朝、たまたま優しい気持ちだっただけかもしれない。だが、昨夜話したことでなにかが変わった可能性だってゼロじゃない。斗真の言うように、これから先、千晶の言葉がボディーブローのように『ジワジワくる』ことだってあるかもしれない。

たとえ千晶と話したことなんてまったく関係なかったとしても、この書き込みを読めばちょっとは嬉しくなるだろう。一度使ったきりで遠ざかっていた利用者が戻ってきてくれれば、キャンプ場の経営も安定するに違いない。

――家に帰ったら私も口コミ欄に書き込もうかな。でもこれってちょっとヤラセみたいだよね……

車のエンジンをかけ、ゆっくりと駐車場から出る。

店に入る前よりもずっと、道路を走る車の数が増えている。道沿いの家では、庭を掃除したり玄関先で子どもと一緒に縄跳びをしたり、ベランダには洗濯物を干す人の姿も見える。どの人ものんびり、そしてなんとなく楽しそうな顔をしている。

ありふれた休日の風景に、千晶は心を決める。

――やっぱり口コミ欄に書き込もう。安全対策はバッチリで、厳しいルールは利用者の安全のためだってことも、すごくいい断熱マットを無料で貸してくれることも、ルールさえ守ればすごく楽しめるキャンプ場だってことも……

ルールを破る人がいなければ、管理人がうるさく注意する必要もなくなる。眉間の皺や張り詰めた表情も消え、彼女自身がもっともっとキャンプ場での時間を楽しめるようになる。

彼女の夫は心底キャンプが好きで、みんなにもキャンプの楽しさを伝えたいと考えていたそうだ。楽しさの大前提は安全だという管理人の考えは間違っていない。だからこそ、安全の向こうにある楽しいキャンプに辿り着いてほしい。彼女だけではなく、道半ばで世を去った夫のためにも……

平日よりも少し遅く活動を始めた町を走り抜けながら、千晶は、あのキャンプ場の安全を保ちつつの魅力を伝えるために、どんな文章を書けばいいかを考える。

仕事で培ったプレゼン能力を発揮する絶好のチャンスだ。仕事と遊びが直結する喜びに、千晶は目を輝かせた。

ソロキャン！　3

朝日文庫

2024年 7月30日　第1刷発行

著　者　秋《あき》川《かわ》滝《たき》美《み》

発行者　宇都宮健太朗
発行所　朝日新聞出版
〒104-8011　東京都中央区築地5-3-2
電話　03-5541-8832（編集）
　　　03-5540-7793（販売）
印刷製本　大日本印刷株式会社

Published in Japan by Asahi Shimbun Publications Inc.
定価はカバーに表示してあります

ISBN978-4-02-265160-0

落丁・乱丁の場合は弊社業務部（電話 03-5540-7800）へご連絡ください。

送料弊社負担にてお取り替えいたします。

伊坂　幸太郎
ガソリン生活

望月兄弟の前に現れた女優と強面の芸能記者⁉　次々に謎が降りかかる、仲良し一家の冒険譚！　愛すべき長編ミステリー。《解説・津村記久子》

今村　夏子
むらさきのスカートの女
《芥川賞受賞作》

近所に住む女性が気になって仕方のない〈わたし〉は、彼女が自分と同じ職場で働きだすように誘導し……。《解説・ルーシー・ノース》

今村　夏子
星の子
《野間文芸新人賞受賞作》

病弱だったちひろを救いたい一心で、両親は「あやしい宗教」にのめり込み、少しずつ家族のかたちを歪めていく……。《巻末対談・小川洋子》

西　加奈子
ふくわらい
《河合隼雄物語賞受賞作》

不器用にしか生きられない編集者の鳴木戸定は、自分を包み込む愛すべき世界に気づいていく。第一回河合隼雄物語賞受賞作。《解説・上橋菜穂子》

畠中　恵
明治・妖《あやかし》モダン

巡査の滝と原田は一瞬で成長する少女や妖出現の噂など不思議な事件に奔走する。ドキドキ時々ヒヤリの痛快妖怪ファンタジー。《解説・杉江松恋》

畠中　恵
明治・金色《こんじき》キタン

東京銀座の巡査・原田と滝は、妖しい石や廃寺の噂など謎の解決に奔走する。『明治・妖モダン』続編！　不思議な連作小説。《解説・池澤春菜》